Merci à Vous
Tous
bravo!!!!
MERCI
MERCI
SAMU
SAMU

LARMES & COURAGE

NOS VIES DERRIÈRE
LES MASQUES

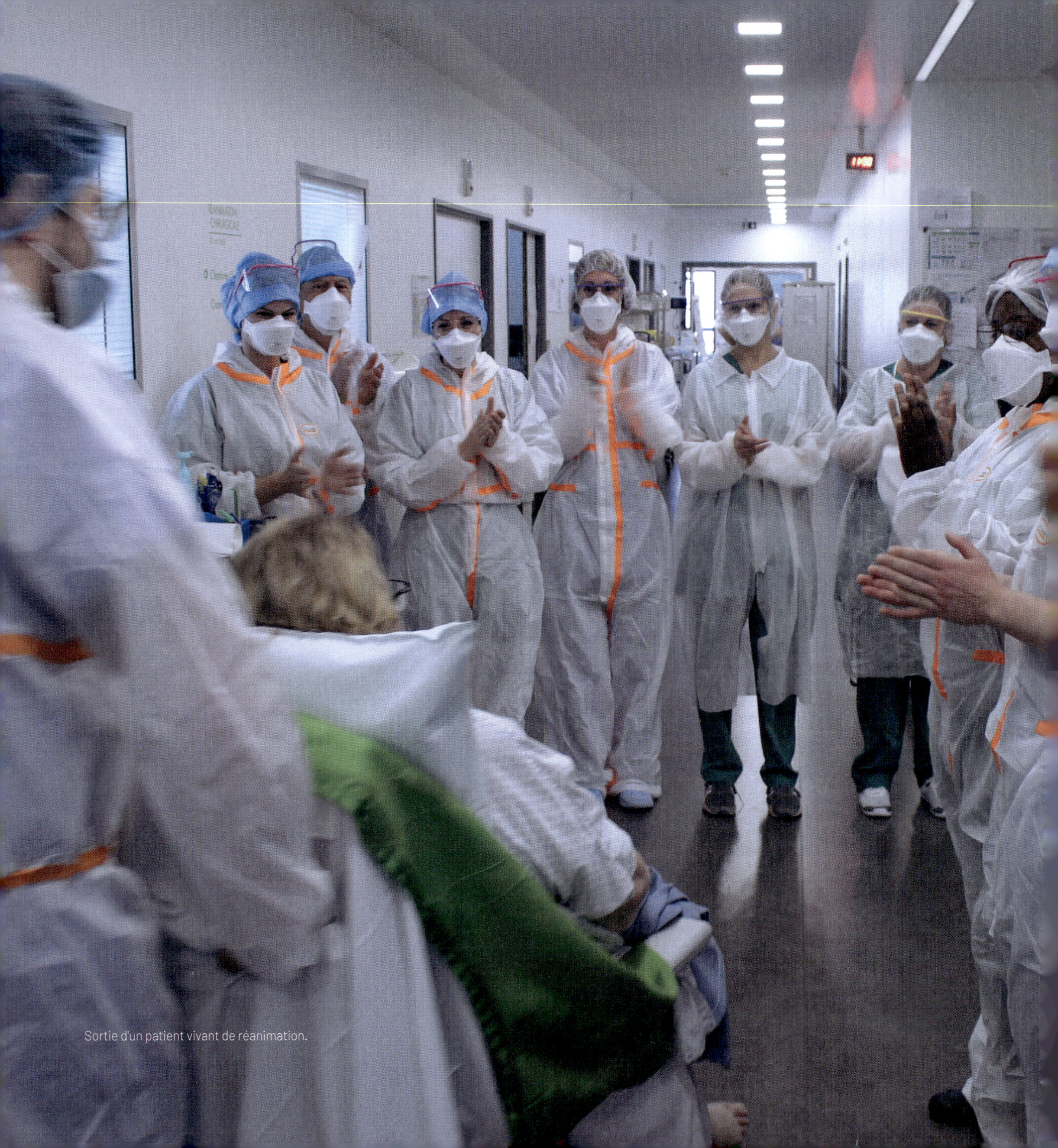

Sortie d'un patient vivant de réanimation.

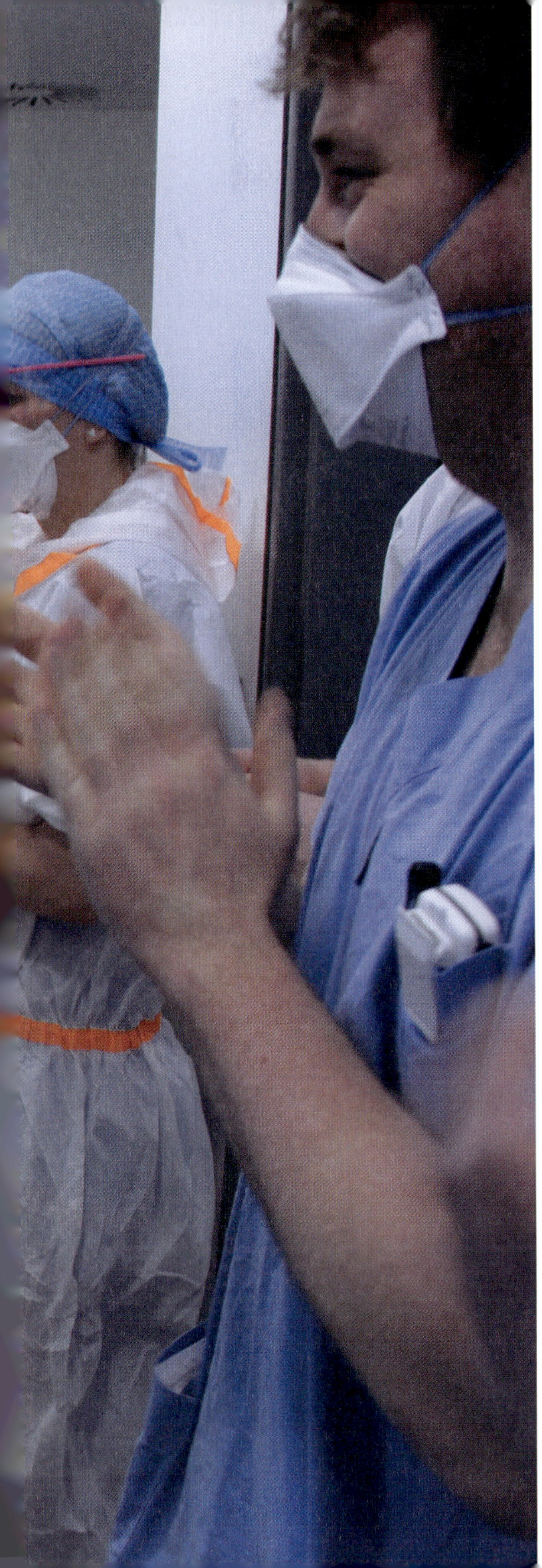

À VOUS QUI TENEZ CE LIVRE ENTRE VOS MAINS, PRENEZ GARDE !

Il n'est pas un énième reportage romancé sur l'horreur du Covid-19. Il contient des tranches de vies, nos tranches de vies de soignants. Il est l'exact reflet de la violence qui a frappé l'Alsace durant cette première vague. Il fait notre portrait, à nous les Alsaciens, qui avons déjà maintes fois éprouvé la guerre et l'isolement. Il est un véritable hommage à l'ensemble des réels acteurs de première ligne d'un centre hospitalier, ces hospitaliers à qui nous devons un profond respect, raison de ce journal de bord qui restera notre mémoire commune à tous.

En lisant cet ouvrage, vous allez plonger en apnée, toujours plus profondément, avec les soignants des Hôpitaux Civils de Colmar. Vous allez vivre avec nous cette vague historique, inédite, d'une ampleur, d'une intensité et d'une fureur exceptionnelles. Vous allez comprendre notre colère, nos angoisses, nos peurs, mais surtout nos fiertés, nos petits bonheurs et nos grands espoirs. Car OUI, les soignants ont un vice, celui de l'espérance qui les pousse dans leur vocation. Cette espérance qui les a maintenus hors de l'eau malgré d'innombrables difficultés, et qui rayonne dans chacune de leurs paroles. **Lisez, et vous saurez...**

Boîte de réception

Message d'Alerte Responsable Stupéfiant

Chercher

Nouveau · Répondre · Transférer · Supprimer · Imprimer

De : GOTTWALLES Yannick
À : sudf-informations

Re: [sudf-informations] Fwd: COVID / Situation du Haut-Rhin

15/03/2020 00:49 sudf-information

À quelques kilomètres de Marc, je ne peux que renforcer ces propos que je trouve encore trop peu alarmistes, bien que déjà désespérants.

Nous avons 2 à 3 jours de retard par rapport à Mulhouse, ce qui nous a servi considérablement, mais malgré les enseignements quotidiens fournis par leur situation et l'évolution du SAMU68, nous sommes dépassés par les évènements.

Plan Blanc déclenché le 11/3 alors qu'il y avait déjà eu une totale réorganisation des urgences, un renfort en personnel médical et paramédical, une extension des lits de réa, la création de zones COVID dédiées au sein de l'établissement, une réunion quotidienne de la Cellule de Crise depuis plus de 10 jours… toutes les décisions prises et les aménagements sont obsolètes et dépassés dans les 12 heures qui suivent, et pourtant nous étions très prévoyants. En permanence, il manque 25 à 30 lits de plus de ce qui est faisable à un temps T, pour prendre en charge les patients non pas dans des conditions correctes mais simplement dégradées.

Les urgences ont l'habitude de travailler dans ces conditions dégradées, mais là nous sommes dans le dégradé du dégradé, et nous attendons encore une dégradation croissante voire exponentielle pour les 15 jours à venir. La mobilisation du personnel tient pour l'instant, sur un fil, mais les éléments ne tiendront pas avec des COVID + chez les praticiens, les IDE et les familles des soignants, ce qui apparait clairement.

Notre activité des urgences (habituellement à 148 passages/jour), a chuté de 45 % mais nous faisons dans cette activité 95 % de COVID avec critères d'hospitalisation. Et en l'absence de critère de gravité, tous les patients sont réorientés vers leur MT sans même entrer dans les urgences. L'UHCD de 15 lits est notre zone COVID, ainsi que notre secteur de Médecine/Chirurgie, et Salle Tiède, SAUV1…

90 % de nos surfaces aux urgences est COVID. À cela s'ajoute une zone COVID+ dans l'établissement, de 15 puis 30 lits, puis toutes les chambres seules de notre établissement (plus de 800 lits de MCO) sont COVID+ ou en attente de résultats. On attend une ouverture de 30 lits COVID+ pour lundi 13 h, mais c'est excessivement loin, plus de 36 heures !!! Et mardi, ce sera plein. Tous les patients en Réanimation Médicale sont COVID+, 90 % en ventral ; les patients des secteurs de Soins Continus de médecine ou de chirurgie sont tous ventilés - les premiers patients ventilés en continue en SSPI apparaissent, c'est-à-dire au-delà des 40 lits de réa disponibles…

Même si le personnel médical et paramédical de nos urgences est formidable, et malgré un soutien indéfectible de notre direction, c'est le matériel qui manque : moins de 5 jours de stock en SHA, moins de 3 jours de stock en masques FFP2, moins de 4 jours de stock en masques chirurgicaux, plus de stock en surblouses, très peu de stock en lunettes… Et des perspectives de réapprovisionnement dans 6 à 8 semaines !!!!! Nous étions centre de référence NRBC (proximité de la Centrale de Fessenheim), mais là aussi, nos stocks fondent à vue d'œil.

Nous sommes au bout d'un système, il va falloir faire des choix sur nos critères d'admission, non seulement en réanimation, mais tout simplement dans une structure hospitalière. Tous nos décès de ce jour sont COVID+.

Pour vous donner un ordre d'idée de ce qui vous attend, hier matin, selon l'APM, sur environ 600 patients, 80 % des patients COVID+ du Grand Est étaient en Alsace, avec 61,5 % dans le Haut-Rhin et 18,5 % dans le Bas-Rhin, 10 % en Moselle et 2,4 % dans le 54.

Alors qu'en Alsace, il y a un gros CH ou CHU tous les 30 à 50 km, les transferts au départ des urgences vers les réanimations sont pluri-quotidiens, avec parfois 160 km entre le CH et la réa qui dispose du précieux lit.

Préparez-vous, ainsi que vos personnels, à cette vague majeure. Il y avait un avant COVID-19, il y aura un après COVID-19 avec de très lourdes cicatrices.

Bon courage à vous tous.

Répondre

SOMMAIRE

MODE D'EMPLOI

UN LIVRE, PLUSIEURS LECTURES

L'ouvrage que vous avez en main peut se lire de plusieurs manières. Les paragraphes ci-dessous vous expliquent les diverses lectures possibles. En effet, ce livre présente différentes informations pour vous faire comprendre et vivre la première vague du Covid au sein des Hôpitaux Civils de Colmar (HCC). Le parti pris des auteurs est de circonscrire le récit dans une fenêtre temporelle allant de décembre 2019 à juin 2020. Ainsi, il n'est pas question de deuxième vague, de vaccination de masse, etc. Ce livre est une fenêtre temporelle.

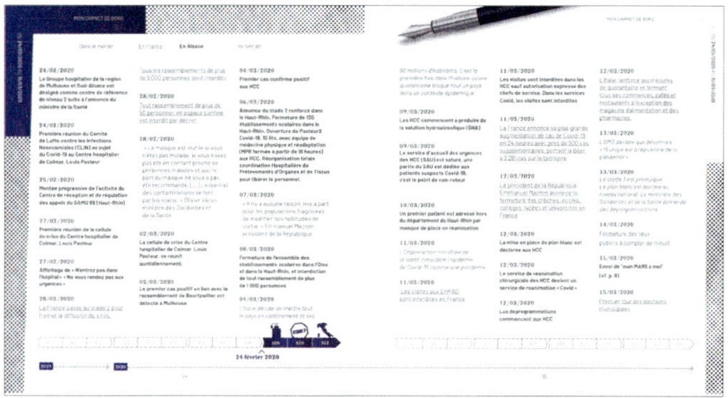

Les carnets de bord

Chaque chapitre est séparé des autres par un extrait du carnet de bord tenu par le Dr Yannick Gottwales durant cette première vague de COVID-19. Ces doubles pages permettent aux lecteurs de suivre l'évolution de la pandémie par période de trois semaines, à différents niveaux : les nouvelles du monde, de la France et d'Alsace. Les carnets de bord relatent également des citations de personnalités publiques. Ils permettent de mesurer l'accélation brutale de la pandémie et mettent en exergue la distorsion entre discours et réalité.

Les chapitres

Les neuf chapitres, entre les carnets de bord, racontent l'histoire de la première vague de COVID-19 en s'appuyant sur le vécu des acteurs des HCC, et notamment celui des agents des Urgences. Ils présentent également des informations et des données communiquées pendant cette première vague. Les chapitres forment une plongée progressive dans la lutte menée contre la pandémie et ses effets par les HCC. Ainsi, les premiers chapitres permettent d'appréhender de manière générale ce nouveau coronavirus puis, chemin faisant, les chapitres deviennent plus spécifiques.

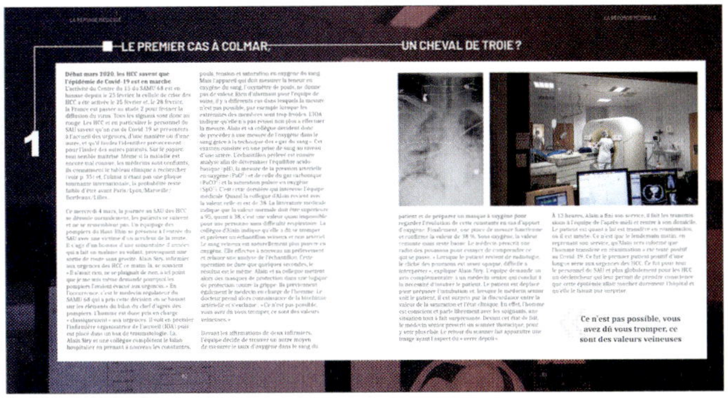

Les encadrés

Des encadrés ponctuent les différents chapitres pour détailler des aspects techniques, préciser du vocabulaire, mettre en lumière des personnalités ou des organisations. Ils viennent enrichir les récits de la lutte contre la première manifestation de la pandémie de COVID-19 et permettent une meilleure compréhension de cette crise.

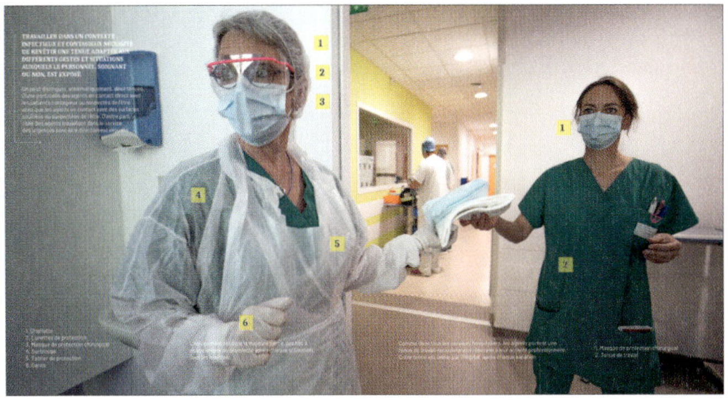

Les photos

Des doubles pages d'explications techniques permettent de comprendre des gestes spécifiques mis en œuvre pendant cette première vague de COVID-19. Elles permettent de découvrir les contraintes pour prendre en charge une personne infectée par le SARS-CoV-2, l'intérieur d'une chambre de réanimation ou le décubitus ventral.

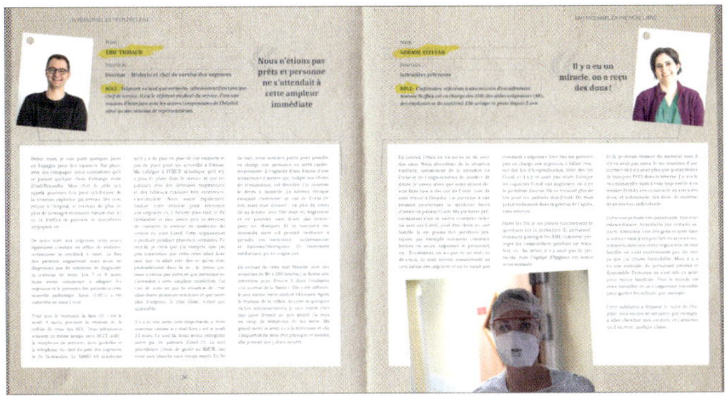

Les témoignages

Les témoignages des agents des HCC et des partenaires de l'hôpital proviennent d'interviews réalisées au début de l'année 2021. Ils n'engagent pas la direction des HCC. Ces témoignages sont le résultat d'un travail mémoriel dans lequel le lecteur est invité à se glisser également pour joindre ses propres émotions aux souvenirs et sentiments de ces acteurs de la première ligne.

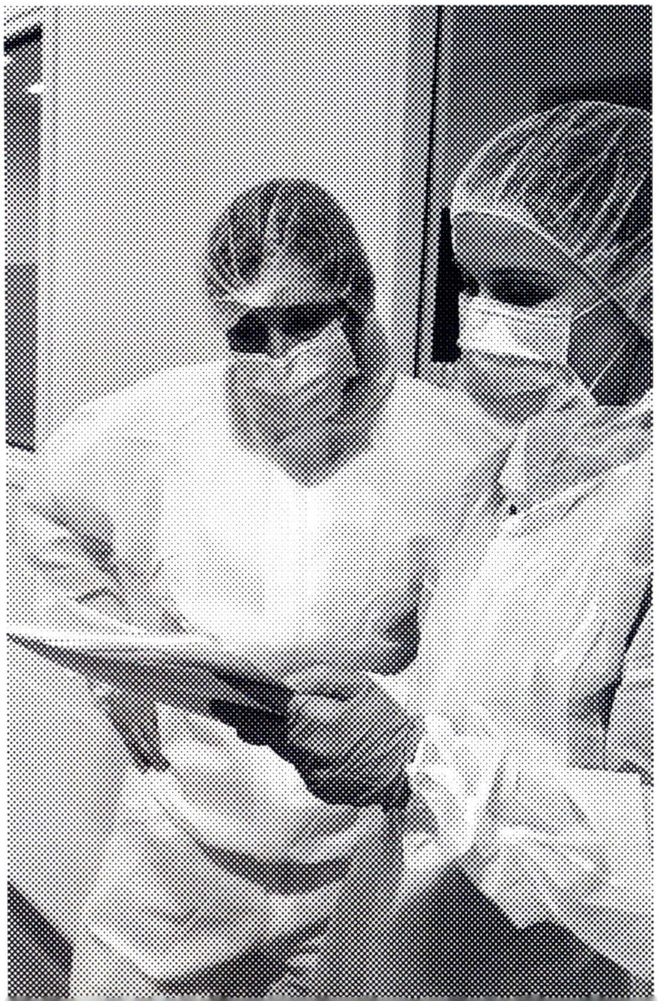

Dans le monde | En France | **En Alsace** | Ils l'ont dit

30/12/2019

Il y a 7 cas confirmés de SRAS au marché de gros de fruits de mer de Huanan (ndlr dans la ville chinoise de Wuhan), [...] il s'agit d'infections au coronavirus, mais le virus exact reste à sous-typer. Li Wenliang — médecin chinois à Wuhan.

03/01/2020

Les autorités chinoises mettent en garde Li Wenliang pour « avoir fait de faux commentaires sur Internet »

06/01/2020

Les CDC (Centers for decease control – agence fédérale américaine pour le contrôle et la prévention des maladies) communiquent sur les risques d'une épidémie.

07/01/2020

La Chine annonce que le virus de Wuhan est un nouveau type de coronavirus.

08/01/2020

Li Wenliang contracte le nouveau coronavirus à l'hôpital central de Wuhan

11/01/2020

L'OMS (Organisation Mondiale de la Santé) lance une alerte internationale

12/01/2020

La Chine partage la séquence génétique du nouveau coronavirus avec la communauté internationale

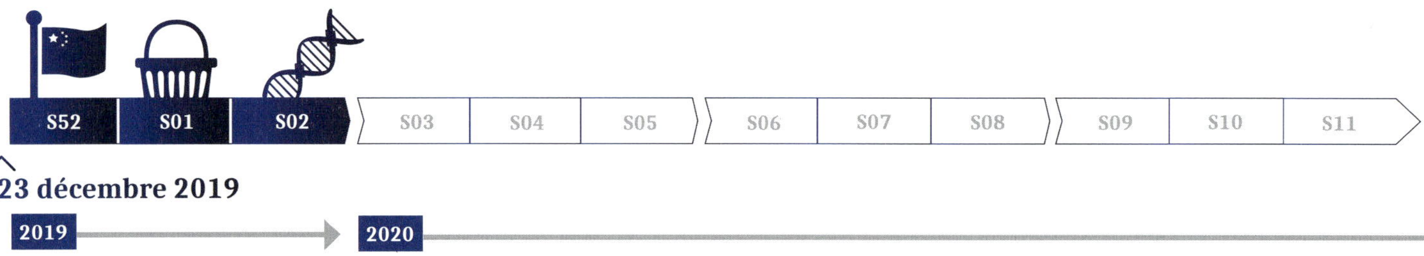

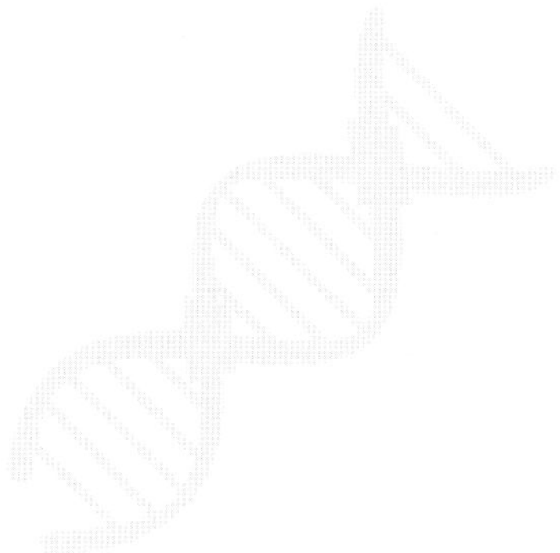

S12 S13 S14 S15 S16 S17 S18 S19 S20 S21 S22 S23

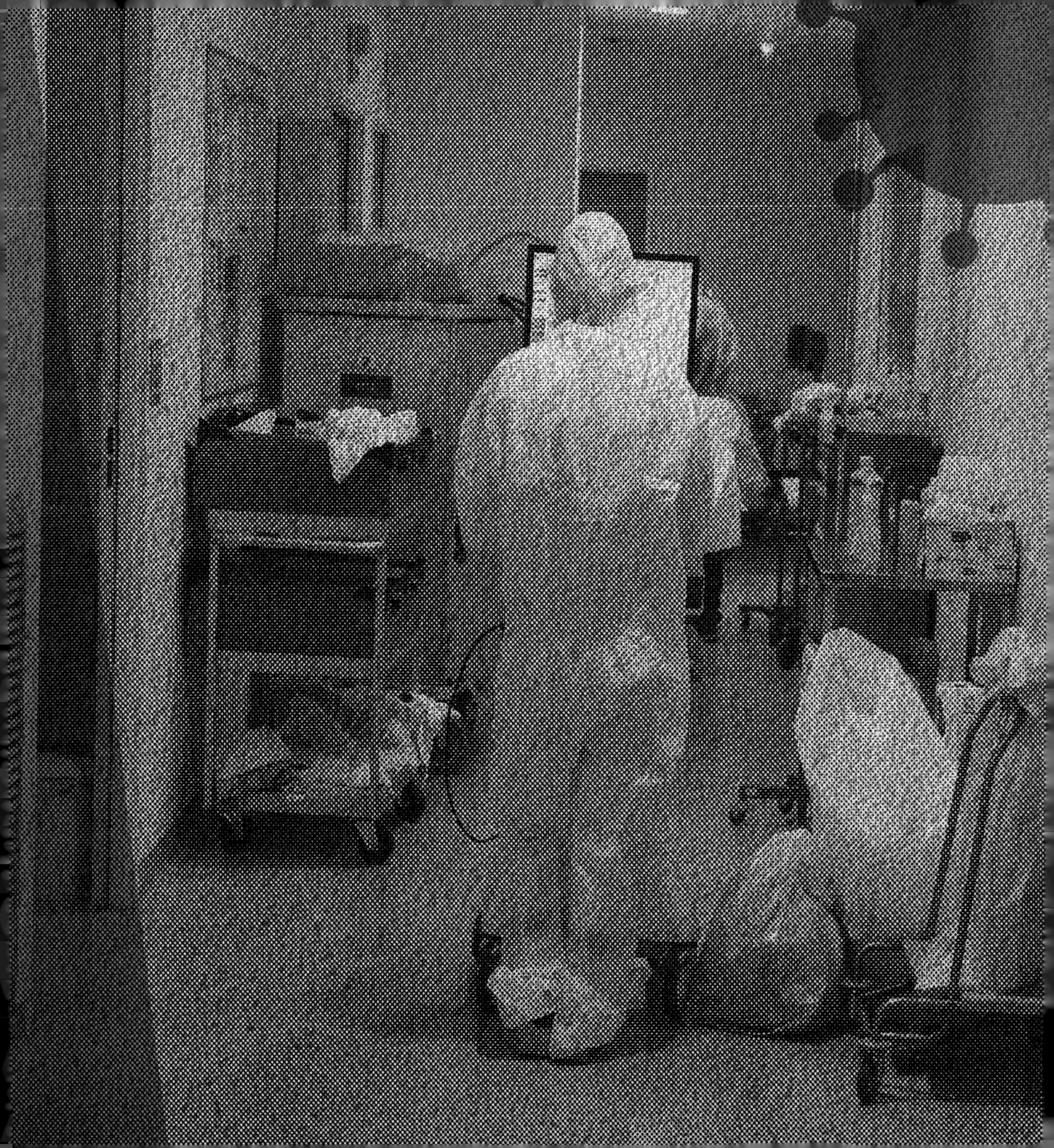

UNE HISTOIRE DES PANDÉMIES

UNE HISTOIRE DES PANDÉMIES

L'histoire humaine est émaillée par des épisodes épidémiques alors même que les causes des maladies restaient bien mystérieuses pour nos aïeux. Alors que la démonstration scientifique du rôle des micro-organismes, bactéries ou virus, s'est faite tardivement, l'apparition des épidémies date du Néolithique, vers 6000 av. J.-C. Elles ont accompagné l'apparition de sociétés sédentaires, le développement de l'agriculture et de la domestication des animaux. Dans un second temps, c'est l'urbanisation qui a favorisé l'émergence des épidémies. Cette modification des modes de vie est dénommée « première transition épidémiologique ».

AVANT LE XXE SIÈCLE

L'écologie microbienne se modifie avec les activités humaines comme l'élevage, l'agriculture ou les contacts entre les humains. Ces facteurs favorisent l'apparition de nouveaux vecteurs et de nouveaux réservoirs animaux. Dans le même temps, les concentrations humaines dans les villes et la précarité ou le manque d'hygiène offrent aux micro-organismes pathogènes de multiples occasions de développement.

Au cours du premier millénaire, les humains ont été frappés par des maladies endémiques d'origine zoonotique (tuberculose, lèpre, peste, typhus, etc.). Les grandes épidémies empruntent les routes maritimes, gagnent l'Europe, puis l'Amérique.
La mortalité est effroyable et l'ignorance de leur mode de transmission interdit tout moyen rationnel de prévention autre que la quarantaine ou la mise à l'écart des malades.

Lèpre et peste illustrent sans conteste les maladies contre lesquelles des mesures sociétales ont été prises pour réduire la transmission des microbes. Ainsi, la lèpre est « traitée » par l'exclusion et la peste par la quarantaine.

Lèpre

Avec la lèpre, la dimension divine et la nécessité des mesures d'éviction trouvent leur justification dans des citations de l'Ancien Testament. Ainsi, dans le Pentateuque, le judaïsme oblige les prêtres de reconnaître la lèpre et les lépreux. Dans le livre du Lévitique (Chapitre 14. Verset 1 à 32), il est indiqué comment les prêtres doivent procéder. Les Évangiles chrétiennes ne sont pas en reste. Il est mentionné que Jésus guérit le lépreux. Le malade est alors vu comme une image vivante du Christ souffrant. Entre le XIe siècle, date à laquelle le nombre de cas augmente fortement, et son déclin au XIVe siècle, la condition des lépreux est déplorable. Certains historiens évoquent l'exclusion des malades comme une véritable chasse aux lépreux. C'est au XIIe siècle que la pratique de l'isolement se généralise. À la fin du XVIIIe siècle, en 1779, le troisième concile de Latran émet un décret qui interdit aux lépreux de se mélanger aux personnes saines, de partager leurs lieux de culte et même d'être enterrés avec elles.

Peste

Avec la peste apparaissent les quarantaines et les cordons sanitaires. Le concept de quarantaine se définit comme l'isolement coercitif mais transitoire des hommes et des marchandises suspects d'avoir été contaminés. C'est en 1377, lorsque le recteur de Raguse impose à tous ceux en

Masque corbeaux pendant la peste.

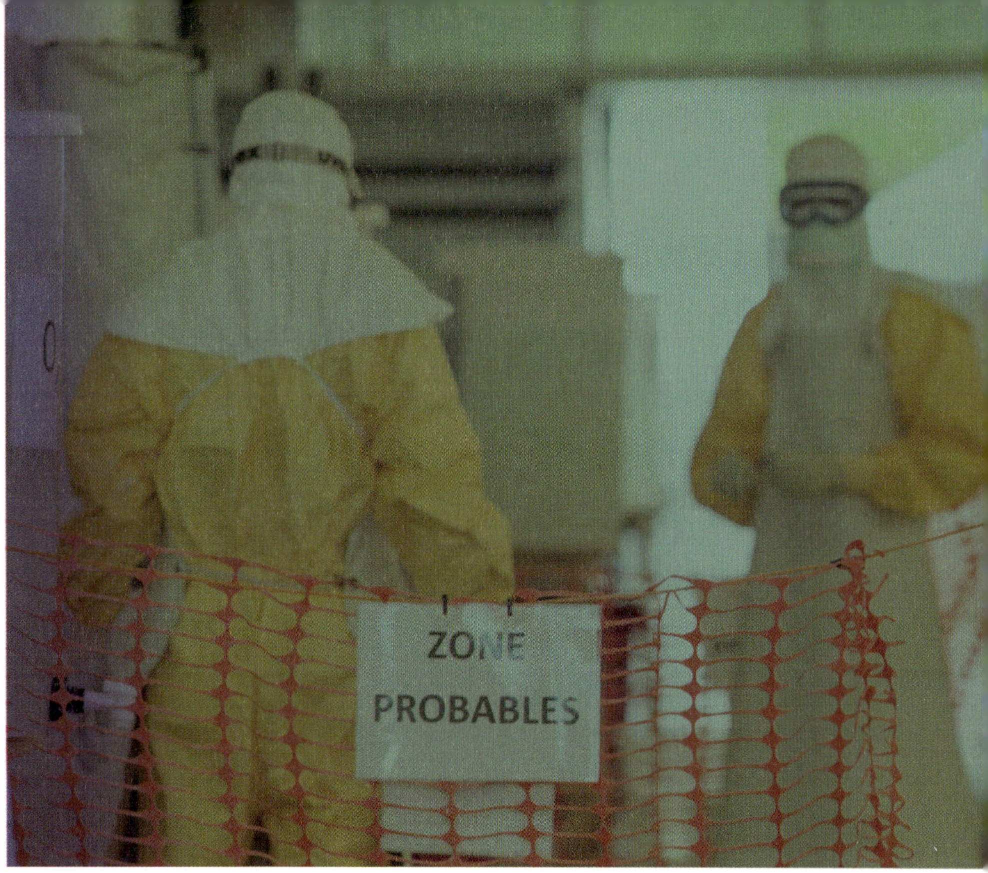

Epidémie Ebola.

provenance d'une zone infectée un isolement de 30 jours sur l'îlot de Mercado, que ce concept est mis en œuvre. La loi stipule alors que tout visiteur en provenance d'une région contaminée doit se plier à la règle de l'isolement. En 1423, le Sénat de Venise adopte une loi similaire, mais en augmentant la durée du confinement à 40 jours, d'où le terme de quarantaine.

Il faut attendre 1854 pour que la première étude épidémiologique significative soit effectuée avec les travaux du médecin britannique John Snow (1813-1858) sur les épidémies de choléra à Londres. La « seconde transition épidémiologique » est apparue à la fin du XIXe siècle, grâce aux progrès de la médecine et de l'alimentation.

AU XXE SIÈCLE

Le XXe siècle s'ouvre avec les affres de la Première Guerre mondiale et l'émergence à la fin de celle-ci d'une épidémie de grippe A (H1N1).

Grippe espagnole

La grippe A (H1N1) ou grippe espagnole pourrait presque faire oublier le triste bilan de la Grande Guerre et de ses 19 millions de morts. En effet, cette épidémie élimine de la surface de la Terre 40 millions de femmes et d'hommes, certaines études émettent un bilan bien plus lourd avec pratiquement 100 millions de victimes. La naissance de cette épidémie n'est pas précisément déterminée. Il est communément admis qu'elle débute aux États-Unis, là où d'autres études évoquent Canton, en Chine, ou la France... C'est en octobre 1918 que l'épidémie de grippe espagnole devient une pandémie. La guerre, les conditions de vie et

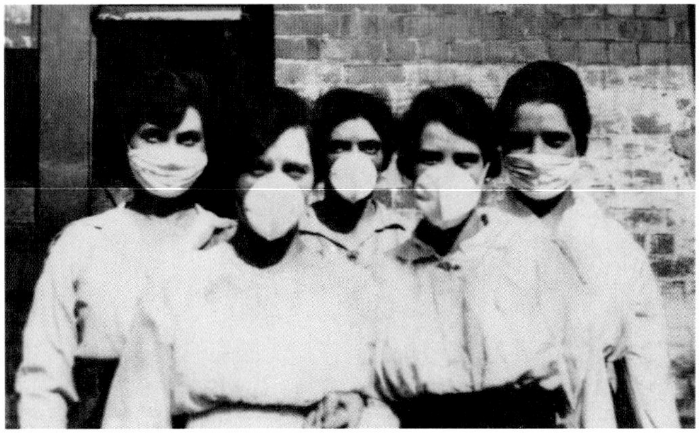

On n'a rien inventé depuis la grippe espagnole !

l'absence d'hygiène sur le front ne font qu'empirer l'hécatombe. La plus grande vague de mortalité se déclare en novembre, alors que la guerre prend fin. Aux États-Unis, là où elle a le plus sévi, **des mesures restrictives** ont été mises en place comme **le lavage des mains**, l'interdiction de cracher dans la rue, le **port du masque**, **la fermeture des écoles et des services religieux**. C'est finalement l'immunité collective qui a permis d'enrayer cette épidémie.

Typhus

La Seconde Guerre mondiale est marquée par une épidémie de typhus dans les ghettos juifs à Varsovie. Transmise par des parasites, poux, tiques et puces, la maladie entraîne une forte fièvre et parfois la mort. Ainsi, en URSS, entre 30 et 40 millions de personnes ont été contaminées, causant entre 3 et 5 millions de morts.

Grippes asiatiques et de Hongkong

La seconde moitié du XXe siècle n'est pas épargnée par les épidémies et en particulier les épidémies de grippe. Entre 1957 et 1958, la grippe A (H2N2), appelée grippe asiatique, a causé 2 millions de morts dans le monde, dont 10 000 à 100 000 morts en France. Cette grippe a pris son essor depuis la Chine, avant de passer à Singapour, puis de gagner Hongkong, les États-Unis. En six mois elle s'étend au monde entier. Ce virus a continué de circuler durant une dizaine d'années, avant d'être remplacé par celui de la grippe A (H3N2), dite grippe de Hongkong. Elle se répand entre 1968 et 1970. Elle est considérée comme la première pandémie de l'ère moderne. Bilan : 1 million de morts. Les médias évoquent à l'époque ce phénomène comme une simple épidémie. Pourtant, des trains sont annulés faute de cheminots, des écoles ferment faute d'élèves, des services publics sont à l'arrêt... En octobre 1969, la pandémie est déclarée terminée. Mais elle revient plus forte encore en Europe. En France, on vaccine à tour de bras, mais avec un vaccin peu efficace.

Sida

Au début des années 1980, il souffle un vent de liberté et de libération sexuelle teintée d'insouciance. Pourtant, très rapidement la situation va s'obscurcir. En 1981, le sida fait son apparition. En juin, l'Agence épidémiologique d'Atlanta annonce au monde médical que cinq patients homosexuels souffrent d'une pneumonie rarissime. La presse parle de « peste rose », stigmatisant les patients et donnant à la maladie un caractère quasi mystique. En janvier 1983, le virus du sida est isolé et, au mois de mai 1983, l'équipe de chercheurs de l'Institut Pasteur publie les résultats dans la revue *Science*.

Victimes d'une grande stigmatisation et condamnés à mort, c'est la double peine pour les malades. Chaque année ils sont plus nombreux et les hôpitaux tentent de faire face à la crise sanitaire, se transformant en mouroirs. On parle alors d'hécatombe. 1996 est une année charnière : après treize longues années de recherche, un traitement va enfin empêcher les malades de mourir. C'est l'arrivée des trithérapies.

AU XXIE SIÈCLE

Le XXIe siècle ne fait pas exception aux précédents et dès les premières années des épidémies sont détectées par les différents réseaux de surveillance, notamment dues à des coronavirus.

SRAS

Le SRAS (Syndrome respiratoire aigu sévère) apparaît fin 2002 en Chine, il est provoqué par un coronavirus, le SARS-CoV (severe acute respiratory syndrome coronavirus). Transmis de la chauve-souris à la civette puis à l'homme, le SRAS, particulièrement contagieux, déclenche des pneumonies qui peuvent s'avérer mortelles. Ce virus aurait infecté 8 096 personnes dans une trentaine de pays, causant 774 décès.

DÉVELOPPEMENT DES ÉPIDÉMIES : QUELS CHANGEMENTS ?

Alors que nous vivons dans une société de plus en plus complexe : technologies présentes à tous les niveaux de notre vie, connexions avec les quatre coins du globe, sources d'informations quasi illimitées, etc., il semble qu'une majorité des humains aimerait résumer des problèmes complexes avec des solutions simples et concises. Mais la réalité scientifique est différente. Ainsi le Dr Mark Smolinski et ses collègues ont recensé treize facteurs contribuant à l'émergence d'une épidémie de maladies infectieuses.

Toutefois, des facteurs clés ont pu être mis en évidence. C'est ainsi, que Marc Barthélémy, chercheur au CEA, et une équipe mixte CEA-CNRS-Université de l'Indiana ont modélisé la diffusion des épidémies à partir des bases de données de l'IATA (International Air Transport Association). Ils concluent en 2008 que « l'avion est le facteur clé de propagation (des épidémies) au niveau mondial ». Pourtant, ils estiment dans leurs conclusions que même « si l'on diminuait de 90 % le trafic aérien – ce qui semble illusoire –, cela limiterait à peine le nombre de cas d'infection ».

Gripe « aviaire »

La grippe « aviaire » est causée par différentes souches de grippe A. Elles infectent les oiseaux sauvages et domestiques. En 2004 la souche H5N1 préoccupe les autorités sanitaires en raison de son danger et de sa transmissibilité à l'être humain. La grippe « aviaire » est une « vieille » maladie puisque les premières descriptions datent de l'antiquité. Le virus H5N1 a, de 2004, à 2007, durement frappé les oiseaux mais seulement quelques centaines d'humains. À l'heure actuelle, l'OMS craint que le virus ne mute, créant une pandémie hautement mortelle chez l'être humain.

Grippe « porcine »

La grippe « porcine » tire son nom de son origine supposée ; un élevage industriel de porcs au Mexique. Il s'agit d'une grippe A (H1N1) semblable à la grippe espagnole du début du XXe siècle. L'épidémie débute au printemps 2009. La pandémie est déclarée en juin de la même année. Le virus est finalement bien moins dangereux que prévu et de nombreuses campagnes de vaccination bloquent son développement.

MERS

Le MERS, ou plus exactement le MERS-CoV (Middle East respiratory syndrome-related coronavirus), est un virus de la famille des coronavirus. Il apparaît chez l'homme en 2012 au Moyen-Orient. Au début de l'épidémie, le vecteur supposé était une chauve-souris endémique dans cette région. Toutefois, des études ont démontré que les vecteurs du MERS-CoV sont les camélidés présents en Arabie saoudite, notamment le dromadaire.

Ebola

Le virus Ebola a été enregistré pour la première fois en 1976 lors de deux flambées, l'une dans un village près de la rivière Ebola en République démocratique du Congo (RDC), et l'autre au Soudan. Entre fin 2013 et 2016, le virus est responsable d'une épidémie dans plusieurs pays d'Afrique de l'Ouest. Il a refait une apparition en 2018 en RDC pendant 22 mois. Pas aussi contagieux que d'autres maladies virales, il est considéré comme très dangereux du fait d'un taux de mortalité de l'ordre de 50 %.

ÉPIDÉMIE/PANDÉMIE

Les mots *épidémie* et *pandémie* sont des notions d'épidémiologie. Les relations entre un agent pathogène, virus ou bactérie, et la population qu'il infecte peuvent se définir par la durée et l'étendue géographique de l'infection. Ainsi, on distingue trois cas :

- **Endémie :** une infection qui reste localisée géographiquement mais qui est présente de façon permanente est appelée endémie. On parle également de maladie endémique, tel le paludisme dans certaines régions du monde.
- **Épidémie :** c'est une infection qui reste localisée géographiquement et sur une courte période. C'est le cas par exemple de l'épidémie de grippe saisonnière en France, qui apparaît uniquement pendant la période hivernale.
- **Pandémie** : c'est une infection qui part d'une zone localisée puis s'étend au monde entier. Il peut y avoir des pandémies limitées dans le temps ou des pandémies qui durent très longtemps comme celle liée au VIH depuis plus de 30 ans.

- **Virus** : micro-organisme composé de matériels génétiques (ARN ou ADN) qui ne peut se multiplier ou survivre seul. Il doit pénétrer dans une cellule. Son seul but est de survivre le plus longtemps possible en se multipliant ; pour cela, il parasite la cellule infectée en utilisant les structures de celle-ci, pour fabriquer les éléments nécessaires à la constitution de prochains virus. Lorsque le virus se réplique, il peut modifier sa descendance pour l'améliorer en fonction des embûches qu'il a rencontrées. Parfois accidentelles, ces modifications sont là pour favoriser la survie de l'espèce : il s'agit de mutations.

EBOLA

Dans le monde En France **En Alsace** Ils l'ont dit

13/01/2020
La Thaïlande notifie le premier cas positif sur son territoire

14/01/2020
Émission du premier MARS (Message d'Alerte Rapide Sanitaire)

15/01/2020
Le Japon notifie le premier cas positif sur son territoire

20/01/2020
La Corée notifie le premier cas positif sur son territoire

20/01/2020
L'OMS émet son premier bulletin de situation (Situation report) sur le nouveau coronavirus

20/01/2020

> Le risque d'importation depuis Wuhan est quasi nul. Le risque de propagation du coronavirus dans la population est très faible. Agnès Buzyn, ministre des Solidarités et de la Santé.

21/01/2020
Les États-Unis notifient le premier cas positif à Seattle (État de Washington)

22/01/2020
Taïwan notifie le premier cas positif sur son territoire

23/01/2020
L'OMS organise une première réunion du Comité d'urgence du Règlement sanitaire international (RSI) concernant la flambée d'un nouveau coronavirus

24/01/2020
La France recense les trois premiers cas positifs sur son territoire. Un patient à Bordeaux et deux patients à Paris.

30/01/2020
L'OMS déclare l'état d'urgence de santé publique de portée internationale

31/01/2020
Rapatriement et mise en quarantaine de ressortissants français en provenance d'Hubei

01/02/2020
Plus de 20 pays ont notifié des cas positifs sur leur territoire

02/02/2020
Premier décès hors de Chine, aux Philippines

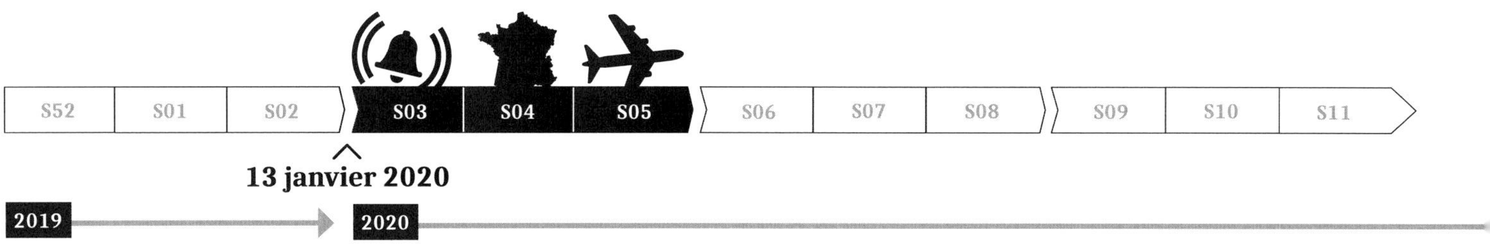

S12	S13	S14	S15	S16	S17	S18	S19	S20	S21	S22	S23

2019-nCoV
SARS-CoV-2
COVID-19

LA GENÈSE DU COVID-19

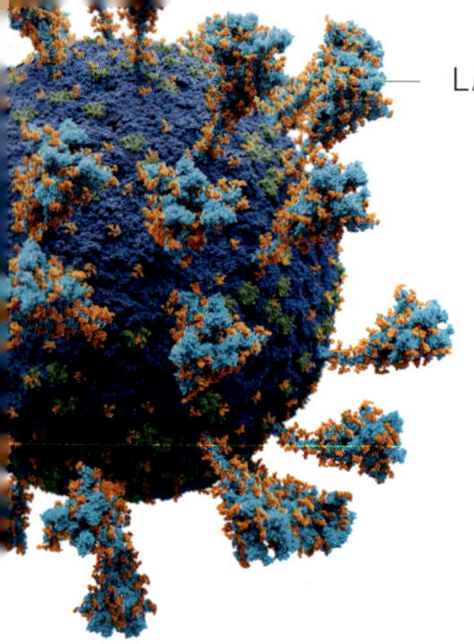

LA GENÈSE DU COVID-19

En quelques semaines, un organisme de 100 nm de diamètre, mille fois plus petit qu'un cheveu humain, a totalement bouleversé nos existences. Mais qui est ce micro-organisme et comment s'est-il répandu sur notre planète ?

CORONAVIRUS 2019, 2019-NCOV, COVID-19, ETC.

Entre celles émanant de l'Organisation mondiale de la santé (OMS), de l'Organisation mondiale de la santé animale (OIE) et de l'Organisation des Nations unies pour l'alimentation et l'agriculture (FAO), du Comité international de taxonomie des virus (ICTV), des médias ou de la classe politique, pendant quelques mois il a été compliqué de s'y retrouver dans les différentes appellations de ce nouveau virus. Pour y voir plus clair, il faut déjà différencier le virus et la maladie qu'il provoque. Ainsi, pour prendre une analogie connue, la rougeole est une maladie. Elle est provoquée par un virus dénommé « morbillivirus de la rougeole » par l'ICTV. Cette dénomination s'inscrit dans un travail de classification. Ainsi, l'organisme provoquant la rougeole est classifié de la manière suivante :

- Type : Virus
- Domaine : Riboviria
- Embranchement : Negarnaviricota
- Sous-embranchement : Haploviricotina
- Classe : Monjiviricetes
- Ordre : Mononegavirales
- Famille : Paramyxoviridae
- Sous-famille : Orthoparamyxovirinae
- Genre : Morbillivirus

En règle générale, le grand public connaît le nom des maladies et plus rarement celui des virus. Autre exemple, la mononucléose est provoquée par le virus d'Epstein-Barr.

Fin 2019, lorsqu'une nouvelle pathologie apparaît en Chine, les scientifiques se posent différentes questions et notamment « Cette pathologie est-elle nouvelle » et « Quelle est la cause de cette pathologie ».

Dans un premier temps, un premier le virus se voit attribuer un nom provisoire : « 2019-nCoV ». « 2019 » pour l'année d'apparition constatée par l'être humain, « n » pour nouveau et « CoV » car il s'agit d'un virus appartenant à la famille des coronavirus. Le 7 février 2020, Maria Van Kerkhove, qui dirige l'unité des maladies émergentes de l'OMS à Genève, déclare : « Nous avons pensé qu'il était très important de lui trouver un nom provisoire afin qu'aucun lieu ne soit associé à son appellation. [...] Nous voulions nous assurer qu'il n'y ait pas de stigmatisation. » En effet, depuis 2015, l'OMS préconise de ne pas utiliser des noms de lieux pour nommer des virus ou des maladies, à l'instar de Zika (qui fait référence à une forêt près d'Entebbe en Ouganda) ou d'Ebola (qui fait référence à une rivière près de Yambuku en République démocratique du Congo). La maladie, quant à elle, à la même période est appelée « maladie du nouveau coronavirus ».

C'est le 11 février que les appellations officielles de l'ICTV sont annoncées par l'OMS. Ainsi, le virus se nomme « severe acute respiratory syndrome coronavirus 2 » abrégé en SARS-CoV-2. Ce nom a été choisi car ce virus est génétiquement apparenté au coronavirus responsable de l'épidémie de SRAS de 2003. Le même jour, l'OMS annonce également que le nom de la maladie est « COVID-19 » pour « **co**rona**vi**rus**d**isease 20**19** » (Maladie du coronavirus 2019). Dans sa première communication, l'OMS utilise le genre féminin et l'écriture en majuscules en écrivant : « La COVID-19 est la maladie infectieuse causée par le dernier coronavirus qui a été découvert. » L'acronyme est repris en France et dans une large majorité des régions francophones avec le genre masculin et l'écriture « Covid-19 » et notamment dans les textes législatifs instaurant l'état d'urgence sanitaire en mars 2020. Début mai 2020, l'Académie française écrit sa préférence pour l'emploi du féminin pour Covid-19, son noyau étant un équivalent du nom français féminin « maladie ». Toutefois, le 4 juin 2020, le nom « covid » entre dans le dictionnaire *Robert* avec les deux genres, masculin et féminin.

L'identification du virus, et en particulier le séquençage du génome du virus, est intervenue rapidement puisque dès le 26 janvier 2020, soit moins d'un mois après l'identification de la maladie, une équipe chinoise publie un article scientifique indiquant le séquençage à 99,98 % du génome. Il résulte que la classification du SARS-CoV-2 est la suivante :

- Type : Virus
- Royaume : Riboviria
- Règne : Orthornavirae
- Embranchement : Pisuviricota
- Classe : Pisoniviricetes
- Ordre : Nidovirales
- Sous-ordre : Cornidovirineae
- Famille : Coronaviridae
- Sous-famille : Orthocoronavirinae
- Genre : Betacoronavirus
- Sous-genre : Sarbecovirus
- Espèce : SARS-CoV

Il est à noter que le SARS-CoV-2 est l'un des membres de la sous-famille des coronavirus (Orthocoronavirinae). Cette sous-famille compte sept types connus chez l'humain ; 229E, NL63, OC43, HKU1, SARS-CoV, MERS-CoV et SARS-CoV-2. Les quatre premiers provoquent des maladies sans gravité tandis que les trois autres sont responsables de pneumopathies graves. C'est en 2003 que le SARS-CoV voit son apparition, l'épidémie qu'il provoque contamine 8 098 personnes et en tue 774. En 2004, l'épidémie est considérée comme éradiquée. En 2012, c'est le MERS-CoV qui apparaît, provoquant 449 décès.

[...] Nous voulions nous assurer qu'il n'y ait pas de stigmatisation

CHRONOLOGIE MONDIALE 2020

En moins d'un mois, le virus se propage dans dix pays, répartis sur trois continents. Deux mois après son apparition, le Covid-19 est présent sur tous les continents habités par l'homme.

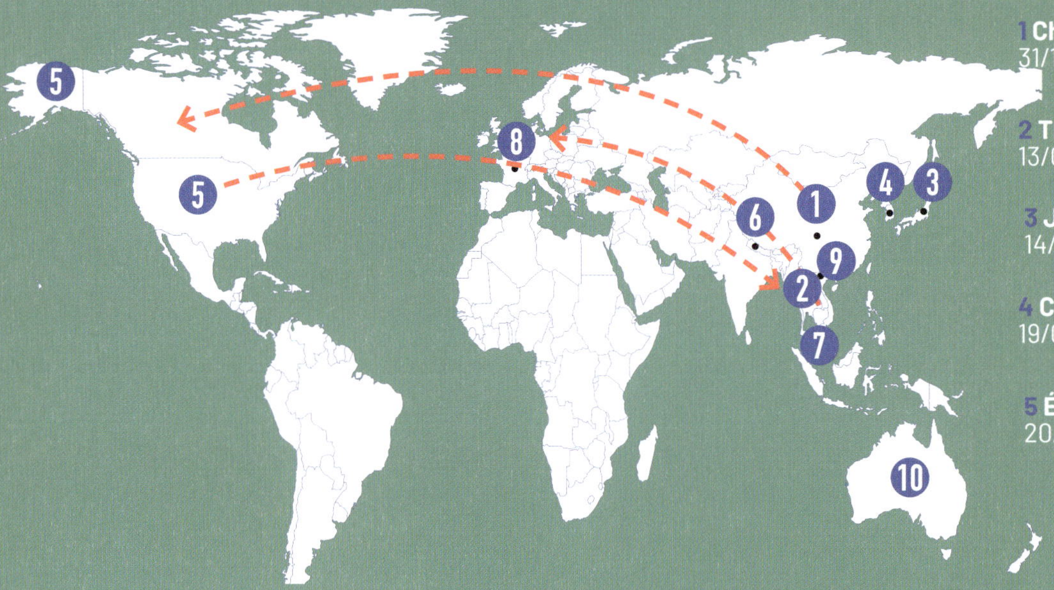

1 Chine 31/12/2019

2 Thaïlande 13/01/2020

3 Japon 14/01/2020

4 Corée du Sud 19/01/2020

5 États-Unis 20/01/2020

6 Népal 23/01/2020

7 Singapour 23/01/2020

8 France 24/01/2020

9 Viêt Nam 24/01/2020

10 Australie 25/01/2020

Émergence des 1er cas par continent

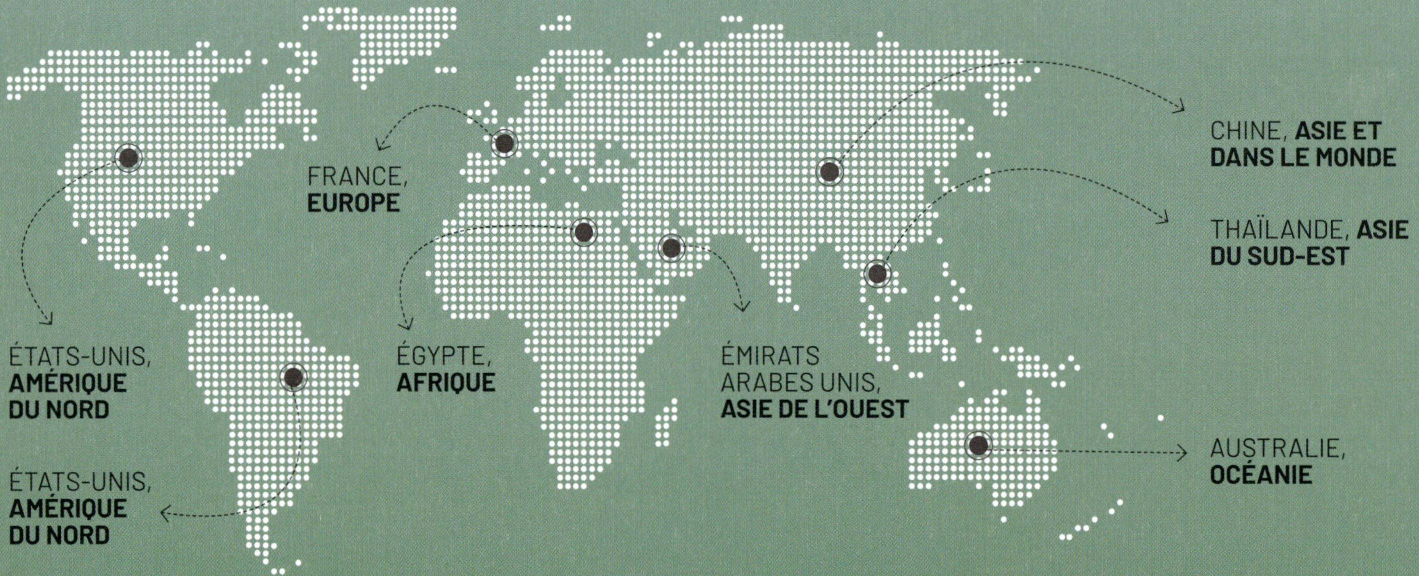

En six mois, le virus est détecté dans 215 pays ou territoires, aucune zone habitée n'est totalement épargnée.

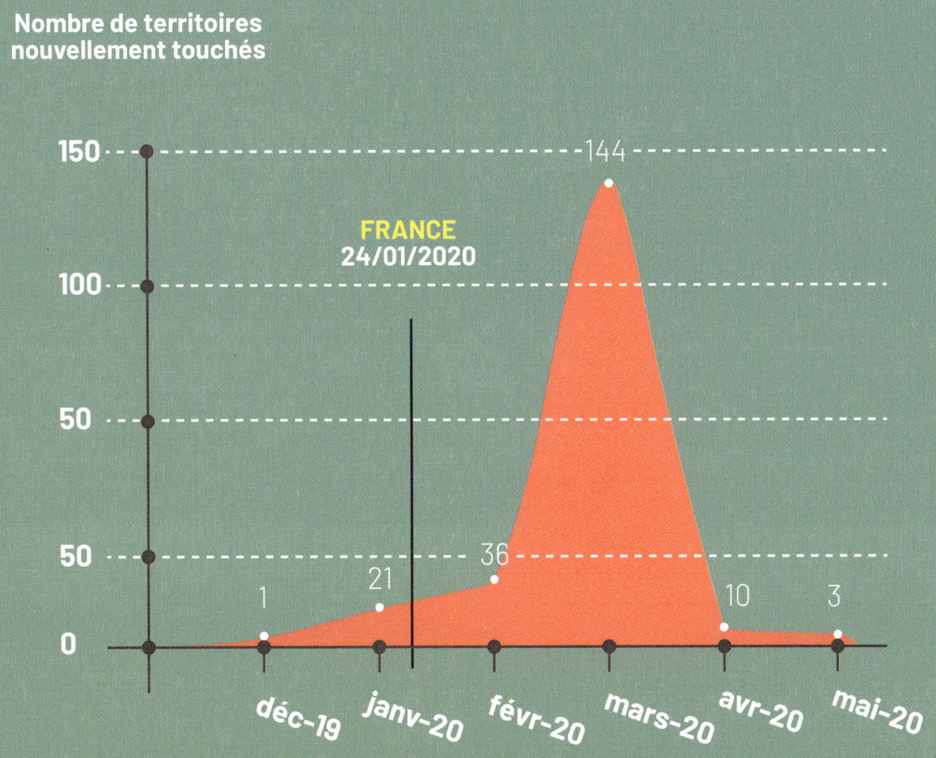

CHRONOLOGIE FRANCE 2020

En France, le nombre de patients admis à l'hôpital est consigné à partir du mois de mars 2020, il explose au mois d'avril.

Le seuil d'état d'urgence sanitaire du taux d'occupation des lits en réanimation est fixé à 60 %. Le 8 avril 2020, le taux d'occupation des lits en réanimation est de 138,8 %.

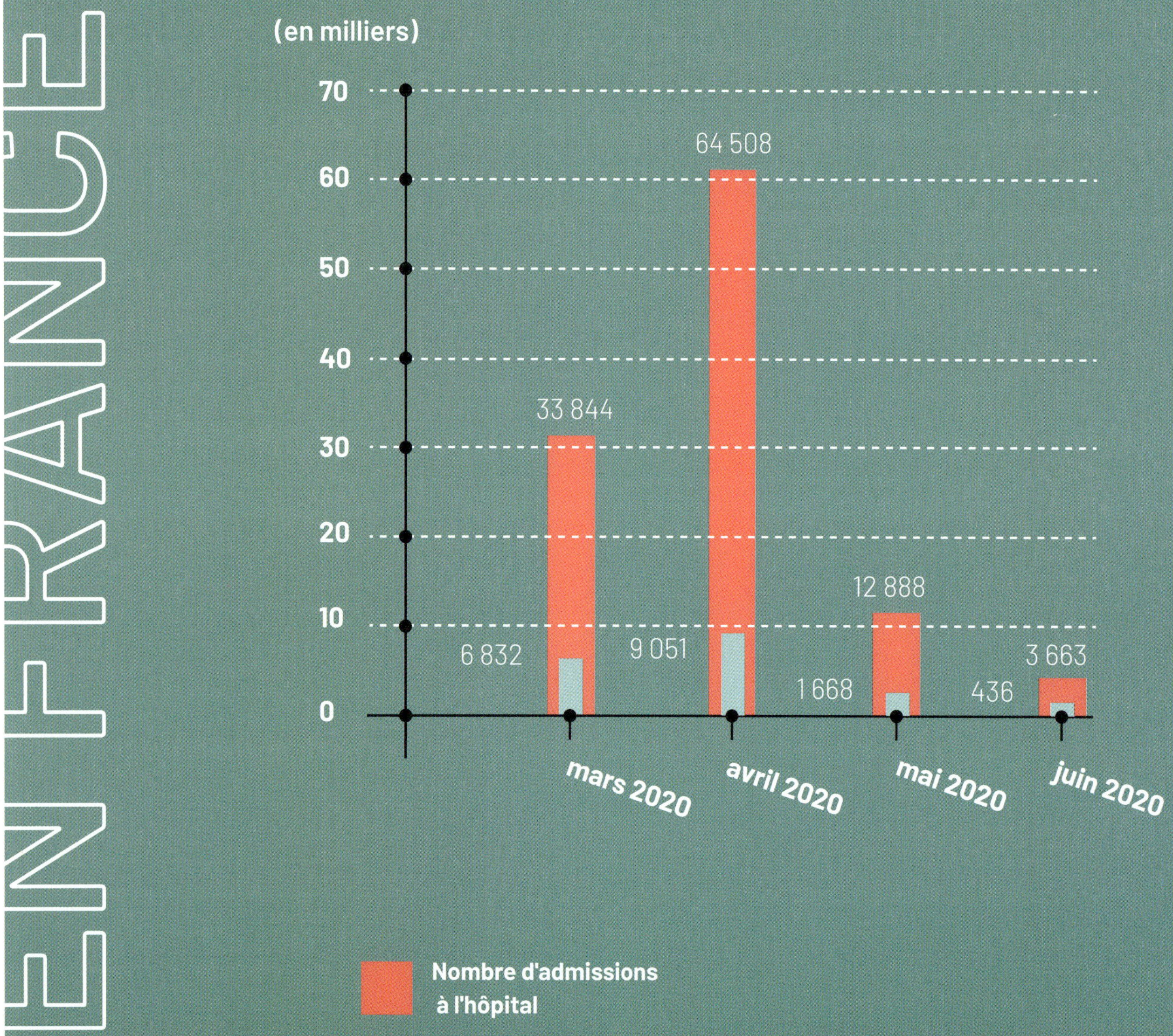

CHRONOLOGIE ALSACE 2020

À la différence du reste du territoire hexagonal, l'Alsace subit l'afflux de patients hospitalisés et en réanimation dès le mois de mars 2020. Comme en témoignent de nombreux personnels hospitaliers, l'Alsace a essuyé un véritable tsunami.

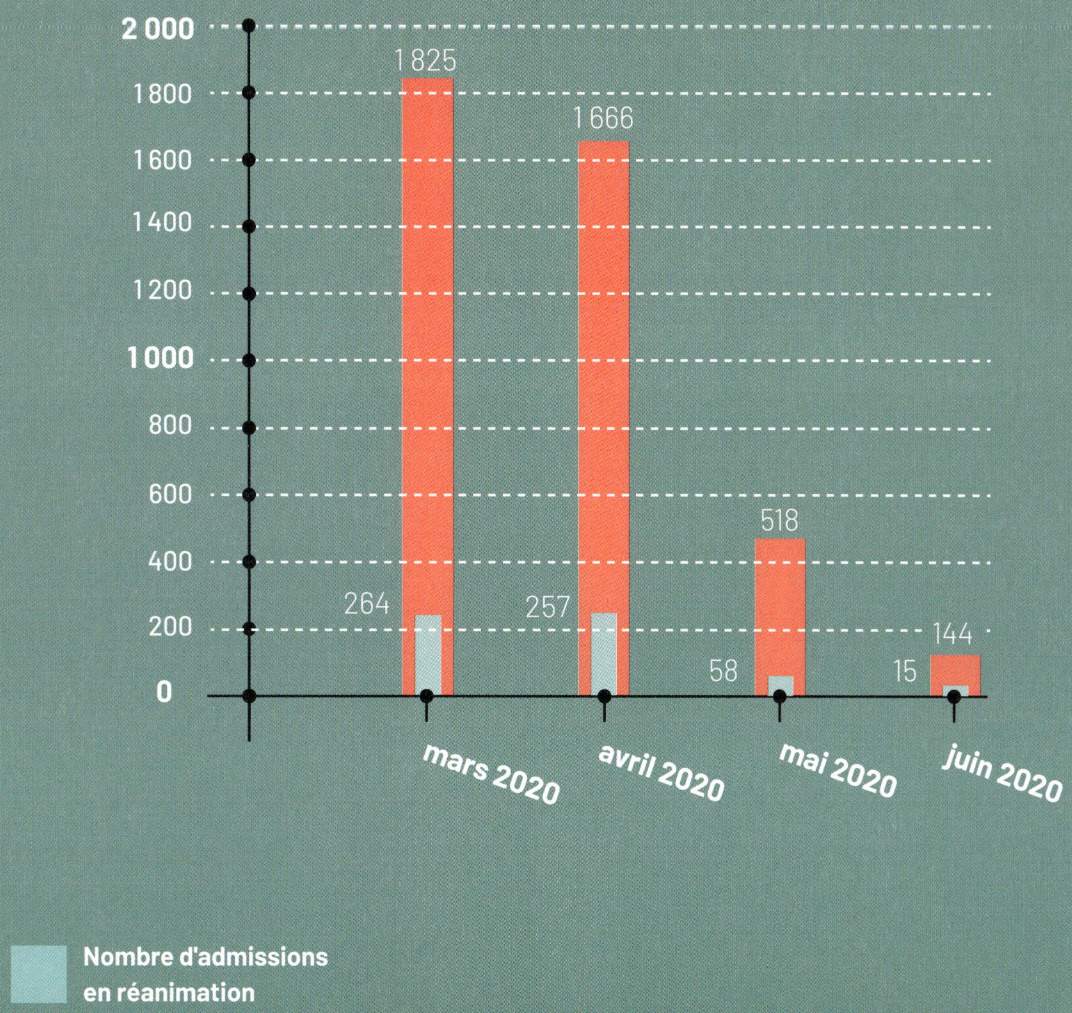

EN ALSACE

BOURTZWILLER : HISTOIRE D'UN BOOSTER

Jusqu'en mars 2020, Bourtzwiller n'était rien de plus que le nom d'un quartier du nord de Mulhouse pour les habitants de la région. Pour la plupart des Français, ce n'était qu'un mot à consonance allemande. Mais, le mardi 3 mars, lors du point quotidien du DGS (directeur général de la Santé), le Pr Jérôme Salomon, Bourtzwiller est violemment éclairé par les projecteurs médiatiques. En effet, le DGS annonce l'existence de sept cas confirmés dans le Grand-Est, dont cinq dans la même famille ; il précise qu' « il s'agit d'une contamination au cours d'un rassemblement religieux de plusieurs milliers de personnes du 17 au 24 février sur le site de l'église La Porte ouverte chrétienne, dans le quartier de Bourtzwiller, à Mulhouse ».

Le « rassemblement de Bourtzwiller », comme il sera désormais nommé dans les médias, est une célébration religieuse rassemblant environ 2 500 participants venus de toute la France métropolitaine, de Belgique, de Suisse, d'Allemagne et des DROM (départements ou régions français d'outre-mer). Ce rassemblement, organisé chaque année depuis 28 ans, est une semaine de jeûne et de prières.

La polémique enfle alors autour de la responsabilité de ce rassemblement dans l'accélération de la propagation de l'épidémie de Covid-19 en France. Il faut rappeler que, pendant la période du rassemblement, aucune interdiction étatique n'est en vigueur. Dès l'annonce du stade 2 de l'épidémie, le 29 février, l'église de La Porte ouverte chrétienne annule ses activités. Cependant, l'église est accusée de ne pas avoir pris des mesures sanitaires devançant les annonces gouvernementales ni même d'avoir mis en place des « mesures de sécurité de base » considérant le contexte sanitaire, comme l'a suggéré Josiane Chevalier, la préfète du Grand-Est et du Bas-Rhin, le 17 mars. Sur le terrain, dans les hôpitaux de Mulhouse, de Strasbourg et de Colmar, les premiers cas de contamination, arrivant aux Urgences ou parmi le personnel soignant, sont en lien direct ou indirect avec ce rassemblement religieux. Ainsi le 4 mars, lorsqu'une victime d'un accident de la route est admise aux Urgences des HCC (Hôpitaux Civils de Colmar) et testée Covid positive, son lien avec le rassemblement de Bourtzwiller n'est établi qu'à postériori. Dans un suivi épidémiologique de qualité, dont l'Église ne peut être tenue entièrement responsable, les autorités sanitaires auraient dû prévenir les acteurs opérationnels, pompiers, SAMU, ambulanciers, services d'accueil des Urgences, de ce facteur de risque afin qu'il soit pris en considération dans les questionnaires permettant d'effectuer le tri médical et paramédical des patients. Des signaux clairs étaient présents, le Dr Patrick Vogt relate une augmentation importante du nombre d'appels au SAMU dans la soirée du 3 mars : « Les gens disaient tous la même chose : on est évangéliques, on était à la cérémonie, on est tombés malades, on espère qu'on n'a pas attrapé le corona ! » L'ARS Grand-Est (Agence régionale de santé), par la voix de son directeur général, Christophe Lannelongue, fait d'ailleurs ce constat de vigilance manquée ; il déclare, le 28 mars 2020, en parlant du rassemblement, que c'est « une espèce de bombe atomique qui nous est tombée dessus fin février et qu'on n'a pas vue ». Les conséquences de cette « bombe atomique » sont considérables pour la région Grand-Est. La taille du rassemblement, les chants en commun, les poignées de main et les embrassades ont favorisé la propagation du virus dans la communauté de fidèles. L'annonce du Pr Jérôme Salomon, invitant les fidèles « à contacter le 15 » (ndlr : le SAMU) a accéléré l'engorgement du CRA (Centre de réception des appels) du SAMU à Mulhouse. Enfin, la non-mise en place d'une politique de suivi des cas contacts a favorisé l'émergence de cas contacts dans la population générale et dans les structures de santé. Ainsi, il est probable qu'une infirmière des Hôpitaux Universitaires de Strasbourg, présente au rassemblement, soit à l'origine de la contamination de 250 collègues soignants, selon le directeur général de l'ARS Grand-Est.

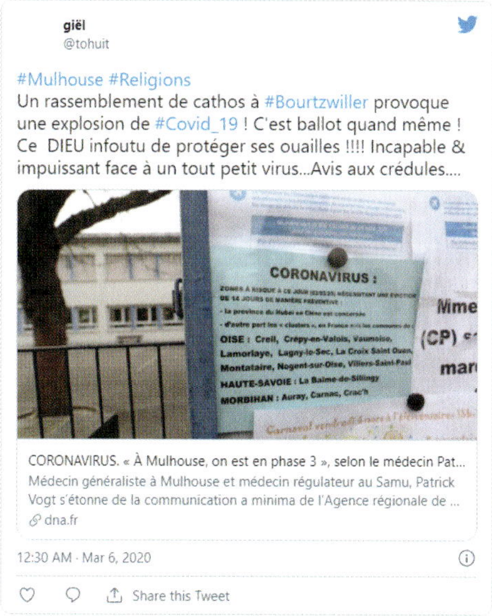

Il s'en suit un déchaînement politico-médiatique mettant en cause les participants, l'église et Dieu.

« Une espèce de bombe atomique qui nous est tombée dessus fin février et qu'on n'a pas vue

L'une des personnes testées positives est le Dr Jonathan Peterschmitt, le fils du pasteur principal de cette église charismatique évangélique, Samuel Peterschmitt. Dans un manifeste intitulé « De la responsabilité en contexte pandémique », ce médecin généraliste entend répondre aux différentes accusations à l'encontre de l'église. Il déplore que le rassemblement de Bourtzwiller soit utilisé pour expliquer la propagation de l'épidémie de Covid-19, « la solidarité nécessaire à la geste de la crise ne nous impose pas un silence béat face à des déclarationsinjustes », écrit-il fin avril 2020. Pour lui, « entre la mi-janvier et la mi-février, des cas de viroses et pneumopathies atypiques qui ne donneraient aujourd'hui aucun doute clinique circulaient dans la région [...] ainsi qu'une épidémie grippale inhabituelle qui circulait dans les milieux scolaires du secteur, augmentant l'absentéisme de manière très nette ». Le médecin affirme donc que le coronavirus était bien présent dans le Grand-Est avant le rassemblement des fidèles de son église. Il s'interroge sur la stigmatisation dont l'église et les participants ont été victimes : « En tant que participant à la rencontre du 17 au 21 février dernier organisée par mon église, je demande pourquoi suis-je doublement atteint? Atteint physiquement et dans mon entourage, par la maladie et la mort sans avoir une chance de me préparer. Atteint dans mon intégrité morale, étant comme beaucoup d'autres désigné " responsable involontaire " qui fait lourdement écho à l'accusation d'" homicide involontaire ". Quid des autres rassemblements ayant eu lieu à cette époque si le virus circulait déjà? » En effet, à 30 km de là, le Salon Expo Habitat de Waldighofen venait de recevoir, du 7 au 10 février, plus de 20 000 visiteurs, sans masque, ni gel, ni distanciation physique.

Le 18 février, Emmanuel Macron est à Mulhouse pour un discours contre le séparatisme et prend un bain de foule... « à 300 m de l'église ».

Il souligne également, en tant que professionnel de santé, les manquements du système de santé : « Pourquoi n'ai-je pas eu les moyens de détecter la maladie avant son arrivée? Pourquoi les alertes sanitaires n'évoquaient-elles que la possibilité de cas importés d'Asie ne permettant pas de faire le lien avec les maladies autochtones ? »

Il poursuit en se penchant sur la morbidité en Allemagne, bien plus faible qu'en France. Selon lui, la réponse n'est pas à chercher dans le rassemblement de Bourtzwiller. « La différence se trouve peut-être, au moins en partie, dans la différence de prise en charge des malades. La médecine de terrain est sinistrée [...]. L'hôpital de Mulhouse, ses urgences en particulier, sont à genoux depuis plusieurs mois et c'est sur ce terrain particulier que survient la première vague épidémique. Les hôpitaux périphériques (Thann, Altkirch) sont fortement affaiblis et leur capacité de prise en charge très diminuée. Nous sommes en train de payer, en vies humaines, la virulence de ce coronavirus, mais aussi et surtout la facture de 30 années de démantèlement sanitaire local et national bien ancré dans la philosophie politique et administrative. »

Nous sommes en train de payer, en vies humaines, la facture de 30 années de démantèlement sanitaire local et national

La définition d'un cas suspect doit permettre de ne pas rater le 1er cas

DÉFINITION D'UN CAS SUSPECT
27 FÉVRIER 2020

La définition d'un cas suspect est de la responsabilité de SpF (Santé publique France). :

En février 2020, la COREB (Coordination Opérationnelle Risque Épidémique et Biologique) met à jour sa fiche pratique, et le ministère de la Santé et des Solidarité édite sa 5e version du Guide méthodolique de préparation au risque épidémique COVID-19. Sont notifiés les signes à rechercher pour identifier un cas suspect de COVID-19 :

- Le patient a-t-il de la fièvre et/ou des signes respiratoires?
- Le patient a-t-il un tableau clinique compatible avec COVID-19? Une condition sous-jacente à l'origine de formes plus graves (âge avancé? Maladies chroniques cardio-respiratoires? Diabète?)?
- Le patient revient-il de la zone de circulation du virus depuis moins de 14 jours?

Zones d'exposition à risque au 27/02/2020 :

ASIE : Chine (Chine continentale, Hong Kong, Macao), Singapour, Corée du Sud, Iran

EUROPE : Italie/Lombardie, Vénétie et Émilie-Romagne

=> Évolution à suivre sur le site de Santé publique France

QUE SAIT-ON DU COVID ?

Depuis le 31 décembre 2019 et l'apparition d'une nouvelle « pneumonie virale » à Wuhan, les scientifiques ont établi un inventaire des symptômes. L'OMS (Organisation Mondiale de la Santé) indique les symptômes suivants.

Les plus courants :

- Fièvre
- Toux sèche
- Fatigue

Les moins courants peuvent toucher certains patients :

- Perte du goût et de l'odorat
- Congestion nasale
- Conjonctivite
- Mal de gorge
- Maux de tête
- Douleurs musculaires ou articulaires
- Différents types d'éruption cutanée
- Nausées ou vomissements
- Diarrhée
- Frissons ou vertiges

Les formes graves du Covid-19 sont caractérisées par les symptômes suivants :

- Essoufflement
- Perte d'appétit
- État confusionnel
- Douleurs ou sensation d'oppression persistantes dans la poitrine
- Fièvre élevée (supérieure à 38 °C)

D'autres symptômes sont moins courants :

- Irritabilité
- Altération de la conscience (parfois associée à des crises)
- Troubles anxieux
- Dépression
- Troubles du sommeil
- Complications neurologiques plus graves et plus rares : accidents vasculaires cérébraux, inflammations du cerveau délires et lésions nerveuses

L'OMS conseille que toute personne, quel que soit son âge, qui présente de la fièvre et/ou une toux associées à des difficultés à respirer ou à un essoufflement, des douleurs ou une sensation d'oppression dans la poitrine, ou une perte d'élocution ou de mouvement, doit immédiatement consulter un médecin. Parmi les malades qui développent des symptômes, la plupart (environ 80 %) guérissent sans qu'il soit nécessaire de les hospitaliser. Environ 15 % des patients tombent gravement malades et nécessitent une oxygénothérapie, et 5 % des infections sont critiques et exigent des soins intensifs.

Les complications entraînant la mort sont notamment l'insuffisance respiratoire,

SYMPTÔMES, ÉVOLUTIONS, SÉQUELLES, ETC.

le syndrome de détresse respiratoire aiguë (SDRA), la septicémie et le choc septique, la thromboembolie et/ou une défaillance multiviscérale, provoquant des lésions au cœur, au foie ou aux reins.

Les personnes âgées de 60 ans et plus ainsi que celles qui souffrent d'autres problèmes de santé chroniques (hypertension, problèmes cardiaques ou pulmonaires, diabète, obésité ou cancer) courent un risque plus élevé de développer une forme grave de la maladie. Cependant, n'importe qui peut contracter le Covid-19 et tomber gravement malade ou mourir à tout âge.

Certaines personnes ayant contracté le Covid-19, que leur état ait nécessité une hospitalisation ou non, continuent de ressentir des symptômes, notamment de la fatigue et des symptômes respiratoires ou neurologiques.

Chez les malades les plus sévèrement atteints, les séquelles sont une menace réelle dont l'importance reste mal évaluée. Des soignants et des malades font également face à des séquelles psychiques qu'il ne faut pas mésestimer. Les séquelles du Covid-19 peuvent être séparées en deux groupes. Le premier rassemble celles des atteintes organiques de la phase aiguë, non ou peu réversibles. Le second inclut les troubles complexes mal étiquetés survenant quelques semaines après la guérison dont l'origine et le devenir restent inconnus. Les études ont fait état de malades apparemment sortis de l'épisode aigu nécessitant une convalescence prolongée ou se plaignant de nouveaux symptômes après une période de rémission. **Les séquelles des atteintes organiques survenues au cours de la phase aiguë peuvent être de différentes natures :**

- atteintes respiratoires résiduelles
- atteintes cardiaques
- atteintes rénales ;
- atteintes directes ou indirectes du système nerveux central.

Dans le monde <u>En France</u> **En Alsace** Ils l'ont dit

09/02/2020
<u>Onze cas positifs sont répertoriés en France</u>

11/02/2020
L'OMS officialise les appellations du virus et de la maladie. Le virus est nommé, par le Comité international de taxonomie des virus (ICTV) « coronavirus 2 du syndrome respiratoire aigu sévère (SARS-CoV-2) » et la maladie « Covid-19 »

15/02/2020
<u>Un touriste chinois, octogénaire, hospitalisé à l'hôpital Bichat-Claude-Bernard (Paris) décède. C'est le premier décès hors d'Asie, et donc le premier d'Europe</u>

16/02/2020
<u>Agnès Buzyn quitte son ministère et Olivier Véran devient ministre des Solidarités et de la Santé</u>

17/02/2020
Début du rassemblement évangélique de 4 jours de 2 500 personnes venues de toute la France à Mulhouse (quartier de Bourtzwiller) (Haut-Rhin)

18/02/2020
Le président de la République se rend à Bourtzwiller pour rencontrer des responsables associatifs et présenter sa stratégie de lutte contre le communautarisme et le séparatisme

21/02/2020
En Italie, premier décès d'un Européen ne s'étant jamais rendu en Chine. Dix-huit villes de Lombardie et une de Vénétie interdisent l'accès à leurs lieux publics

23/02/2020
<u>La France passe au stade 1 pour freiner l'introduction du virus sur le territoire national</u>

23/02/2020
« Il n'y a pas ce soir d'épidémie en France, mais une situation préoccupante aux portes de la France. [...] Nous agissons vite, nous agissons fort pour faire face à la menace épidémique. [...] Tous les départements de métropole disposeront d'au moins un centre hospitalier capable d'accueillir les malades et de les prendre en charge du début à la fin. » Olivier Véran, ministre des Solidarités et de la Santé

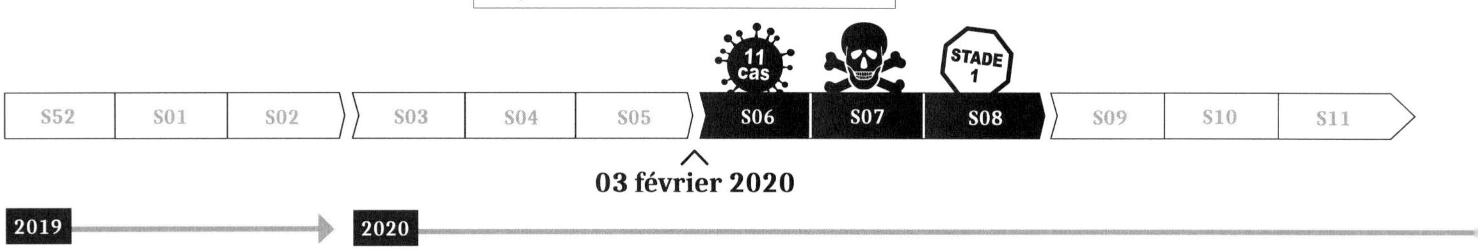

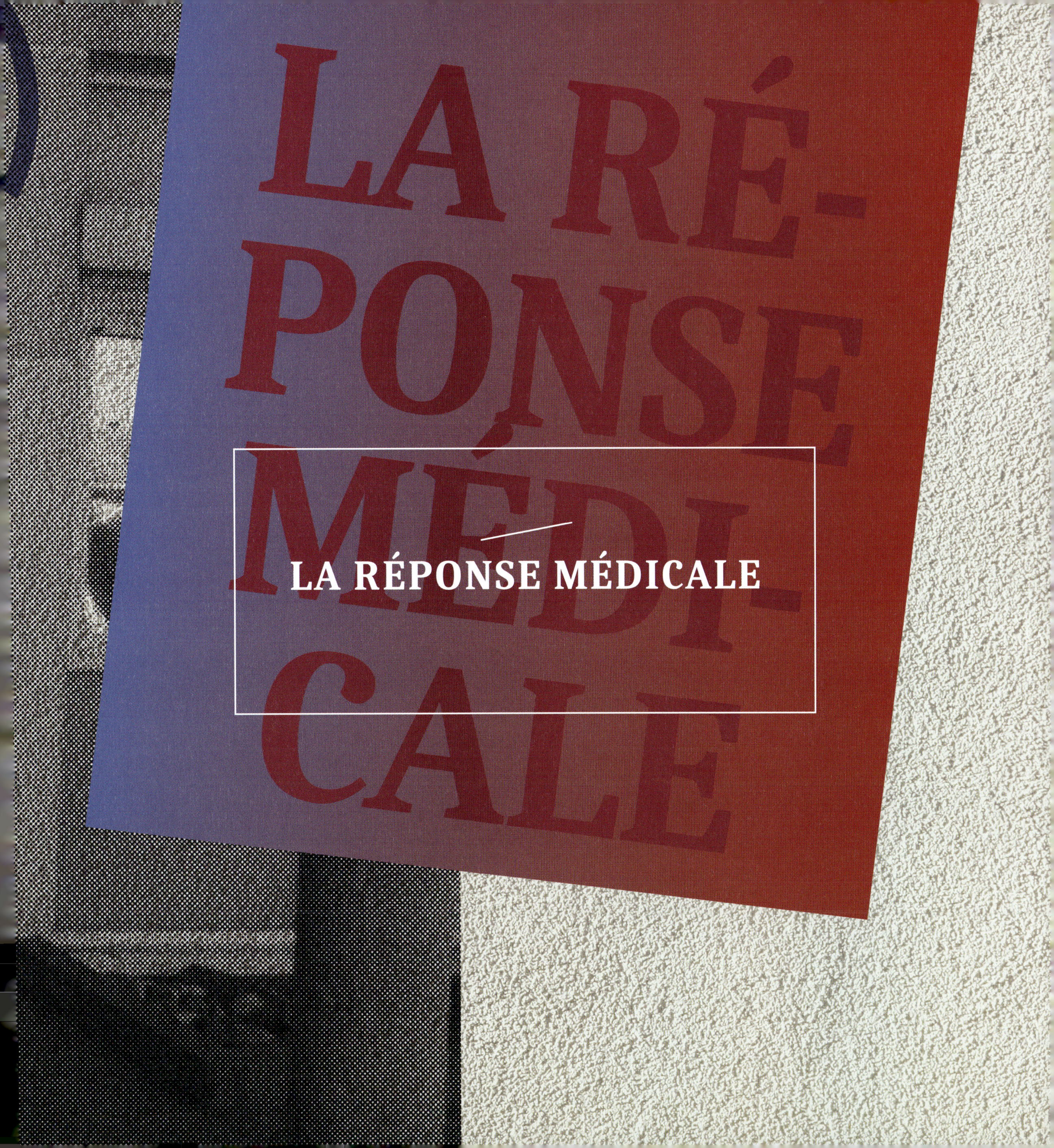

LA RÉPONSE MÉDICALE

LA RÉPONSE MÉDICALE

En temps normal, les services d'accueil des urgences (SAU) et les services mobiles des urgences et de réanimation (SMUR) sont des machines bien rodées pour faire face à des arrivées de patients dont le tableau clinique est plus ou moins grave. Ces services prennent en charge à la fois des patients avec des affections médicales et des patients avec des atteintes traumatiques. Mais l'afflux massif et inattendu de patients présentant des tableaux cliniques similaires, associé à une contagiosité élevée, a fait voler en éclat l'organisation des urgences. « On n'était pas prêt et personne ne s'y attendait », confie le Dr Éric Thibaud, chef de service des urgences des Hôpitaux Civils de Colmar (HCC). Arrêtons-nous sur l'organisation des urgences (SAU et SMUR) des HCC juste avant la première déferlante de patients.

SERVICE D'ACCUEIL DES URGENCES

Souvent appelé, à tort, les Urgences, le service d'accueil des urgences est un service hospitalier dont la mission est d'assurer la prise en charge des patients ayant besoin de soins immédiats, notamment susceptibles d'engager le pronostic vital et qui exigent l'intervention de personnels médicaux et paramédicaux formés à la prise en charge des urgences. L'accueil et la prise en charge des patients sont inconditionnels et effectifs vingt-quatre heures sur vingt-quatre tous les jours de l'année.

Aux HCC, le SAU est situé au rez-de-chaussée du Bâtiment 39 de l'hôpital. Les « urgences » disposent de deux accès distincts, l'un pour les piétons et l'autre pour les véhicules d'urgence : ambulances ou véhicules de sapeurs-pompiers. Dans un cas comme dans l'autre, chaque patient bénéficie d'une double prise en charge, médicale d'une part et administrative d'autre part. La prise en charge médicale se fait en fonction de l'état de gravité de chaque patient et non pas dans l'ordre d'arrivée des patients dans le service. Aux urgences des HCC, il existe différents secteurs distincts : l'accueil, l'unité de médecine, l'unité de traumatologie et l'unité d'hospitalisation de courte durée (UHCD). Ils sont complétés par le SMUR et la participation à la régulation du Centre 15. Deux autres activités sont rattachées au pôle des urgences : la médecine pénitentiaire avec une maison d'arrêt et une maison centrale ainsi que la coordination hospitalière des prélèvements d'organes et de tissus.

ACCUEIL

Premier contact entre le patient et l'hôpital, l'accueil est plus qu'un mot, c'est la manière de recevoir quelqu'un quand il arrive. C'est un temps à la fois social, psychologique et médical. L'accueil est un soin à part entière qui a toute son importance, sa qualité est le reflet du service et détermine très souvent l'opinion et le jugement du patient à l'égard de l'hôpital. Le premier contact du patient ou du visiteur avec l'hôpital est fortement mémorisé, il construit très souvent la relation entre le patient, l'équipe et l'établissement.

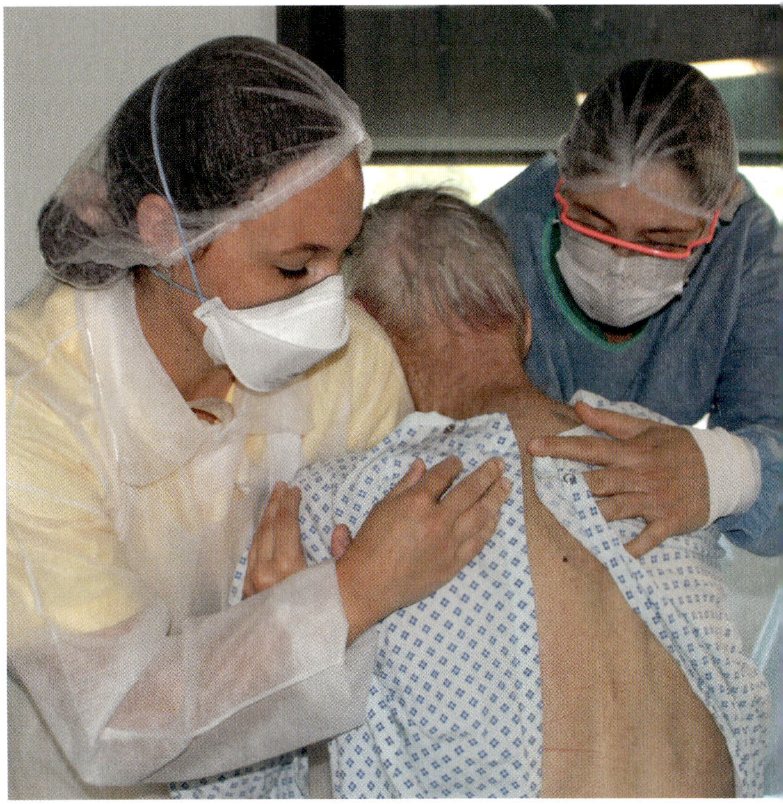

L'empathie et le contact humain restent la base du travail des soignants.

Chaque patient fait l'objet d'une inscription administrative réalisée par un agent d'accueil. Cet enregistrement permet de suivre le patient dans son parcours hospitalier et de procéder aux recouvrements des frais de prise en charge auprès de la Caisse primaire d'assurance maladie (CPAM). Au-delà des aspects financiers de la prise en charge, l'inscription administrative permet de collecter des données nécessaires à la prise en charge médicale en trouvant les antécédents du patient et permettant de tenir informés les proches du patient. Les agents d'accueil assurent l'accueil physique des patients et des proches ainsi que l'accueil téléphonique pour donner des renseignements sur les modalités d'accueil ou sur le déroulé d'une prise en charge. Ils ne divulguent aucune information médicale mais sont à même de mettre en relation les familles des patients avec le médecin en charge du patient.

Mais l'accueil aux urgences ne se limite pas au guichet d'inscription, contrairement à ce qu'on peut imaginer. L'accueil est sous la responsabilité de l'infirmière organisatrice de l'accueil (IOA), dont la mission est bien définie. Il s'agit :

- d'accueillir de façon personnalisée le patient et ses accompagnants dès leur arrivée ; de rassurer le patient en gérant son stress ;
- de définir les besoins de santé et les priorités de soins en réalisant un triage ;
- de décider du lieu le plus adapté en orientant vers l'une des zones du service ;
- de pratiquer, en cas de besoin, les gestes de premier secours
- d'accompagner ou de faire accompagner les patients en état grave en supervisant le brancardage ;
- d'effectuer une surveillance visuelle de la salle d'attente afin de dépister l'aggravation éventuelle d'un patient ;
- de rassurer le patient et sa famille.

L'IOA travaille en collaboration avec plusieurs personnes, principalement avec le médecin coordinateur de l'accueil et les infirmières de soins, mais aussi le personnel administratif, les brancardiers et les agents de sécurité.

SECTEUR MÉDECINE

Le secteur de médecine est un secteur médico-chirurgical, c'est-à-dire qu'il permet la prise en charge de tous les patients ne relevant pas d'une atteinte traumatique. L'identification de la nature de l'atteinte du patient et donc de son orientation dépend des circonstances identifiées par l'IOA. Ainsi, sur la base de la question « Qu'est-ce qui vous amène ? » le patient pourra être orienté vers le secteur adéquat.

Le personnel de ce secteur prend en charge des pathologies comme les coliques néphrétiques, les infections, etc. En fonction du type de pathologie, le patient pourra être transféré dans un service de médecine ou de chirurgie ad hoc.

SECTEUR TRAUMATOLOGIE

Le secteur de traumatologie permet la prise en charge de toutes les pathologies traumatiques, des plus simples aux plus complexes. Schématiquement, plusieurs circuits existent en fonction de la gravité de l'atteinte. Pour la petite traumatologie, souvent surnommée « bobologie », un rapide bilan lésionnel est réalisé puis les soins adéquats sont prodigués – antalgiques, désinfection, pansements... Pour des atteintes plus importantes, traumatismes plus intenses ou déformations des membres, des gestes techniques complémentaires sont effectués après bilan lésionnel et souvent imagerie (radiographies, échographie, scanner...). Une immobilisation plâtrée est souvent nécessaire, après avis d'un chirurgien orthopédique, avant d'intégrer la filière ad hoc. Pour les atteintes nécessitant d'emblée une prise en charge chirurgicale, le patient est hospitalisé en service de traumatologie et, enfin, pour les cas les plus graves avec mise en jeu du pronostic vital, après stabilisation, le patient est transféré soit en réanimation soit directement au bloc opératoire.

UHCD

L'unité d'hospitalisation de courte durée (UHCD) fait partie intégrante du SAU. Cette unité a pour vocation d'accueillir des patients pour des séjours brefs. Cependant, elle sert également de zone de surveillance initiale avant qu'une orientation vers une autre unité médicale soit décidée. L'UHCD des HCC a une capacité d'accueil de 15 lits dans 9 chambres.

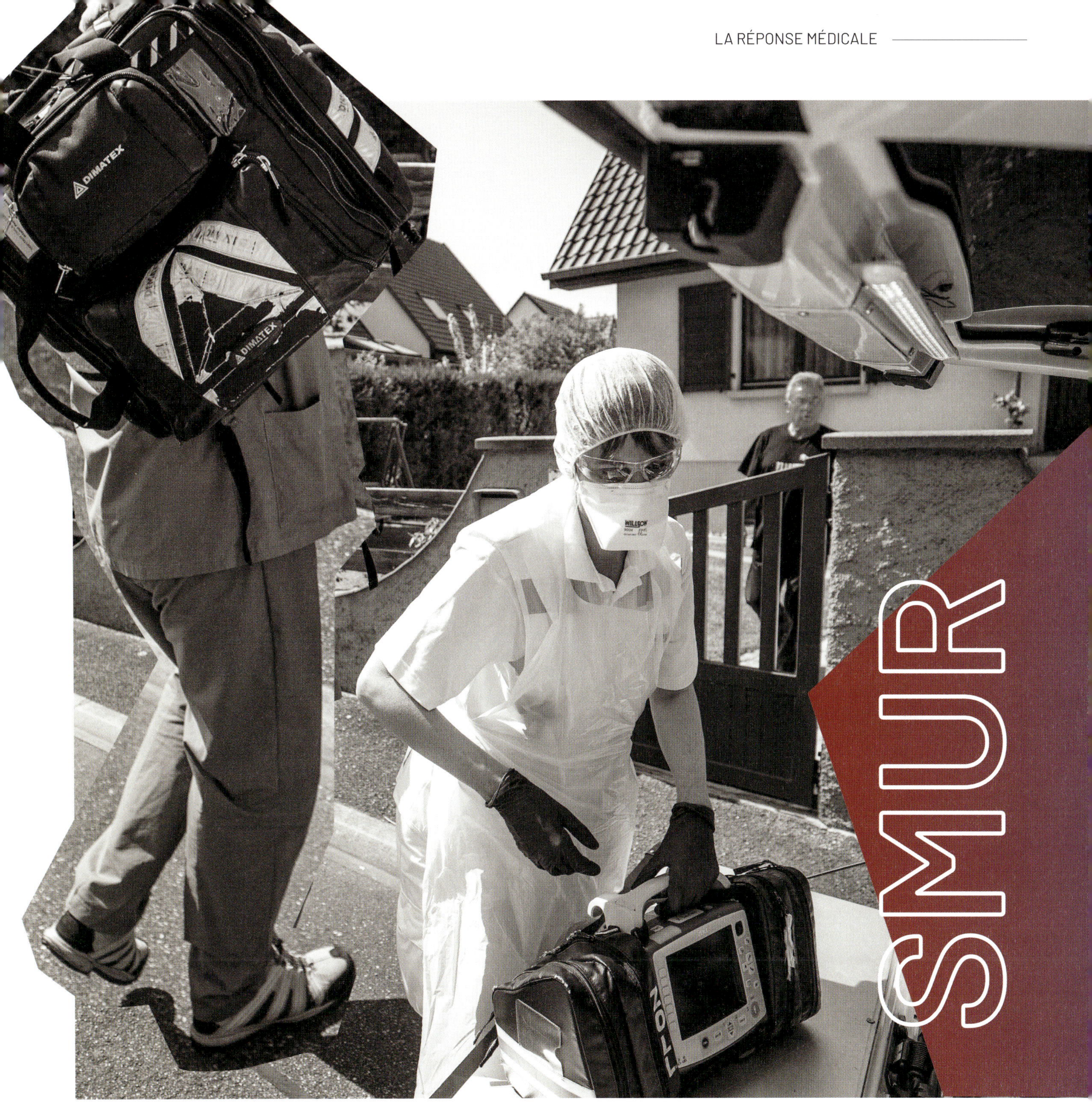

SMUR

SMUR

Le Service mobile d'urgence et de réanimation (SMUR) gère les urgences vitales en amont de l'hôpital, et en aval, en cas de transfert d'un patient nécessitant une surveillance médicale continue.

Le SMUR est constitué de véhicules, ambulances (unité mobile hospitalière - UMH) ou véhicules légers (VL), disposant de l'ensemble du matériel nécessaire à la prise en charge d'un ou de plusieurs patients. Un équipage « SMUR » est composé :

d'un médecin ;
d'un infirmier ;
d'un ambulancier.

> Tous formés à cette pratique particulière.

Aux HCC, le SMUR est composé d'une UMH et de deux VL qui effectuent environ 4 000 sorties chaque année.

ORGANISATION « NORMALE »

La décision d'engagement d'une équipe du SMUR est prise exclusivement par un service d'aide médicale urgente (SAMU). Le SAMU, connu aussi comme 15 ou Centre 15, est le centre de régulation médico-sanitaire des urgences d'une région sanitaire. Contacter le SAMU pour une urgence médicale s'effectue, pour le grand public, en composant le 15.

Le SMUR des HCC est coordonné par le SAMU du Haut-Rhin (SAMU 68), dont la salle de régulation — Centre 15 — est située à Mulhouse, au Groupe Hospitalier de la Région de Mulhouse et Sud-Alsace (GHRMSA). C'est là que sont réceptionnés et traités les appels au 15 mais également les bilans des véhicules en intervention : ambulances privées, pompiers et SMUR.

Disponible vingt-quatre heures sur vingt-quatre tous les jours de l'année, le SAMU assure donc différentes missions :

- assurer une écoute médicale permanente ;
- déterminer et déclencher, dans le délai le plus rapide, la réponse la mieux adaptée à la nature des appels ;
- s'assurer de la disponibilité des moyens d'hospitalisation publique ou privée et veiller à l'admission du patient ;
- organiser des transferts médicaux secondaires interhospitaliers.

Le nombre d'appels au SAMU est une sorte de thermomètre de la santé de la population. Lorsque le nombre d'appels augmente de manière significative, c'est le témoin d'une situation exceptionnelle.

PRÉPARATION À DE NOUVEAUX MALADES

Le jeudi 27 février, le lendemain de la découverte de nouveaux cas de Covid-19 dans l'Oise et en Savoie, les HCC mettent en place une cellule de crise quotidienne pour anticiper et suivre la situation sanitaire. Depuis deux jours, le nombre d'appels au SAMU augmente, les patients sont essentiellement des personnes revenant d'Italie, où la situation est déjà hors de contrôle. L'hôpital se prépare, sans savoir ce qui va se passer exactement, il est décidé de clarifier les consignes d'accès à l'établissement en affichant des messages tels que « N'entrez pas dans l'hôpital », « Ne vous rendez pas aux urgences » et « Appelez le SAMU Centre 15 ».

Les HCC composent avec les consignes de l'ARS, qui indiquent de « réorienter vers les hôpitaux de Strasbourg et de Mulhouse », tout en sachant que Mulhouse est déjà en limite de capacité. La question des EPI (Équipements de Protection Individuelle) se pose déjà et l'évaluation du stock fait froid dans le dos. S'il n'y a pas de rupture de stock à cette date, le stock est estimé entre « 13 à 20 jours pour une consommation moyenne et 7 à 10 jours en cas d'utilisation intensive ».

La blanchisserie connaît une augmentation considérable de son activité durant toute cette période.

Les consignes d'utilisation des masques, notamment FFP2, sont élaborées sur la base des connaissances scientifiques. « La transmission dans l'air n'est pas confirmée, pour les projections de gouttelettes, le masque chirurgical suffit. » Cependant, le Dr Yannick Gottwalles, chef du pôle des urgences, demande que « l'Infirmière Organisatrice de l'Accueil (IOA) porte un masque FFP2 et le change toutes les trois heures ». Il est aussi question de commencer à transformer l'utilisation de certains locaux pour mettre en place des zones en dépression afin de limiter les risques de contamination par voies aériennes. Toutefois, les contraintes sont immenses, elles impliquent, par exemple pour mettre en place deux chambres en dépression en unité de soins pédiatrie, d'isoler un secteur de 11 lits. L'hôpital se prépare, tant bien que mal, mais le pire est bel et bien devant lui, les inconnues sont multiples.

PREMIER CAS IMPRÉVU

Depuis moins d'une semaine, la cellule de crise se réunit quotidiennement. Les constats sont inquiétants : augmentation constante des appels au SAMU, admission de deux patients Covid positifs à Mulhouse dans un service de médecine interne non prêt, infirmière de pédiatrie à Mulhouse testée positive, fermeture des urgences pédiatriques à Mulhouse également, etc. Le 4 mars 2020, malgré toutes les dispositions prises et le respect de toutes les directives ministérielles à cette date (*cf.* p. 35), un patient est admis aux urgences, suite à un accident de la route. Il sera découvert Covid positif par la suite.

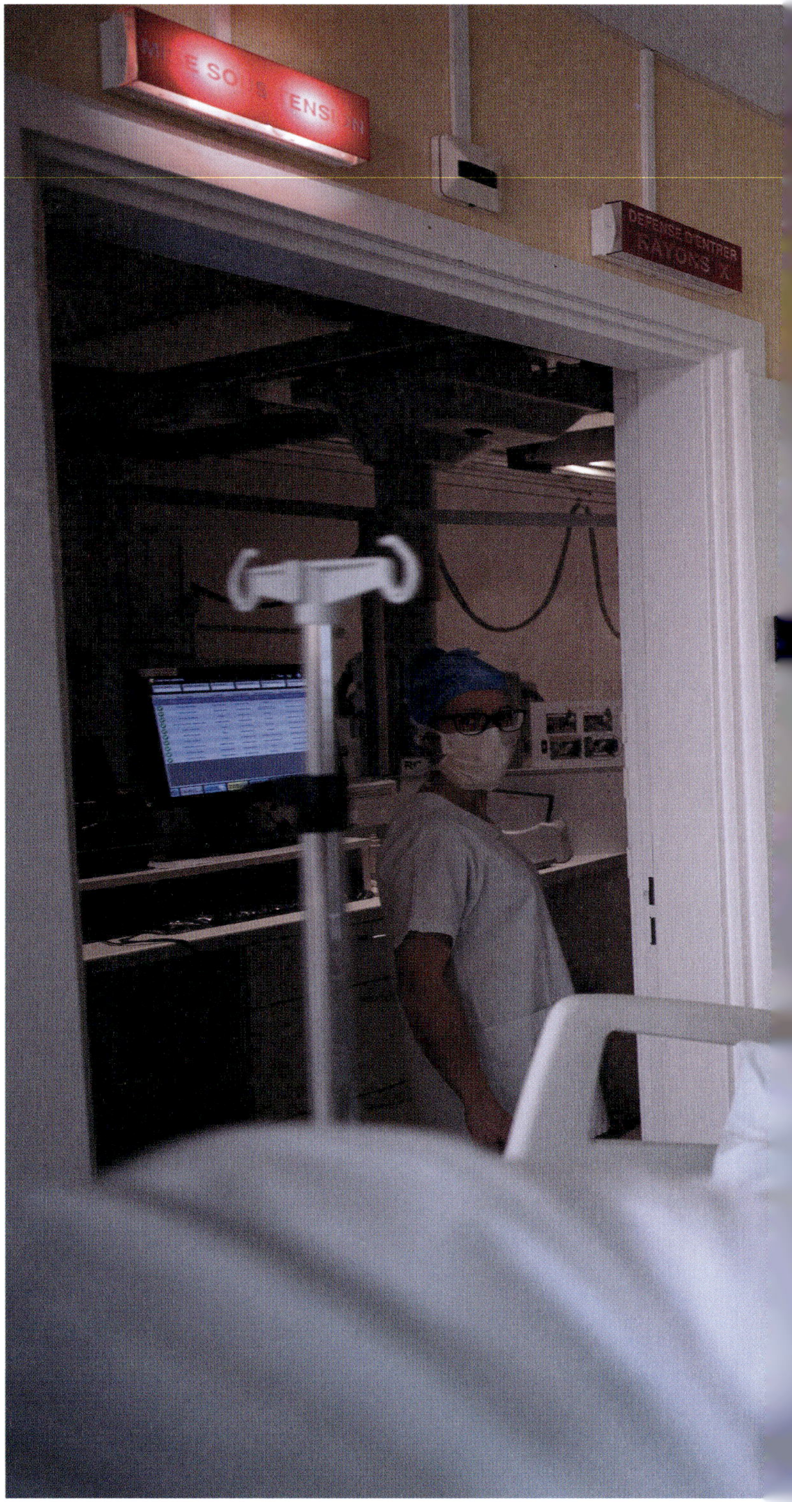

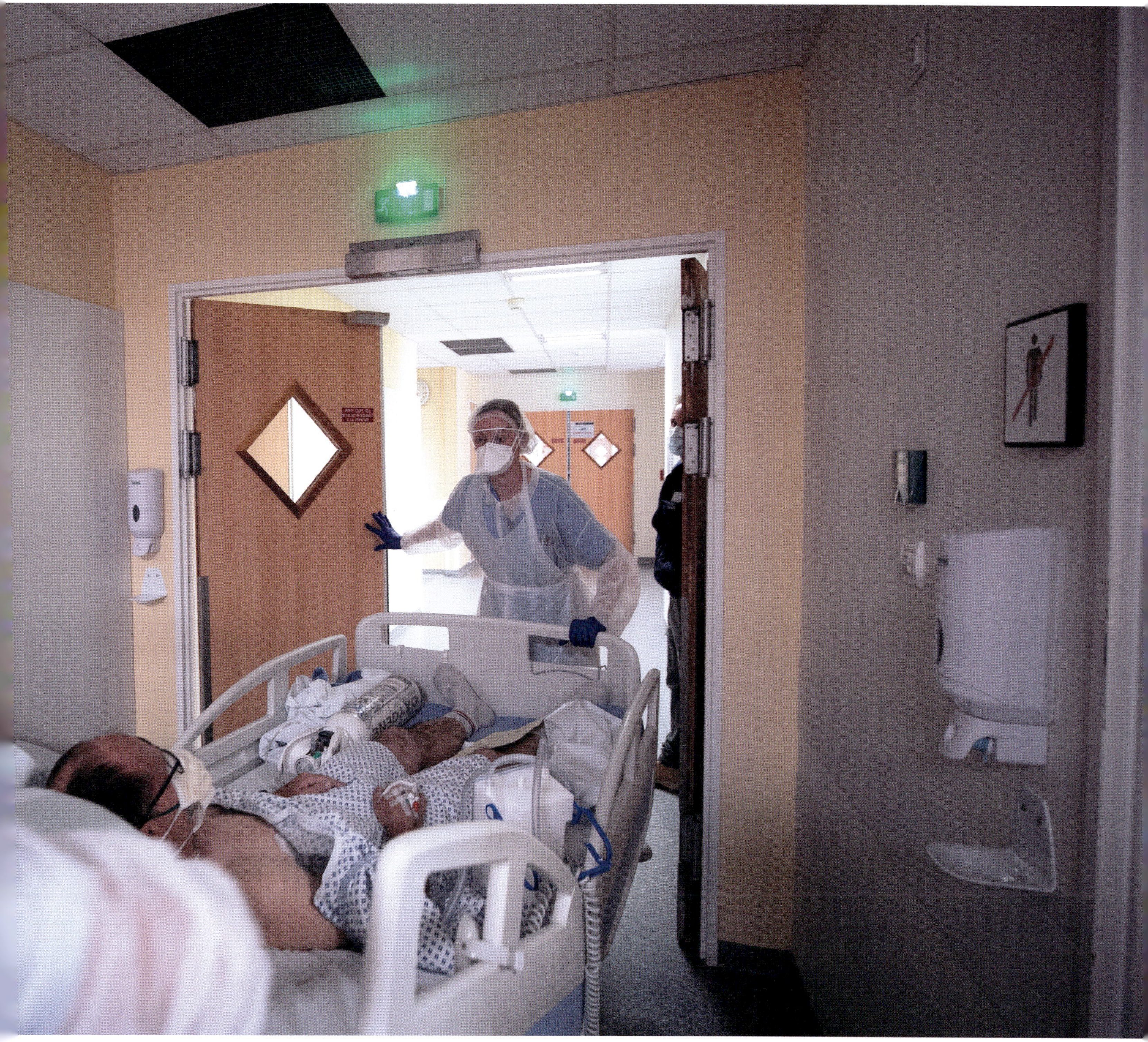
OXYGÈNE

1 LE PREMIER CAS À COLMAR,

Début mars 2020, les HCC savent que l'épidémie de Covid-19 est en marche. L'activité du Centre du 15 du SAMU 68 est en hausse depuis le 25 février, la cellule de crise des HCC a été activée le 25 février et, le 28 février, la France est passée au stade 2 pour freiner la diffusion du virus. Tous les signaux sont donc au rouge. Les HCC et en particulier le personnel du SAU savent qu'un cas de Covid-19 se présentera à l'accueil des urgences, d'une manière ou d'une autre, et qu'il faudra l'identifier précocement pour l'isoler des autres patients. Sur le papier, tout semble maîtrisé. Même si la maladie est encore mal connue, les médecins sont confiants, ils connaissent le tableau clinique à rechercher (voir p. 35) et, Colmar n'étant pas une plaque tournante internationale, la probabilité reste faible d'être avant Paris/Lyon/Marseille/Bordeaux/Lilles...

Ce mercredi 4 mars, la journée au SAU des HCC se déroule normalement, les patients se suivent et ne se ressemblent pas. Un équipage des pompiers du Haut-Rhin se présente à l'entrée du SAU avec une victime d'un accident de la route. Il s'agit d'un homme d'une soixantaine d'années qui a fait un malaise au volant, provoquant une sortie de route sans gravité. Alain Siry, infirmier aux urgences des HCC ce matin-là, se souvient : « Il n'avait rien, ne se plaignait de rien, à tel point que je me suis même demandé pourquoi les pompiers l'avaient évacué aux urgences. » En l'occurrence, c'est le médecin régulateur du SAMU 68 qui a pris cette décision en se basant sur les éléments du bilan du chef d'agrès des pompiers. L'homme est donc pris en charge « classiquement » aux urgences. Il voit en premier l'infirmière organisatrice de l'accueil (IOA) puis est placé dans un box de traumatologie. Là, Alain Siry et une collègue complètent le bilan hospitalier en prenant à nouveau les constantes, pouls, tension et saturation en oxygène du sang. Mais l'appareil qui doit mesurer la teneur en oxygène du sang, l'oxymètre de pouls, ne donne pas de valeur. Rien d'alarmant pour l'équipe de soins, il y a différents cas dans lesquels la mesure n'est pas possible, par exemple lorsque les extrémités des membres sont trop froides. L'IOA indique qu'elle n'a pas réussi non plus à effectuer la mesure. Alain et sa collègue décident donc de procéder à une mesure de l'oxygène dans le sang grâce à la technique des « gaz du sang ». Cet examen consiste en une prise de sang au niveau d'une artère. L'échantillon prélevé est ensuite analysé afin de déterminer l'équilibre acido-basique (pH), la mesure de la pression artérielle en oxygène (PaO^2) et de celle du gaz carbonique ($PaCO^2$) et la saturation pulsée en oxygène (SpO^2). C'est cette dernière qui intéresse l'équipe médicale. Quand la collègue d'Alain revient avec la valeur, celle-ci est de 38. La littérature médicale indique que la valeur normale doit être supérieure à 95, quant à 38, c'est une valeur quasi impossible pour une personne sans difficulté respiratoire. La collègue d'Alain indique qu'elle a dû se tromper et prélever un échantillon veineux et non artériel. Le sang veineux est naturellement plus pauvre en oxygène. Elle effectue à nouveau un prélèvement et relance une analyse de l'échantillon. Cette opération ne dure que quelques secondes, le résultat est le même. Alain et sa collègue mettent alors des masques de protection dans une logique de protection contre la grippe. Ils préviennent également le médecin en charge de l'homme. Le docteur prend alors connaissance de la biochimie artérielle et s'exclame : « Ce n'est pas possible, vous avez dû vous tromper, ce sont des valeurs veineuses. »

Devant les affirmations de deux infirmiers, l'équipe décide de trouver un autre moyen de mesurer le taux d'oxygène dans le sang du

UN CHEVAL DE TROIE ?

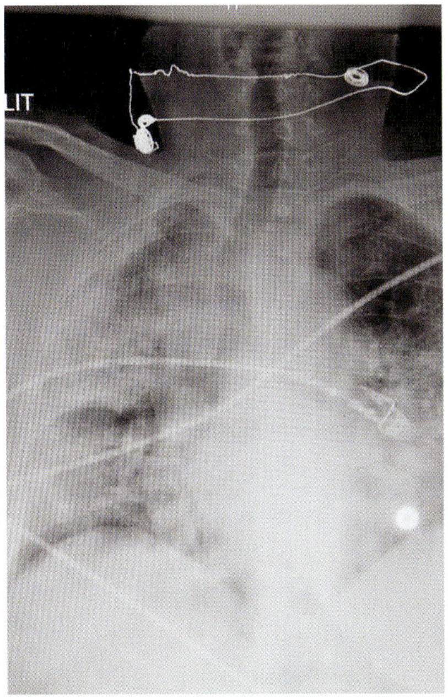

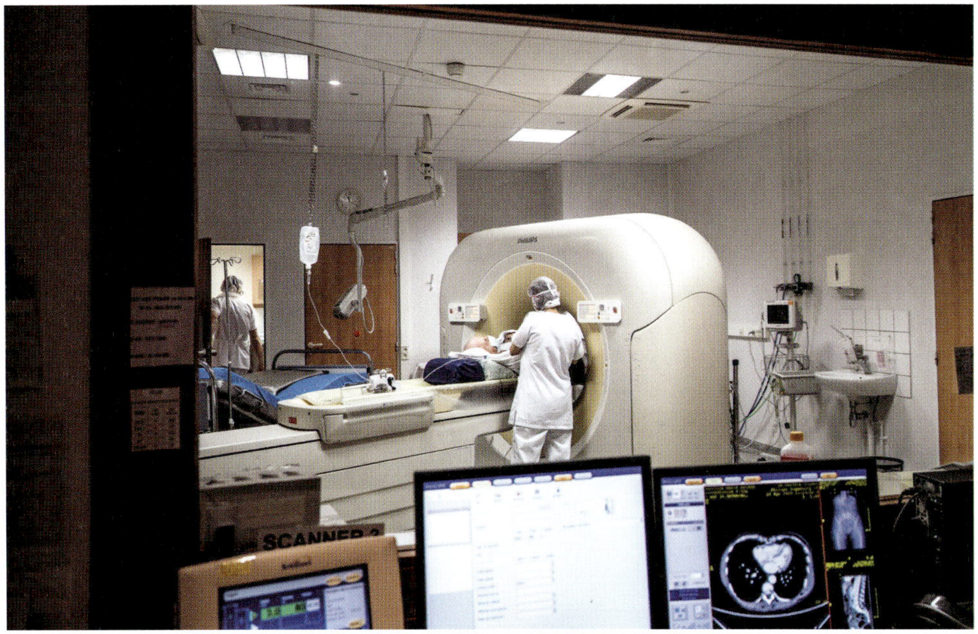

patient et de préparer un masque à oxygène pour regarder l'évolution de cette constante en cas d'apport d'oxygène. Finalement, une pince de mesure fonctionne et confirme la valeur de 38 %. Sous oxygène, la valeur remonte mais reste basse. Le médecin prescrit une radio des poumons pour essayer de comprendre ce qui se passe. « Lorsque le patient revient de radiologie, le cliché des poumons est assez opaque, difficile à interpréter », explique Alain Siry. L'équipe demande un avis complémentaire à un médecin sénior qui conclut à la nécessité d'intuber le patient. Le patient est déplacé pour préparer l'intubation et, lorsque le médecin sénior voit le patient, il est surpris par la discordance entre la valeur de la saturation et l'état clinique. En effet, l'homme est conscient et parle librement avec les soignants, une situation tout à fait surprenante. Devant cet état de fait, le médecin sénior prescrit un scanner thoracique, pour y voir plus clair. Le retour du scanner fait apparaître une image ayant l'aspect du « verre dépoli ».

À 13 heures, Alain a fini son service, il fait les transmissions à l'équipe de l'après-midi et rentre à son domicile. Le patient est quant à lui est transféré en réanimation, où il est intubé. Ce n'est que le lendemain matin, en reprenant son service, qu'Alain sera informé que l'homme transféré en réanimation a été testé positif au Covid-19. Ce fut le premier patient positif d'une longue série aux urgences des HCC. Ce fut pour tout le personnel du SAU et plus globalement pour les HCC un déclencheur qui leur permit de prendre conscience que cette épidémie allait toucher durement l'hôpital et qu'elle le faisait par surprise.

« Ce n'est pas possible, vous avez dû vous tromper, ce sont des valeurs veineuses

Dans le monde En France **En Alsace** Ils l'ont dit

24/02/2020
Le Groupe hospitalier de la région de Mulhouse et Sud-Alsace est désigné comme centre de référence de niveau 2 suite à l'annonce du ministre de la Santé

24/02/2020
Première réunion du Comité de Lutte contre les Infections Nosocomiales (CLIN) au sujet du Covid-19 au Centre hospitalier de Colmar, Louis Pasteur

25/02/2020
Montée progressive de l'activité du Centre de réception et de régulation des appels du SAMU 68 (Haut-Rhin)

27/02/2020
Première réunion de la cellule de crise du Centre hospitalier de Colmar, Louis Pasteur

27/02/2020
Affichage de « N'entrez pas dans l'hôpital » « Ne vous rendez pas aux urgences »

28/02/2020
La France passe au stade 2 pour freiner la diffusion du virus.

Tous les rassemblements de plus de 5 000 personnes sont interdits

28/02/2020
Tout rassemblement de plus de 50 personnes en espace confiné est interdit par décret

28/02/2020
« Le masque est inutile si vous n'êtes pas malade, si vous n'avez pas été en contact proche de personnes malades et que le port du masque ne vous a pas été recommandé. [...] L'essentiel des contaminations se font par les mains. » Olivier Véran, ministre des Solidarités et de la Santé

02/03/2020
La cellule de crise du Centre hospitalier de Colmar, Louis Pasteur, se réunit quotidiennement.

02/03/2020
Le premier cas positif en lien avec le rassemblement de Bourtzwiller est détecté à Mulhouse

04/03/2020
Premier cas confirmé positif aux HCC

06/03/2020
Annonce du stade 2 renforcé dans le Haut-Rhin. Fermeture de 130 établissements scolaires dans le Haut-Rhin. Ouverture de Pasteur2 Covid-19, 10 lits, avec équipe de médecine physique et réadaptation (MPR fermée à partir de 18 heures) aux HCC. Réorganisation totale coordination Hospitalière de Prélèvements d'Organes et de Tissus pour libérer le personnel.

07/03/2020
« Il n'y a aucune raison, mis à part pour les populations fragilisées, de modifier nos habitudes de sortie. » Emmanuel Macron, président de la République

08/03/2020
Fermeture de l'ensemble des établissements scolaires dans l'Oise et dans le Haut-Rhin, et interdiction de tout rassemblement de plus de 1 000 personnes

09/03/2020
L'Italie décide de mettre tout le pays en confinement et ses

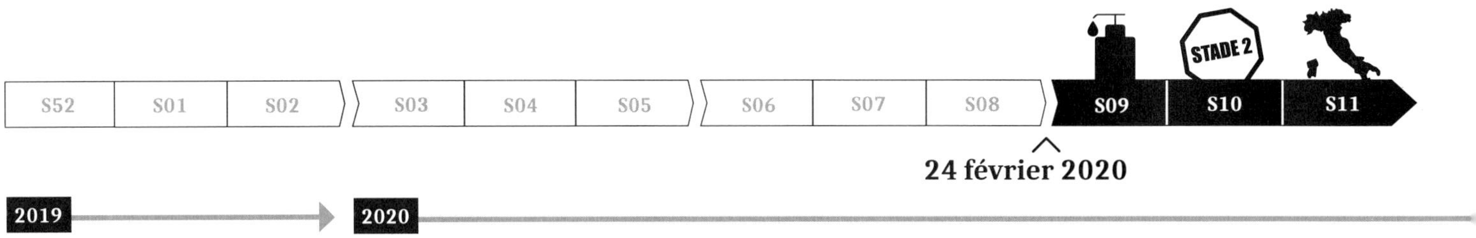

60 millions d'habitants. C'est la première fois dans l'histoire qu'une quarantaine bloque tout un pays dans un contexte épidémique

09/03/2020

Les HCC commencent à produire de la solution hydroalcoolique (SHA)

09/03/2020

Le service d'accueil des urgences des HCC (SAU) est saturé, une partie du SAU est dédiée aux patients suspects Covid-19, c'est le point de non-retour

10/03/2020

Un premier patient est adressé hors du département du Haut-Rhin par manque de place en réanimation

11/03/2020

L'Organisation mondiale de la santé considère l'épidémie de Covid-19 comme une pandémie

11/03/2020

Les visites aux EHPAD sont interdites en France

11/03/2020

Les visites sont interdites dans les HCC sauf autorisation expresse des chefs de service. Dans les services Covid, les visites sont interdites

11/03/2020

La France annonce sa plus grande augmentation de cas de Covid-19 en 24 heures avec près de 500 cas supplémentaires, portant le bilan à 2 281 cas sur le territoire

12/03/2020

Le président de la République Emmanuel Macron annonce la fermeture des crèches, écoles, collèges, lycées et universités en France

12/03/2020

La mise en place du plan blanc est déclarée aux HCC

12/03/2020

Le service de réanimation chirurgicale des HCC devient un service de réanimation « Covid »

12/03/2020

Les déprogrammations commencent aux HCC

12/03/2020

L'Italie renforce ses mesures de quarantaine en fermant tous ses commerces, cafés et restaurants à l'exception des magasins d'alimentation et des pharmacies.

13/03/2020

L'OMS déclare que désormais « l'Europe est à l'épicentre de la pandémie »

13/03/2020

Le stade 3 est promulgué. Le plan blanc est déclaré au niveau national. Le ministère des Solidarités et de la Santé demande des déprogrammations

14/03/2020

Fermeture des lieux publics à compter de minuit

15/03/2020

Envoi de "mon MARS à moi" **(*cf.* p. 8)**

15/03/2020

Premier tour des élections municipales

S12 | S13 | S14 | S15 | S16 | S17 | S18 | S19 | S20 | S21 | S22 | S23

L'ORGANISATION DES URGENCES DES HCC

L'ORGANISATION DES URGENCES DES HCC

Sur le papier, tous les atouts sont dans le jeu des HCC pour faire face à une crise sanitaire de nature épidémique avec un taux de contagiosité potentiellement élevé. Et, pourtant, en quelques jours, l'établissement est submergé par les patients graves mais fait face grâce à la mobilisation du personnel, des directeurs et à un apport d'aide extérieure imprévu mais salutaire.

Un établissement préparé

L'hôpital de Colmar se situe à quelques dizaines de kilomètres de la centrale nucléaire de Fessenheim. À ce titre, les HCC sont un centre référent NRBC (Nucléaire Radiologique Biologique Chimique) qui dispose d'équipements et de personnels spécifiquement formés à intervenir dans ces contextes. Le risque épidémique rentre, en effet, parfaitement dans la partie « biologique ». Au-delà du matériel et des compétences, les HCC organisent et participent régulièrement à des exercices de décontamination et de prise en charge de victimes contaminées. Ces événements permettent le maintien à jour des compétences, la validation régulière des protocoles de prise en charge et la vérification des stocks d'EPI.

De plus, l'état des ressources humaines de l'hôpital, notamment dans le pôle Urgences, est bon. Il n'y a pas de manque de personnel et les postes sont occupés par des agents compétents. Il règne une bonne ambiance dans l'hôpital, si ce n'est les récriminations, tristement habituelles, de la fonction publique hospitalière du fait de l'état du système de santé publique. Mais l'accueil et la prise en charge des patients sont réalisés normalement. Les HCC sont, en résumé, un établissement attractif. L'hôpital entretient de bonnes relations avec ses partenaires comme les ambulanciers privés ou les sapeurs-pompiers.

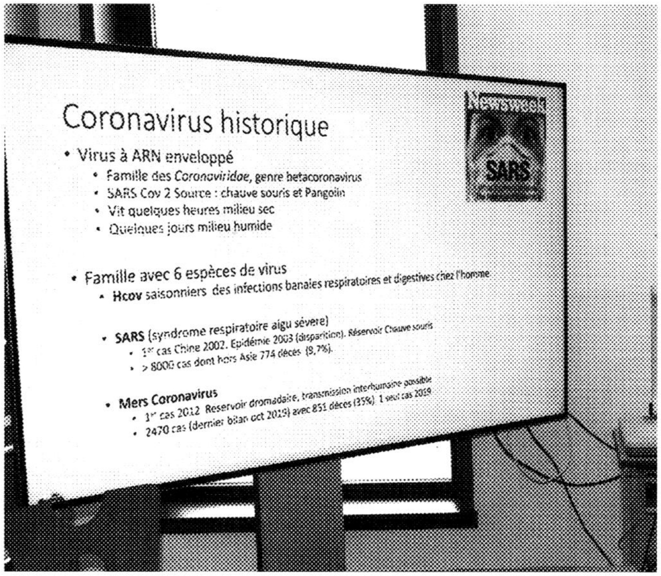

Réunion d'information sur l'état des connaissances sur le nouveau virus SARS-CoV 2.

Avant l'arrivée du premier patient Covid positif, l'établissement s'est mis en ordre de marche, du moins le croit-il, pour faire face. Dès le lundi 24 février, le lendemain de l'annonce gouvernementale du passage de la France en stade 1, le CLIN (Comité de lutte contre les infections nosocomiales) se réunit pour traiter de la question de cette nouvelle maladie, le Covid. Ce comité est « une équipe opérationnelle d'hygiène hospitalière comportant le personnel notamment médical, pharmaceutique et infirmier nécessaire à la mise en œuvre des actions de lutte contre les infections nosocomiales », comme le décrit la BNDS (Bibliothèque numérique de droit de la santé et d'éthique médicale). Il a quatre missions principales de coordination dans les domaines ci-dessous :

1

la prévention des infections nosocomiales, notamment par l'élaboration et la mise en œuvre de recommandations de bonnes pratiques d'hygiène ;

2

la surveillance des infections nosocomiales ;

3

la définition d'actions d'information et de formation de l'ensemble des professionnels de l'établissement en matière d'hygiène hospitalière et de lutte contre les infections nosocomiales ;

4

l'évaluation périodique des actions de lutte contre les infections nosocomiales.

Trois jours plus tard, le 27 février, face à l'augmentation des appels au SAMU, à la situation en Italie et à l'apparition de nouveaux cas dans l'Oise et en Savoie, les HCC mettent en place une cellule de crise pour prendre les premières mesures de préparation et de prévention dans l'hôpital. C'est aussi l'occasion de faire un point sur les stocks d'EPI (Équipement de Protection Individuelle), sur les mesures d'hygiène, sur les possibilités d'ouverture de nouveaux lits, sur les consignes à destination des agents hospitaliers et sur les procédures de prise en charge. À ce titre, la cellule de crise émet, le jour même, le « protocole de prise en charge d'un patient Covid aux HCC ». Sur le papier, et même si la situation est préoccupante, l'hôpital est prêt.

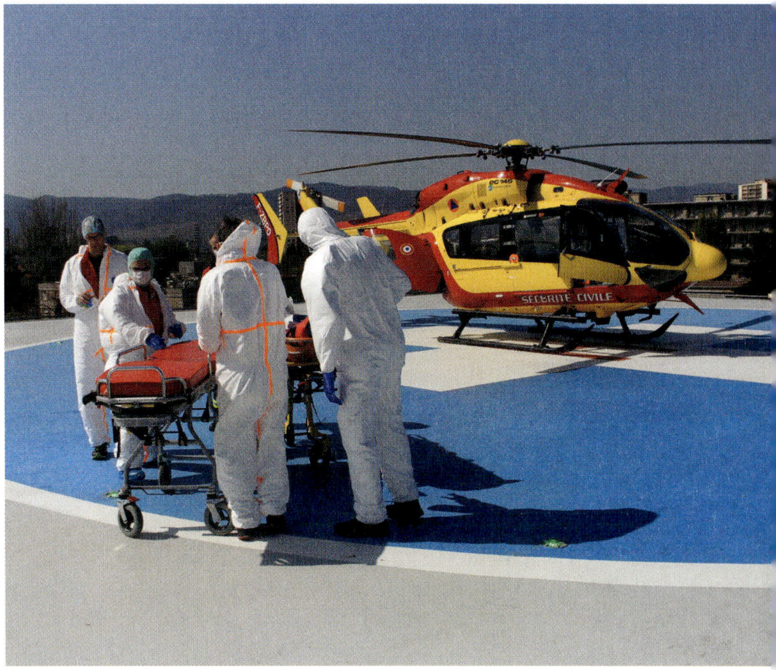

Une course éperdue

Mais, dès le lendemain, la machine s'emballe, la France passe au stade 2 et tous les rassemblements de plus de 5 000 personnes sont interdits. À Mulhouse, au CRA du SAMU, les médecins déclarent : « En régulation, c'est l'enfer, il n'est pas possible de sortir ne serait-ce que quelques minutes, tant le nombre d'appels est élevé. » En fait, il y a un facteur inconnu dans la situation à laquelle se préparent les HCC, le rassemblement de Bourtzwiller. Pendant une semaine, du 17 février 2020 au 24 février, 2 500 personnes venues de toute la France se sont rassemblées pour des commémorations religieuses. Au programme, prière et spiritualité mais surtout collégialité et promiscuité. La première semaine de mars commence sur les chapeaux de roue. La réunion de la cellule de crise devient quotidienne et le premier cas en lien avec le rassemblement de Bourtzwiller apparaît. Le lendemain, le mardi 4 mars, du personnel de l'hôpital de Mulhouse est testé positif au Covid-19 et des patients Covid positifs sont toujours admis dans des services non préparés. Le 4 mars, alors que les HCC ont refusé de prendre en charge un patient Covid positif proposé par le SAMU 68,

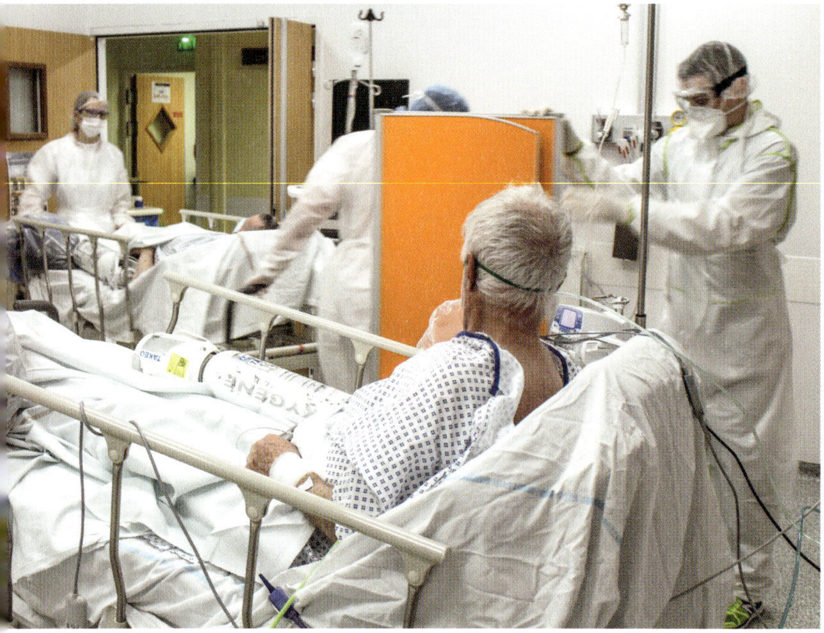

Installation d'un nouveau patient suspect Covid.

« estimant que les services ne sont pas totalement prêts », selon les directives ministérielles, un premier patient passe entre les mailles du filet et est admis aux urgences. Il est testé positif au Covid quelques heures plus tard. Comme le dit une infirmière des urgences « c'est le début de la déferlante ». La semaine continue avec son lot de mauvaises nouvelles, un médecin des urgences est suspecté d'être infecté par le Covid-19 ; son beau-frère était présent au rassemblement de Bourtzwiller. Le nombre de patients explose à Mulhouse avec plus de 80 cas en 24 heures. Les premières tensions sur le matériel apparaissent en particulier sur les housses mortuaires et sur les écouvillons de prélèvement. Les déprogrammations commencent pour réaffecter du personnel. L'hôpital ferme ses portes aux visiteurs et les sessions de formation sont annulées. En moins d'une semaine, le service d'accueil des urgences est proche de la rupture. « Je n'avais jamais vu l'hôpital s'effondrer, commente Valérie Laberger, infirmière depuis 18 ans. On a tout de suite réagi, mais l'hôpital s'effondrait. [...] C'était vraiment un tsunami, il y avait des patients qui suffoquaient sur des brancards et des gens qui arrivaient sans arrêt. Les gens venaient tous pour la même chose. »

L'hôpital entre alors dans une situation paradoxale. Alors que la fonction publique hospitalière est en souffrance depuis de nombreuses années, les différents professionnels, tous agents de la fonction publique hospitalière, s'investissent sans compter. Ils pallient, de fait, les dysfonctionnements de l'administration et notamment de l'ARS, dont le rôle aurait dû être d'organiser une montée en puissance en termes de matériels et de compétences pour gérer l'afflux massif de patients. Pendant que, le gouvernement fait des annonces, souvenons-nous que le 3 mars, le président de la République, Emmanuel Macron, déclarait qu'« il est encore trop tôt pour dire si la France passera en phase d'épidémie », les femmes et les hommes des HCC, tous corps de métier confondus, se retroussent les manches « sans réfléchir. On travaillait tôt le matin, tard le soir, le samedi, le dimanche et même parfois la nuit pour réceptionner des commandes de matériel », explique Sébastien Bressolier, directeur des soins et de la qualité. Interrogé sur cette première vague, les soignants et les personnels administratifs expliquent, chacun avec ses mots, que, malgré l'état de santé de l'hôpital, malade, victime d'un système qui d'années en années supprime des lits, empile des procédures administratives, démotive les jeunes professionnels de s'engager « dans le public », malgré tout ils travaillent sans compter ; « on ne comptait plus nos heures, on revenait sur nos jours de congé et on travaillait tous dans le même sens. On se sentait vraiment utiles », continue Valérie Laberger.

On ne comptait plus nos heures, on revenait sur nos jours de congé et on travaillait tous dans le même sens. On se sentait vraiment utiles.

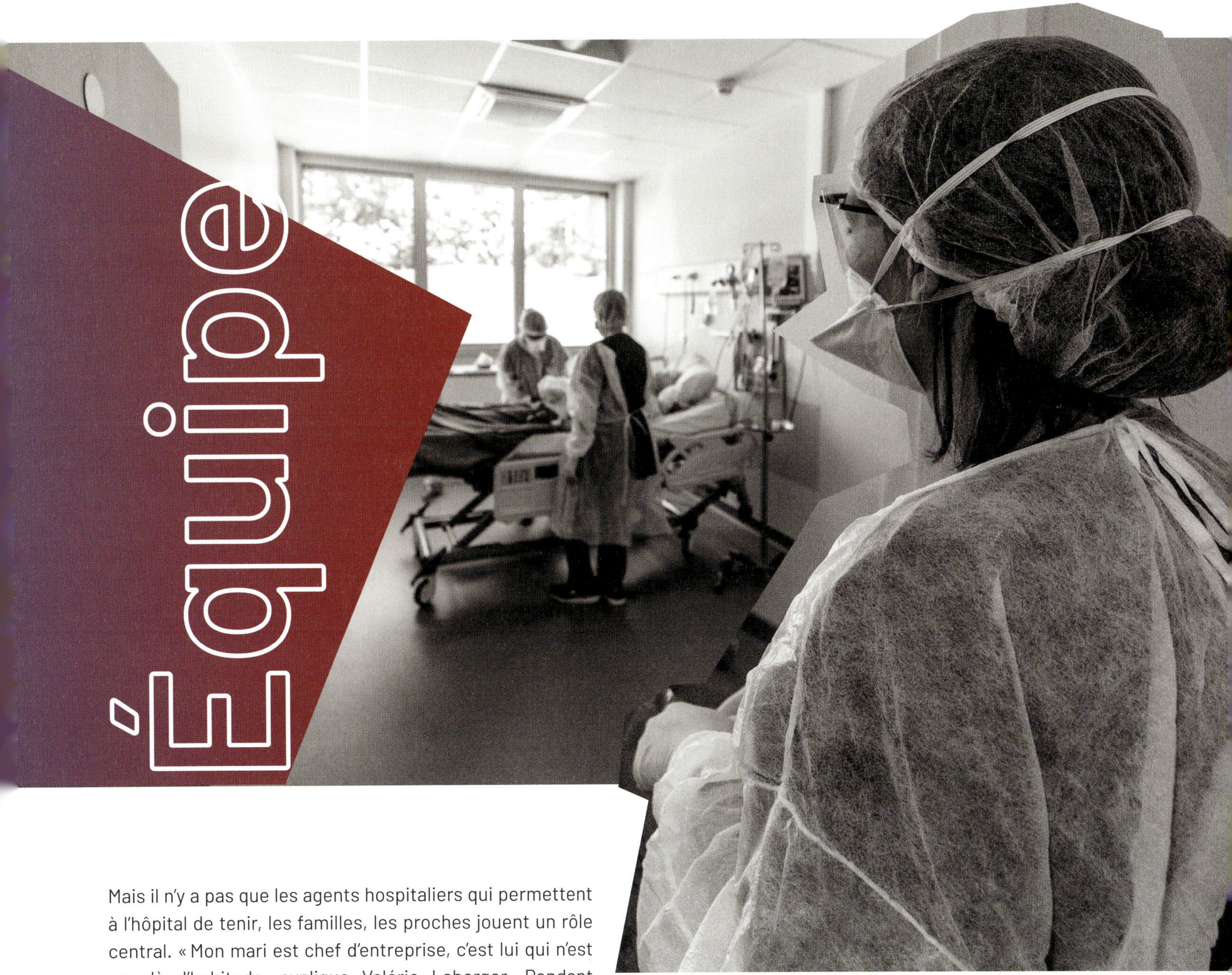

Mais il n'y a pas que les agents hospitaliers qui permettent à l'hôpital de tenir, les familles, les proches jouent un rôle central. « Mon mari est chef d'entreprise, c'est lui qui n'est pas là d'habitude, explique Valérie Laberger. Pendant pendant cette période il était à la maison, il s'occupait de nos trois enfants, il préparait à manger. Quand je rentrais, je n'avais rien à faire. Mon mari avait pourtant de très grosses craintes, il avait peur de tomber malade et de mourir, il avait aussi peur pour moi. Mais il m'a toujours soutenue, j'avais juste à me consacrer à mon travail. »

Au-delà de la mobilisation sans faille des femmes et des hommes, l'hôpital a tenu bon et les patients ont été pris en charge grâce à des décisions de réorganisation, d'aménagement, d'entorses à certaines réglementations ou d'adaptation quasi quotidienne des pratiques.

LA PLACE QUE LE COVID OCCUPE AU FIL DES JOURS DANS LES HCC

En l'espace de 10 jours, les HCC sont pratiquement devenus un hôpital Covid à 100 %.

Manque quasi permanent de
20 à 30 lits

Baisse des passages aux urgences de **45 %**
mais 95 % de cas Covid

80 passages/jour versus 150 passages/jour en temps normal

90 % **du service des urgences** est dédié aux cas Covid.

800 chambres
seules dans l'hôpital **= 100 %**
Covid positif ou Covid suspect

100 % **des patients** en réanimation médicale sont Covid positifs

> **90 % sont en décubitus ventral**

100 % **des patients** en unité de soins continus de médecine ou de chirurgie **sont sous respirateur**

UNE COURSE EFFRÉNÉE À PARTIR DE DÉBUT MARS

– de 5 jours

de stock **de solution hydroalcoolique**

– de 3 jours

de stock **de masques FFP2**

– de 4 jours

de stock **de masques chirurgicaux**

Quasiment plus de stock

de **surblouses**

Stock très faible

de lunettes de protection

Le fonctionnement habituel

La littérature scientifique et les publications au *Journal officiel* définissent ce que sont ou ce que doivent être « les soins d'urgence » et mettent en lumière les différents facteurs d'efficacité. Ainsi, pour l'OMS (Organisation Mondiale de la Santé), les « soins d'urgence sont une plateforme intégrée permettant de fournir des services de soins de santé urgents en cas de maladie ou de traumatisme aigus à toutes les étapes de la vie ». Cette définition a des incidences sur l'organisation et le fonctionnement d'un service d'urgence en fonction de son écosystème. Le temps de prise en charge est l'un des facteurs clés de la prise en charge. De nombreuses interventions sanitaires, qui ont fait leurs preuves, sont fortement tributaires du temps. Elles sauvent des vies, mais à condition qu'elles soient réalisées à temps. La médecine de guerre, puis la traumatologie, a théorisé et défini la *golden hour*. Il s'agit de la période, immédiatement après un traumatisme, durant laquelle l'intervention des secours permet de maximiser la survie de la victime. Plus largement, « les systèmes organisés de soins d'urgence sauvent des vies et amplifient l'impact de nombreuses autres composantes du système de santé ». Ainsi, des soins d'urgence bien organisés constituent par conséquent un mécanisme essentiel pour atteindre une série d'objectifs durables, notamment en matière de couverture sanitaire universelle, de sécurité routière, de santé maternelle et infantile, de maladies non transmissibles, de maladies infectieuses, de catastrophes et de violence. C'est pour toutes ces raisons que les SAU (Services d'Accueil des Urgences) et notamment celui

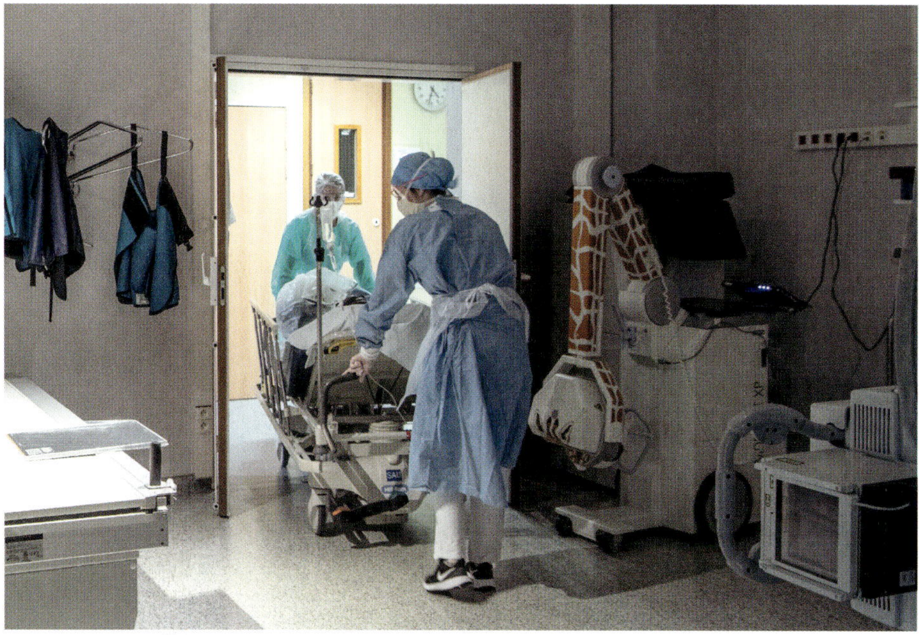

Un patient est emmené en radiologie.

L'unité de médecine, quant à elle, est directement reliée à l'UHCD (Unité d'Hospitalisation de Courte Durée) pour permettre un transfert des patients de médecine vers l'UHCD sans passer par la traumatologie.

Des aménagements spéciaux caractérisent également les unités. Ainsi, les canalisations d'évacuation d'eau des lavabos qui se trouvent dans les salles de plâtre ont un diamètre spécifique. Il permet de garantir le bon écoulement des eaux usées avec des résidus après les soins.

des HCC sont pensés et organisés. Aux HCC, le SAU est organisé autour de quatre zones, correspondant à autant de fonctions et à des parcours de prise en charge.

L'organisation et le fonctionnement habituel sont contraints par la recherche de l'efficacité pour la prise en charge des patients mais également par des contraintes bâtimentaires. Ainsi, l'accueil et le premier tri sont réalisés dans deux espaces contigus mais distincts. L'entrée pour les piétons d'une part et l'entrée pour les patients amenés en ambulance d'autre part.

En fonction du premier tri, les patients sont orientés vers l'unité de médecine ou l'unité de traumatologie. Le positionnement de ces deux unités ne doit rien au hasard. Il est optimisé pour rendre possibles des soins spécifiques et faire le lien avec différents plateaux techniques. Ainsi, l'unité de traumatologie est à proximité du service d'imagerie médicale, radiologie et scanner, pour effectuer rapidement, avec le moins de déplacements possible pour les patients, une imagerie.

L'ensemble de ces différentes caractéristiques sont autant d'atouts pour la prise en charge des patients. Mais, lorsque la situation sanitaire exige une modification en profondeur pour faire face à un afflux de patients présentant pratiquement tous la même pathologie, l'enjeu est colossal.

L'adaptation perpétuelle

« Il a fallu très vite s'adapter à cette nouvelle pathologie, explique le Dr Émilie Weber, et décrypter les radios du thorax typiques du Covid. En fait, il a fallu apprendre, découvrir cette nouvelle pathologie. Découvrir parce qu'on part de rien. On ne savait pas trop comment la traiter. On a changé tout le temps notre manière de traiter cette nouvelle maladie. » Le SAU est pensé, organisé et rodé à faire face à un afflux de patients avec des pathologies différentes et des degrés de gravité variés. La situation de début mars est toute différente. L'affection pour laquelle les patients viennent chercher de l'aide auprès des équipes du SAU est nouvelle. La première ébauche de description remonte, rappelons-le, à quelques semaines et l'état des connaissances est encore mouvant. Les tests de diagnostic rapide ne sont pas encore disponibles.

TRAVAILLER DANS UN CONTEXTE INFECTIEUX ET CONTAGIEUX NÉCESSITE DE REVÊTIR UNE TENUE ADAPTÉE AUX DIFFÉRENTS GESTES ET SITUATIONS AUXQUELS LE PERSONNEL, SOIGNANT OU NON, EST EXPOSÉ.

On peut distinguer, schématiquement, deux tenues. D'une part, celle des agents en contact direct avec les patients contagieux ou suspectés de l'être ainsi que les agents en contact avec des surfaces souillées ou suspectées de l'être. D'autre part, celle des agents travaillant dans le service des urgences sans être directement exposés.

1. Charlotte
2. Lunettes de protection
3. Masque de protection chirurgical
4. Surblouse
5. Tablier de protection
6. Gants

L'équipement est dans la majeure partie des cas à usage unique ou désinfecté après chaque utilisation sauf les lunettes.

Comme dans tous les services hospitaliers, les agents portent une tenue de travail exclusivement réservée à leur activité professionnelle. Cette tenue est lavée, par l'hôpital, après chaque vacation.

1. Masque de protection chirurgical
2. Tenue de travail

« On a commencé à avoir des flux de malades avec des symptômes respiratoires avec une organisation qui n'est pas satisfaisante, explique le Dr Éric Thibaud. On n'a pas de tests, on n'a pas de solutions de diagnostic. On ne fonctionne pas au doigt mouillé, mais pas loin. » L'orientation dépend de tests PCR qui prennent plusieurs heures à être réalisés. Et ces heures, les équipes soignantes ne les ont pas. « Ce qui manquait, entre autres choses, c'était du temps », se rappelle le Dr Yannick Gottwalles. Et du temps il en faut pourtant, pour apprendre, pour adapter les pratiques, pour réorganiser le circuit des patients et donc tout le service, pour que le personnel se protège efficacement, pour que le nettoyage soit réalisé entre deux patients dans un box, pour trouver une place en réanimation, pour intégrer du personnel en renfort, etc.

Avant même de réorganiser le parcours du patient, les HCC se préoccupent de la protection des agents hospitaliers et des risques de contamination au SAU. Dès la première réunion de la cellule de crise des HCC, les questions du port du masque et de son indication sont soulevées. Quel masque pour quelle catégorie de personnel, quelle durée entre chaque changement de masque, quel type de masque en fonction des actes réalisés sont autant de questions avec des informations ministérielles souvent contradictoires.

Cette première vague, c'est aussi, suivant des consignes nationales, l'hôpital qui se « referme » en incitant les patients à téléphoner au 15 plutôt que de se rendre aux urgences. Puis, en quelques jours à peine, c'est l'interdiction des visites, notamment au SAU. Chaque jour, la cellule de crise, devant l'afflux de patients, modifie l'organisation des HCC. Ainsi, le vendredi 6 mars, une première réorganisation est mise en place au SAU. L'UHCD est transformée en secteur Covid. Cette décision, motivée par l'afflux de patients et la nécessité de les isoler, est prise en considérant la géographie du SAU et de l'UHCD. Tout d'abord, l'UHCD est à une extrémité du SAU, le cloisonnement de ses accès n'a pas d'incidence majeure sur le secteur de médecine, de traumatologie ou de l'imagerie. De plus, ce secteur est pourvu de 15 lits répartis dans 9 chambres. Il est donc décidé de ne mettre qu'un seul patient par chambre, sauf pour les cas positifs de la même famille, pour éviter tout risque de contamination avant les résultats des tests PCR, confirmant la suspicion d'infection par le coronavirus. Les HCC ouvrent également 10 lits sur le site de « Pasteur 2 », un nouveau bâtiment situé en face du site historique de l'hôpital. L'établissement se coordonne également avec ses partenaires pour organiser le délestage. Ainsi, le secteur de médecine du centre hospitalier de Guebwiller réserve des places pour les patients non-Covid des HCC. Au début de la semaine suivante, le lundi 9 mars, le SAU commence à être saturé. En plus des patients de médecine, envoyés à Guebwiller, c'est au tour de la petite traumatologie d'être référée. Dans l'après-midi de ce lundi, en quelques heures, une seconde réorganisation est mise en place.

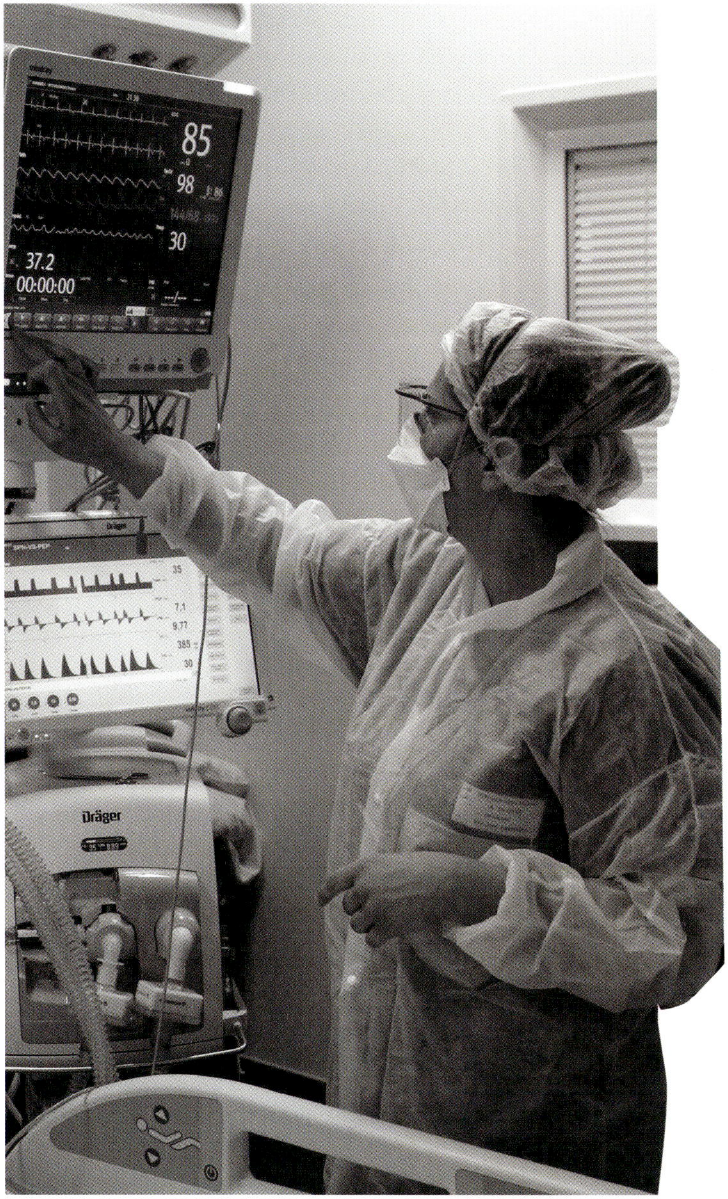

Il s'agit de la transformation du secteur de médecine en secteur Covid. Si l'opération peut se résumer en une seule phrase, la mise en œuvre est bien plus complexe. Le circuit des patients est totalement revu afin d'éviter que les patients ou le personnel ne passent d'une zone à une autre. Un affichage spécifique permet d'indiquer à tous les entrées des différentes zones et les précautions à prendre.

Mais la réorganisation géographique n'est qu'une partie du sujet. Les HCC doivent également réorganiser le personnel pour assurer les prises en charge tout en ménageant les temps de repos des uns et des autres. Ainsi, le SAU est à présent organisé autour de deux secteurs : l'unité Covid et l'unité de trauma-med (traumatologie et médecine). Dix jours plus tard, l'organisation du SAU est à nouveau revue pour séparer les flux de patients, et la salle d'attente des urgences est transformée en espace pour l'infirmier organisateur de l'accueil non-Covid.

Pour trouver du personnel, différentes pistes sont explorées : faire appel à des internes, réaffecter du personnel de chirurgie, accueillir des volontaires ou des réservistes de la réserve sanitaire de Santé publique France. Mais, comme souvent, les choses sont beaucoup plus simples sur le papier que dans la réalité. Les HCC doivent faire face à des situations déconcertantes comme celle d'un médecin volontaire de la réserve sanitaire à la fin du mois de mars. Médecin anesthésiste réanimateur de formation, il exerce depuis plusieurs années auprès de compagnies d'assurance pour organiser des rapatriements. Naturellement, les HCC l'affectent au SAU pour organiser les transferts des patients. Déçu de cette affectation et pensant retravailler dans un service de réanimation, il quitte l'hôpital. Mi-avril, les HCC comptaient sur le renfort de deux infirmières anesthésistes venues de Nice. In fine, ce ne sont pas deux mais six personnes qui viennent en renfort, mais les compétences ne sont absolument pas en ligne avec le besoin. Une partie des renforts, bien que diplômée en soins infirmiers, n'exerce plus les soins depuis de nombreuses années. Cette situation est vécue comme une opération plus politico-médiatique qu'opérationnelle.

Pendant que les HCC se réorganisent, les études sur le Covid-19 et sa prise en charge médicale avancent. La maladie et son évolution sont encore mal connues ; en conséquence, les médecins adaptent régulièrement les traitements et le diagnostic. Mi-mars, la prescription des anti-inflammatoires non stéroïdiens (AINS), tels que l'Ibuprofène®, est proscrite. Fin-mars, une étude est lancée pour déterminer l'impact de l'utilisation de la chloroquine. L'organisation des soins palliatifs pour soutenir et aider à la prescription des médecins confrontés à des fins de vie Covid se met en place dans le courant du mois de mars. Quelques jours plus tard, une nouvelle étude randomisée sur l'impact du Plaquénil® (hydroxychloroquine) est planifiée. Le 25 mars, le décret 2020-314 précise l'usage de certains médicaments dans le traitement du Covid-19. « Par dérogation à l'article L. 5121-8 du Code de la santé publique, l'hydroxychloroquine et l'association lopinavir/ritonavir peuvent être prescrits, dispensés et administrés sous la responsabilité d'un médecin aux patients atteints par le Covid-19, dans les établissements de santé qui les prennent en charge, ainsi que, pour la poursuite de leur traitement si leur état le permet et sur autorisation du prescripteur initial, à domicile. Ces prescriptions interviennent, après décision collégiale, dans le respect des recommandations du Haut Conseil de la Santé Publique et, en particulier, de l'indication pour les patients atteints de pneumonie oxygéno-requérante ou d'une défaillance d'organe. » Le message est diffusé aux HCC deux jours plus tard. Tout ceci est d'une lourdeur administrative bien française !

Fin mars, les premières analyses de la situation permettent de mettre en lumière les stratégies efficaces contre l'épidémie de Covid. Les points clés sont :

- tester tôt, souvent et largement ;
- isoler rapidement les cas confirmés ;
- tracer les contacts des cas confirmés ;
- confiner, un pis-aller indispensable ;
- doter tout le monde de masques.

Comme pour la peste !

Les questions de diagnostic et d'hygiène sont également sujettes à de nombreuses adaptations durant les mois de mars et d'avril. Le diagnostic du Covid est un problème qui apparaît dès les premiers patients. L'apparition d'une nouvelle pathologie contagieuse impose de disposer de tests de diagnostic rapide pour mettre en place une stratégie efficace de lutte dont le premier point est « tester tôt, souvent et largement ». Mais cette stratégie n'est possible qu'avec des outils adaptés. Durant les trois premières semaines du mois de mars, les HCC doivent composer avec des tests réalisés hors de l'hôpital. Il faut donc prélever, envoyer les prélèvements et attendre les résultats pour statuer avec certitude sur le statut virologique du patient, soit plus de 24 heures. En attendant, les équipes médicales composent avec des radios et des scanners du thorax pour poser un diagnostic et décider du retour à domicile ou d'une hospitalisation.

23 MAR 2020

À partir du 23 mars, les HCC deviennent autonomes pour tester les patients. La capacité de tests est d'une centaine de patients par jour. Cette capacité représente une réelle limite opérationnelle qui impose à la cellule de crise de déterminer les indications d'un test pour un patient. En conséquence, le recours au diagnostic sur la base d'un scanner reste d'actualité. Le responsable du laboratoire des HCC, le Dr Dominique De Briel, chef du pôle Biologie et Pathologie, propose d'utiliser une technique permettant de doubler la capacité d'analyse, mais le fournisseur de cette solution est américain. Les tensions sur le marché mondial et l'accès limité aux fournisseurs américains rendent cette solution compliquée à mettre en œuvre.

Nom :

LAURE HINSCHBERGER-GERSTL

Fonction :

Médecin

RÔLE : ***Médecin urgentiste aux HCC depuis 12 ans, Laure HINSCHBERGER-GERSTL est médecin coordinatrice du don d'organes et continue de prendre des gardes au SAU et au SMUR.***

« Il a fallu tout le temps trouver des solutions pour s'adapter. […] Je me suis toujours sentie soutenue par Éric [Thibaud] et Yannick [Gottwalles] parce qu'on devait tout le temps changer nos manières de faire pour s'adapter.

Nom :

SAMANTHA HEYMONET

Fonction :

Médecin

RÔLE : ***Médecin généraliste, Samantha HEYMONET a terminé son internat en novembre 2019. Elle travaille au SAU comme médecin sénior depuis début 2020 en secteur de médecine et de traumatologie.***

« Tout début mars, j'avais une semaine de congés mais je voyais mes mails professionnels sur mon téléphone portable, je voyais les mails sur le Covid se succéder. Quand j'ai pris mon poste en médecine le lundi 9 mars, le chef de service a annoncé le changement d'organisation avec la création, à la place du service de médecine, d'un service Covid.

Nom :

NATHALIE CASTAING

Fonction :

Infirmière

RÔLE : ***Infirmière depuis 30 ans, Nathalie CASTAING est infirmière aux urgences des HCC depuis 13 ans.***

« Il y a eu un tel afflux qu'on n'avait pas le temps de réfléchir. On n'était que dans l'urgence vitale continuellement. C'était une course contre le temps.

Préparation de médicaments en salle de soins.

Le laboratoire, à son tour, doit faire face à une augmentation de la charge de travail nécessitant des renforts externes. À partir de début avril, les HCC disposent de plusieurs méthodes de tests. Mais le « Quoi qu'il en coûte » répété à l'envi par les membres du gouvernement ne semble pas être de mise partout. Ainsi, les HCC, face aux prix des tests, doivent définir des critères de répartition entre les tests « lents » CNR Pasteur et les tests « rapides » CEPHEID. Mais, face à de nouvelles capacités opérationnelles, les HCC doivent faire face à de nouveaux problèmes tels que les stocks d'écouvillons qui s'épuisent ou les livraisons de tests rapides qui tardent.

À partir de début avril, la situation commence à se détendre, tout du moins aux urgences. Ce qui implique d'adapter à nouveau l'organisation au contexte. Le 15 avril, le secteur de médecine du SAU, utilisé comme secteur Covid, est totalement nettoyé. Le jour suivant, l'UHCD et le secteur de traumatologie, utilisé comme secteur non-Covid, sont à leur tour nettoyés. À partir du 17 avril, l'UHCD devient le seul secteur Covid du SAU des HCC.

Mais le lendemain, devant l'augmentation des patients aux urgences, une nouvelle modification organisationnelle s'impose pour respecter la confidentialité dans la salle

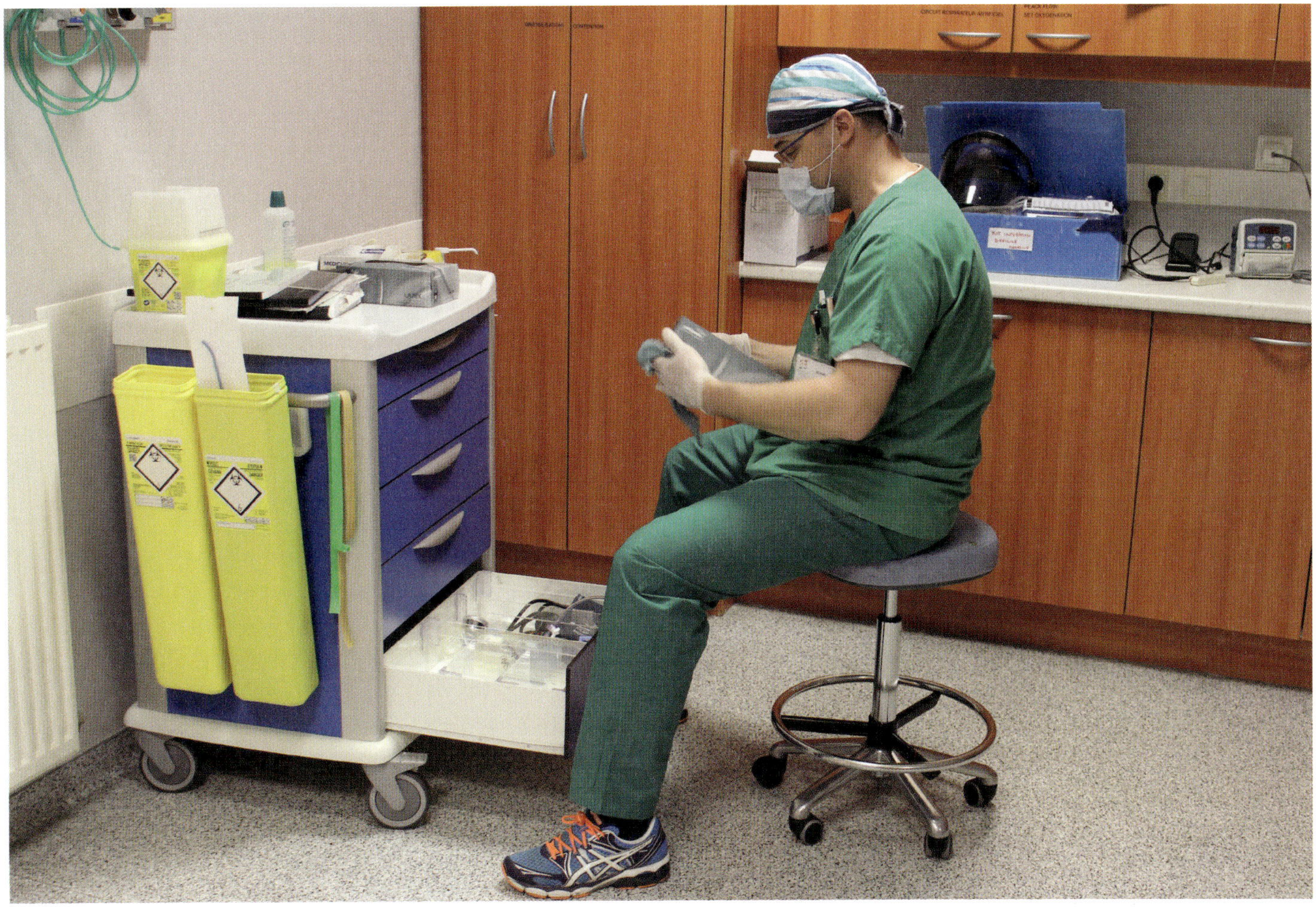

La vérification et l'armement des chariots d'urgence pouvaient se faire jusqu'à 15 fois par jour au lieu d'un seul contrôle journalier.

d'attente. Ainsi, l'accueil ambulances pour des cas de Covid se fait dans l'ambulance avec du matériel dédié avant un transfert en UHCD. Pour les ambulances non-Covid, l'accueil et le tri sont effectués dans la zone d'accueil brancard IOA, tandis que l'accueil piétons Covid est réalisé dans le box IOA et les non-Covid dans la salle d'attente n° 2. L'équipe d'hygiène des HCC accompagne cette nouvelle réorganisation en indiquant que le passage de patients Covid dans une zone non-Covid ne pose pas de problème si le patient porte un masque.

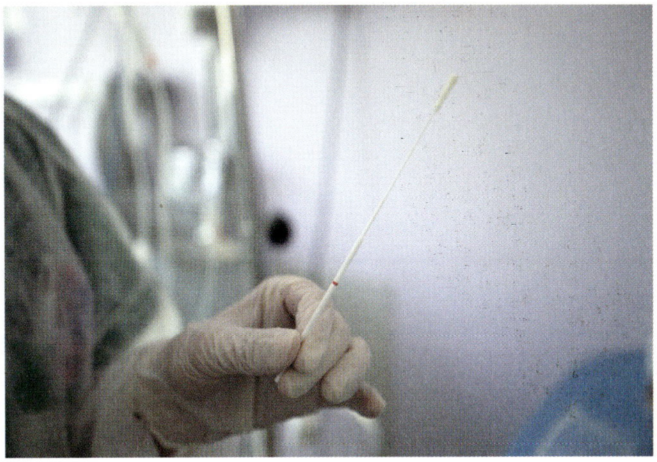

LE TRI EN QUESTION : DÉMÊLER LE VRAI DU FAUX

Dès le début de la crise sanitaire, la presse a affiché des titres racoleurs qui ont fait douter les Français sur les pratiques médicales.

Ainsi, on a pu lire dans la presse « Covid et tri à l'hôpital : ce sont les gens jeunes qu'on va privilégier » ou encore « Covid-19 : à l'hôpital, l'épineuse question du " tri " des patients ». Sur les réseaux sociaux, la situation est pire. Les messages anxiogènes pullulent : « Covid-19 : selon plusieurs médecins, le tri des patients en réanimation a déjà commencé. » (30 mars 2020) « *L'Obs* a eu accès à des transmissions numériques entre médecins faisant face à un nombre croissant de " Covid + " (patients testés positifs au coronavirus). Ces échanges montrent que le " tri " est déjà mis en œuvre. » (18 mars 2020) Ou encore : « #Covid_19 Un médecin parisien décrit le " tri " qui est fait dans les hôpitaux d'Île-de-France en fonction de l'âge des patients : depuis une semaine, les malades âgés ne sont plus intubés ou pris en réanimation ; ils sont envoyés directement en soins palliatifs ou à la morgue. Abject ! » (29 mars 2020)

Tous ces messages laissent penser que le concept de tri médical est mis en œuvre en période de crise sanitaire et que sa pratique, pendant la crise du Covid-19, est démesurée, bafouant intrinsèquement l'éthique, notamment des soignants. Pourtant, la réalité est tout autre. Le tri médical est une étape normale et documentée de la prise en charge d'un patient. Ce concept médical émane des champs de bataille napoléoniens. Dans ses *Mémoires de chirurgie militaire et campagnes,* Dominique-Jean Larrey, chirurgien de Napoléon, écrit : « Les blessés doivent être pansés sans distinction des grades, en raison de la gravité de leurs plaies et de l'importance des opérations qu'elles exigent. » Il introduit, sans le nommer, le concept de tri médical avec comme objectif de soigner en premier ceux qui peuvent repartir au combat. À la fin du XVIIIe siècle, cette fois-ci dans un contexte civil, lors de la création des hôpitaux parisiens, un « classement de régulation » permettait d'orienter les patients en fonction de leurs pathologies vers des lieux de prise en charge différents. L'objectif recherché était un retour rapide au travail pour les personnes malades ou blessées. Le tri médical ne date donc pas d'hier. En 2014, un ouvrage, publié aux PUF, fait un portrait de cette pratique : *La Médecine du tri. Histoire, éthique, anthropologie,* écrit par Guillaume Lachenal, Céline Lefève, sous la direction de Vinh-Kim Nguyen. Cet ouvrage qui aborde le tri sous différents angles et par différents acteurs permet de balayer d'un revers de main les allégations sur une pratique liée exclusivement aux situations de crise telles que la crise du Covid. L'ouvrage pose que le tri médical est « **la promesse d'une décision médicale rationnelle et égalitaire, affranchie des déterminations sociales de la valeur différentielle des vies, en commençant par les hiérarchies de race et de classe** ».

D'un point de vue opérationnel, le Dr Yannick Gottwalles explique que le tri « est une catégorisation médicale permettant d'adapter la prise en charge au cas du patient et de son écosystème ». Il existe différentes échelles de tri permettant d'accompagner les soignants dans leur décision et d'homogénéiser les pratiques au sein d'un service ou d'un établissement.
Les sociétés savantes mettent à disposition différents outils. On peut citer l'Emergency Severity Index (ESI), l'Échelle suisse de tri (EST), la Classification Clinique des Malades des Urgences (CCMU) ou encore la FRENCH (French emergency nurses classification in-hospital triage) de la SFMU (Société française de médecine d'urgence). Toutes ces classifications ont en commun des niveaux de tri fondés sur des critères objectifs.

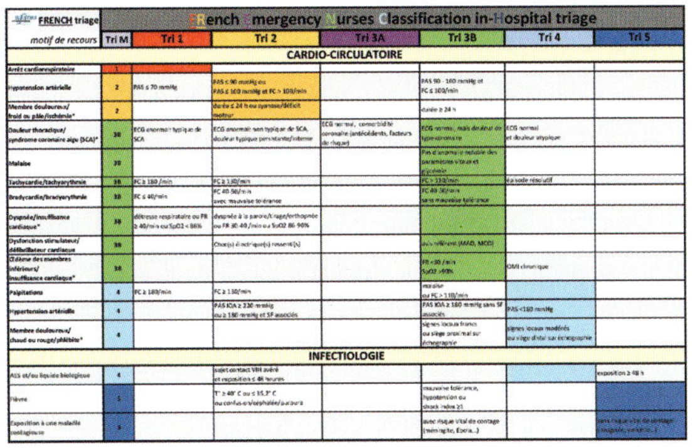

FRENCH triage — motif de recours	Tri M	Tri 1	Tri 2	Tri 3A	Tri 3B	Tri 4	Tri 5
CARDIO-CIRCULATOIRE							
Arrêt cardiorespiratoire	1						
Hypotension artérielle	2	PAS ≤ 70 mmHg	PAS ≤ 90 mmHg ou PAS ≤ 100 mmHg et FC > 100/min		PAS 90 - 100 mmHg et FC ≤ 100/min		
Membre douloureux/ froid ou pâle/ischémie*	2		durée ≤ 24 h ou cyanose/déficit moteur		durée ≥ 24 h		
Douleur thoracique/ syndrome coronaire aigu (SCA)*	3B	ECG anormal typique de SCA	ECG anormal non typique de SCA, douleur typique persistante/intense	ECG normal, comorbidité coronaire (antécédents, facteurs de risque)	ECG normal, mais douleur de type coronaire	ECG normal et douleur atypique	
Malaise	3B				Pas d'anomalie notable des paramètres vitaux et glycémie		
Tachycardie/tachyarythmie	3B	FC ≥ 180 /min	FC ≥ 130/min		FC > 110/min	épisode résolutif	
Bradycardie/bradyarythmie	3B	FC ≤ 40/min	FC 40-50/min avec mauvaise tolérance		FC 40-50/min sans mauvaise tolérance		
Dyspnée/insuffisance cardiaque*	3B	détresse respiratoire ou FR ≥ 40/min ou SpO2 < 86%	dyspnée à la parole/tirage/orthopnée ou FR 30-40/min ou SpO2 86-90%				
Dysfonction stimulateur/ défibrillateur cardiaque	3B		Choc(s) électrique(s) ressenti(s)		avis référent (MAD, MCO)		
Œdème des membres inférieurs/ insuffisance cardiaque*	3B				FR < 30 /min SpO2 > 90%	OMI chronique	
Palpitations	4	FC ≥ 180/min	FC ≥ 130/min		malaise ou FC > 110/min		
Hypertension artérielle	4		PAS IOA ≥ 220 mmHg ou ≥ 180 mmHg et SF associés		PAS IOA ≥ 180 mmHg sans SF associés	PAS < 180 mmHg	
Membre douloureux/ chaud ou rouge/phlébite*	4				signes locaux francs ou siège proximal sur échographie	signes locaux modérés ou siège distal sur échographie	
INFECTIOLOGIE							
AES et/ou liquide biologique	4		sujet contact VIH avéré et exposition ≤ 48 heures				exposition ≥ 48 h
Fièvre	5		T° ≥ 40° C ou ≤ 35,2° C ou confusion/céphalée/purpura		mauvaise tolérance, hypotension ou shock index ≥1		
Exposition à une maladie contagieuse	5				avec risque vital de contage (méningite, Ebola...)		sans risque vital de contage (rougeole, varicelle...)

Exemple de grille d'évaluation de la FRENCH.

Dès qu'un patient arrive dans un service d'urgences, et notamment aux HCC, il y a un tri qui est réalisé par l'IOA, et le Covid n'y change rien. L'objectif recherché est double :

- **identifier la gravité pour apporter une réponse adéquate ;**
- **identifier la nature de l'atteinte pour diriger le patient dans le bon secteur.**

Toutefois, le tri en contexte d'afflux massif de patients graves a des particularités. C'est la situation à laquelle les médecins ont dû faire face pendant la première vague du Covid. Dans cette situation, les ressources sont limitées, notamment les places en réanimation. Le médecin doit mettre en place des techniques bénéfiques pour le patient en considérant de nombreux facteurs, mais « c'est un problème quotidien », confie un soignant. En effet, la connaissance complète des antécédents du patient, de la situation d'un service d'accueil, des autres patients et de leur état et de bien d'autres facteurs est compliquée à obtenir, surtout dans un temps court. Et, dans le cas du Covid, le manque de temps est prépondérant. Bien que le président de la République ait martelé « Nous sommes en guerre », sur le terrain, à l'hôpital, « les procédures administratives de l'ARS n'ont pas été allégées, déplore le Dr Yannick Gottwalles. En les simplifiant, l'ARS aurait pu nous donner du temps pour la prise en charge des patients et notamment pour effectuer un tri en collégialité ». En effet, bien que le médecin reste seul face à sa décision concernant son patient, il se nourrit de l'avis et de l'expérience de ses collègues. Encore faut-il que ces pairs soient disponibles pour échanger avec lui.

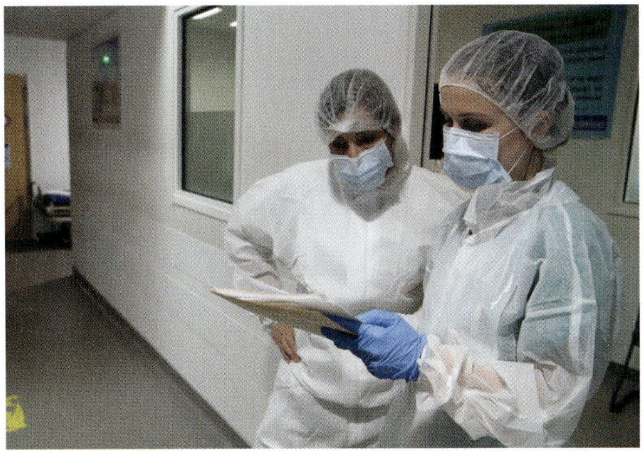

Deux soignants consultent le dossier d'un patient.

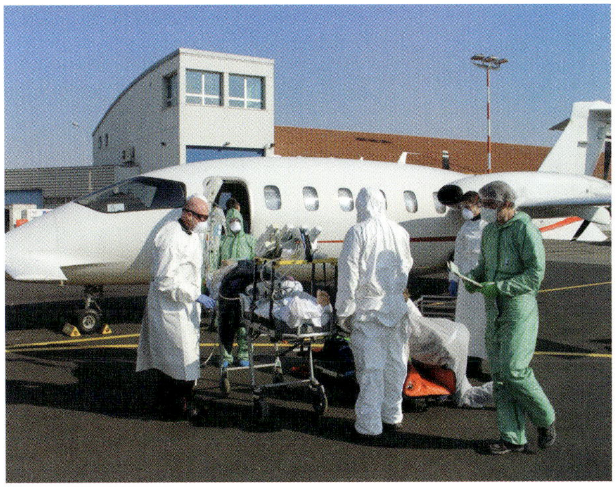

Préparation d'un transfert du patient par avion.

Une autre particularité de l'épidémie de Covid est l'évolution des connaissances scientifiques rapide et constante dans les premières semaines de la crise. « Il y a eu des modifications des pratiques pour prendre en compte l'évolutivité potentielle du patient à court terme, explique le Dr Yannick Gottwalles, pour prendre en compte les spécificités de cette pathologie. L'évolution du tri a été mise en place au jour le jour en fonction des connaissances de la science. » Les concepts et les difficultés de tri étant posés, la décision du médecin n'est pas binaire et ne se résume pas à « je prends en charge ou je ne prends pas en charge le patient », il s'agit de trouver l'axe thérapeutique le plus indiqué pour le bénéfice du patient. Cette recherche s'appuie sur les différentes ressources disponibles : lits en réanimation, transfert dans un autre hôpital, vecteurs de transferts disponibles, etc.

En sachant qu'un transfert n'est jamais anodin, ce d'autant plus que le séjour en réa est long et que certains patients ne peuvent tout simplement pas supporter un transfert, quand bien même il serait de courte durée. L'hospitalisation en réanimation n'est pas non plus la solution miracle : « Un séjour en réanimation est traumatisant pour un patient, explique un médecin réanimateur. Les séquelles sont réelles et on ne sort pas de réanimation indemne, il y a, à la sortie du service de réanimation, de nombreux soins qui sont nécessaires. »

Ainsi, de la même manière qu'un transfert n'est pas toujours l'axe thérapeutique le plus indiqué pour le bénéfice du patient, l'admission en réanimation non plus. Pendant cette première vague de l'épidémie de Covid-19 aux HCC, les médecins ont dû trier les patients, tout comme ils le font tous les jours, à chaque arrivée d'un nouveau patient.

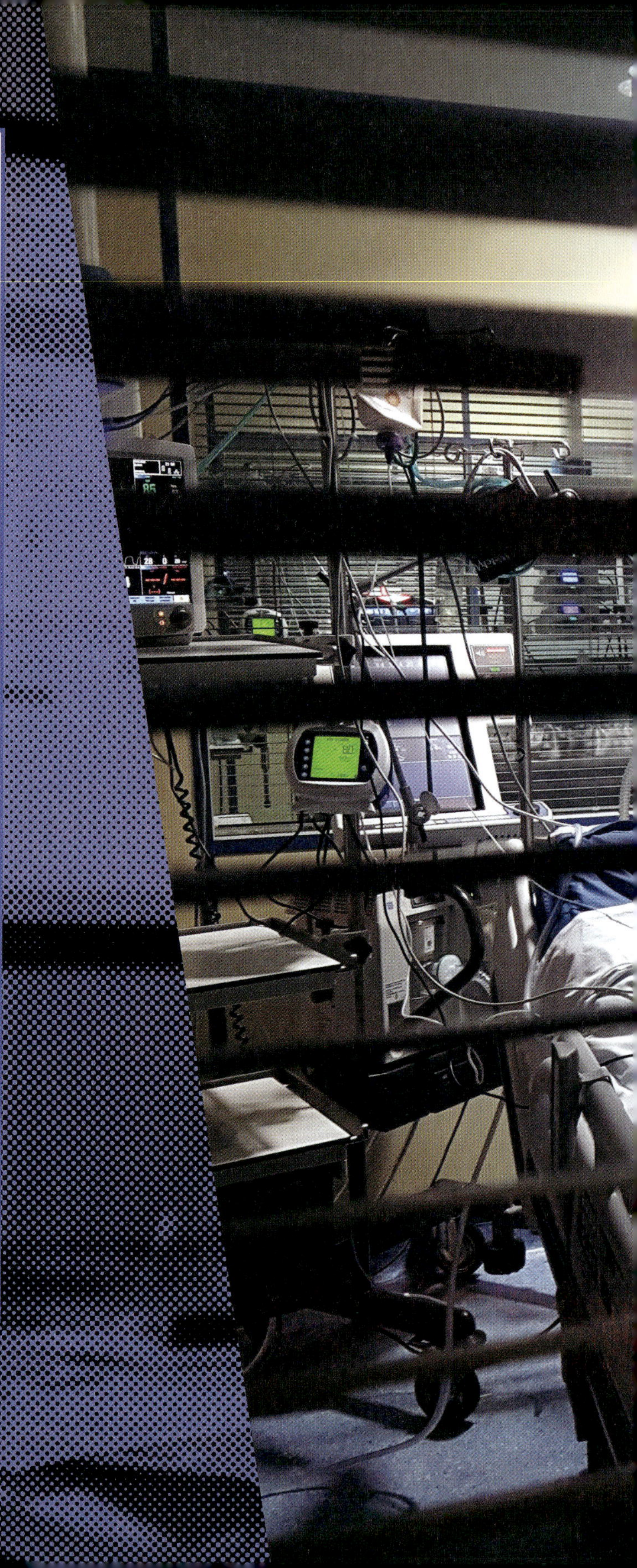

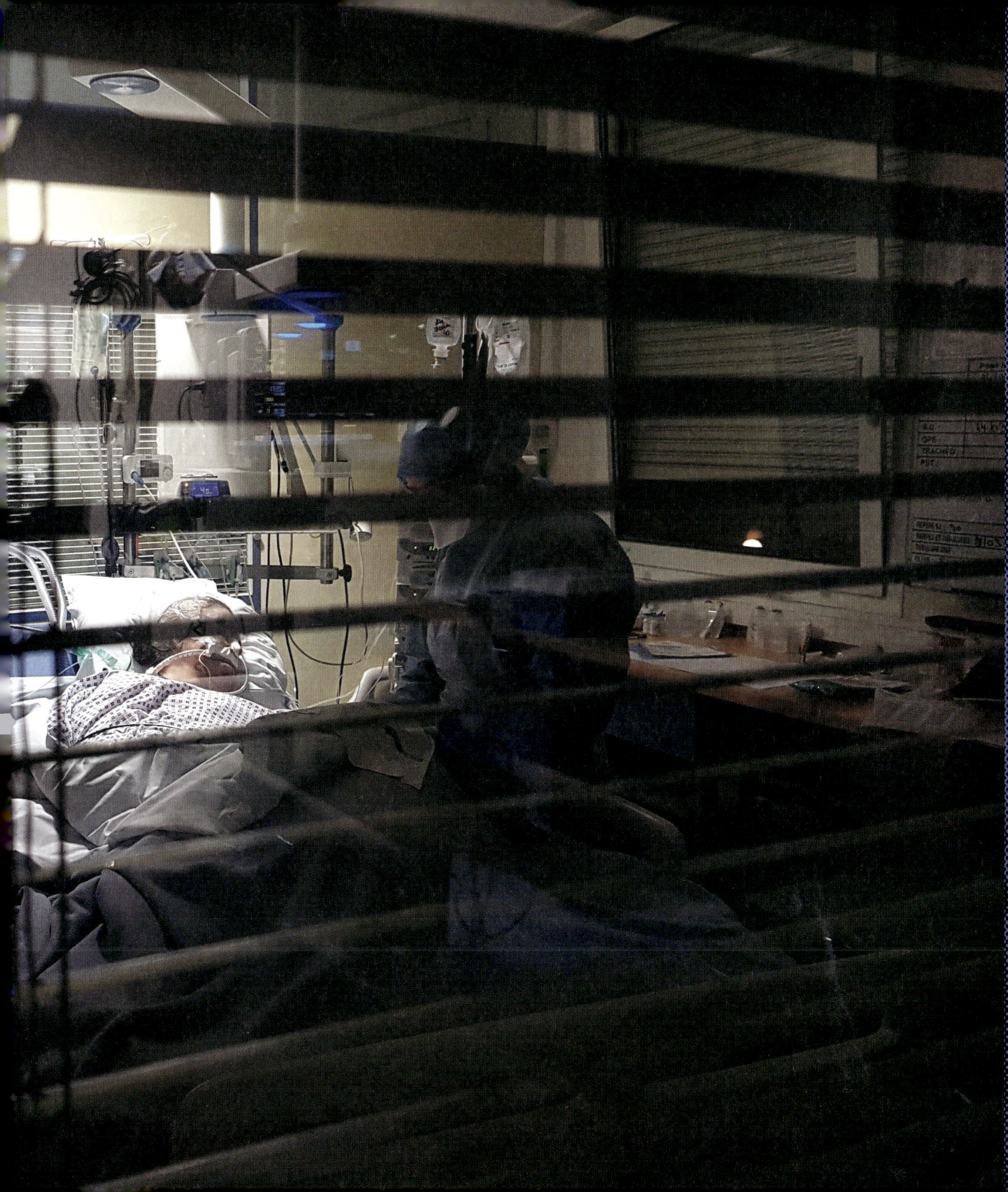

UNE BELLE COLLABORATION

La mobilisation des agents hospitaliers des HCC n'aurait donné que très peu d'effets sans un élan de solidarité en provenance d'autres acteurs : le secteur privé.

En effet, l'hôpital évolue dans un écosystème dans lequel ses fournisseurs jouent un rôle prépondérant. Ils assurent notamment la fourniture du matériel permettant le bon fonctionnement de l'établissement. Mais, durant la crise sanitaire du premier semestre 2020, c'est la générosité qui a permis aux HCC de prendre en charge les patients dans les meilleures conditions possibles. Une situation très paradoxale ; le système de santé publique repose sur un financement provenant des cotisations et des impôts des citoyens. Pourtant, pendant cette crise il a fallu que des fournisseurs habituels, des entreprises, de toutes tailles, et des particuliers soutiennent l'hôpital et ses agents. Toutes ces initiatives ont permis de créer les conditions de travail nécessaires pour surmonter cette crise.

Dès le début de l'afflux de patients, début mars, l'hôpital a besoin de masques pour protéger le personnel. Les établissements publics s'organisent entre eux avec des prêts et des récupérations de stocks périmés. Mais ils composent également grâce à des dons du privé. Ainsi, le 12 mars, c'est un médecin généraliste qui donne 500 masques FFP2 aux HCC ; quelques jours plus tard, ce sont des entreprises de BTP et de nettoyage qui donnent des masques FFP2, FFP3 et de la solution hydroalcoolique (SHA). À partir de la mi-mars, les dons sont quasiment quotidiens, ils proviennent de tous les horizons : coopératives agricoles, organismes de recherche, artisans, entreprises de restauration, huissiers, etc. Mais ils ne concernent pas que les masques ou la SHA. Les sociétés donnent aussi des tenues de protection, des lunettes, des charlottes, etc.

Cet élan de générosité ne doit pas faire oublier les dysfonctionnements du système. Le Dr Yannick Gottwalles le rappelle : « C'est un grave amateurisme de la part de l'État. L'Agence régionale de santé nous promet des palettes qui n'arrivent pas, ou au mauvais endroit. Notre direction fait pourtant tout ce qu'elle peut, déniche des petits stocks de réassort. On racle les fonds de tiroir. » Les HCC doivent mettre en place une organisation pour gérer les dons. En conséquence, il est décidé de réceptionner les petits dons à l'accueil de l'hôpital et ceux qui sont plus importants au magasin central en veillant à essayer de planifier les réceptions au préalable. Toutefois, il n'est pas question d'accepter tous le matériel. En l'absence de tout marquage CE, l'indicateur principal de la conformité d'un produit aux

« Aux ARS, je ne donne pas, à vous, si !! », raconte le Dr Yannick Gottwalles. Une société du CAC 40 m'a directement contacté dans la soirée pour me demander si 75 000 FFP2 m'intéressaient ! La seule condition d'attribution était que je sois présent à 3 heures du matin pour accueillir le transporteur et réceptionner la marchandise en mains propres, sans que cela ne passe par d'autres circuits. L'accueil s'est fait à 3 h 10 sans soucis.

PUBLIC–PRIVÉ

législations de l'Union européenne, le matériel n'est pas accepté.

La solidarité ne se cantonne pas aux consommables pour la protection des agents hospitaliers. Ainsi, des sociétés se sont organisées pour offrir des échographes portables afin d'améliorer les conditions de prise en charge des patients. L'entraide entre hôpitaux publics et hôpitaux privés a également joué un rôle dans la prise en charge des patients Covid aux HCC. Ainsi, dans la limite de leur capacité d'accueil et de la qualité de leur plateau technique, des hôpitaux privés ont réservé des places de délestage. Avec cette capacité hors les murs, les HCC ont pu se concentrer sur la prise en charge des patients Covid tout en sachant que les autres patients seraient pris en charge dans de bonnes conditions.
La qualité de la prise en charge des patients dépend à la fois du plateau technique, des conditions d'hygiène mais également de l'état des soignants. Le Dr Émilie Weber rappelle que « le mois de février avait été particulièrement chargé, nous avons eu des journées et des nuits particulièrement occupées ». En conséquence, l'arrivée du Covid ne fait qu'empirer l'état de fatigue des équipes. Là encore, la solidarité joue un rôle prépondérant avec des dons qui peuvent paraître anodins mais qui permettent aux équipes de tenir dans la durée. Pâtisserie, café, repas, crème hydratante pour les mains ou chocolat sont autant d'exemples des à-côtés qui ont permis de rendre le quotidien moins dur pour les agents des HCC.

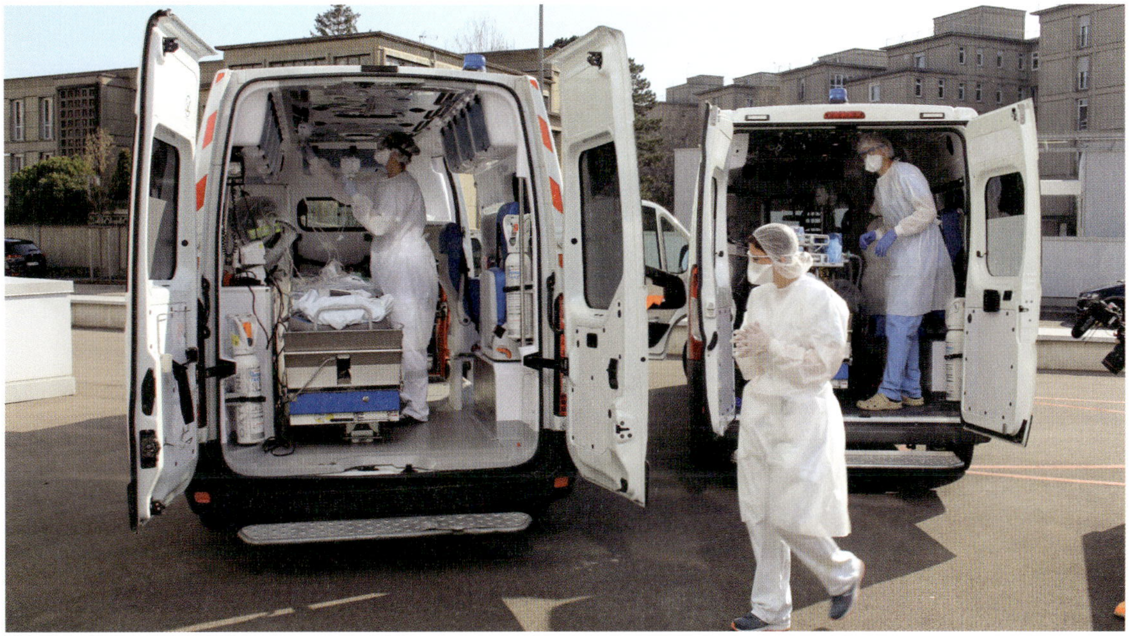

Dans le monde En France **En Alsace** Ils l'ont dit

16/03/2020
Le président de la République, Emmanuel Macron, annonce que seuls seront désormais autorisés les trajets « absolument nécessaires » et « toute infraction à ces règles sera sanctionnée »

17/03/2020
L'espace Schengen ferme ses frontières aux étrangers pendant un mois

17/03/2020
La France est placée en confinement à partir de 12 heures pour une durée minimale de deux semaines. Les contrôles aux frontières sont rétablis pendant cette période

17/03/2020
Un risque de pénurie de pousse-seringues et de médicaments type « curare » est relevé pendant la réunion quotidienne de la cellule de crise des Hôpitaux Civils de Colmar (HCC)

18/03/2020
La France annonce la mise en place de l'état d'urgence sanitaire pendant tout le temps de la pandémie

18/03/2020
Première évacuation MORPHÉE vers Toulon et Marseille de patients des HCC

19/03/2020
Tous les lits de réanimation des HCC sont occupés malgré un doublement de capacité

20/03/2020
Le service de neurochirurgie des HCC est fermé

21/03/2020
Deuxième évacuation MORPHÉE vers la Bretagne

23/03/2020
Un premier soignant décède en France des suites du Covid-19

24/03/2020
Le nombre des 1 000 morts post COVID en contexte hospitalier est dépassé en France

24/03/2020
Mise en place d'un dispositif d'écoute et de soutien médico-psychologique pour le personnel des HCC

24/03/2020
Les Jeux olympiques sont reportés en 2021 en raison de la pandémie

26/03/2020
Le Premier ministre du Royaume-Uni, Boris Johnson, annonce avoir été testé positif au Covid-19

26/03/2020
Première évacuation en TGV vers les Pays de la Loire

28/03/2020
La consommation de SHA de l'ordre de 400 litres par semaine aux HCC

01/04/2020

Les États-Unis dépassent le nombre de 200 000 cas positifs, ce qui en fait le pays le plus affecté par la pandémie

03/04/2020

Le nombre de personnes contaminées dans le monde dépasse le million

03/04/2020

Jean Castex se voit confier la gouvernance de la mission de « déconfinement »

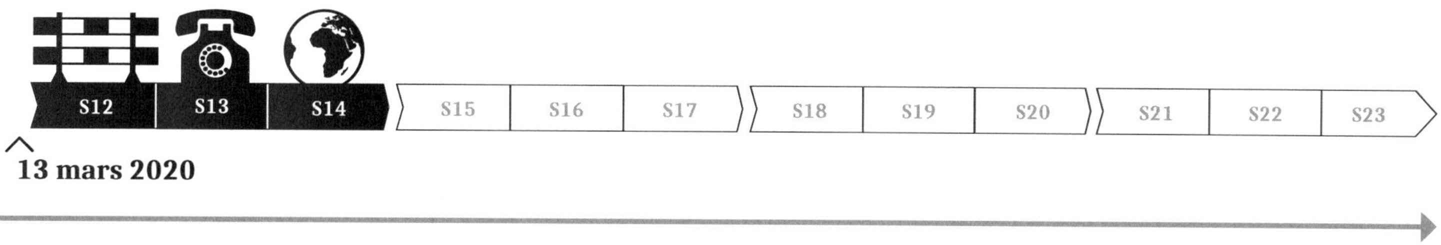

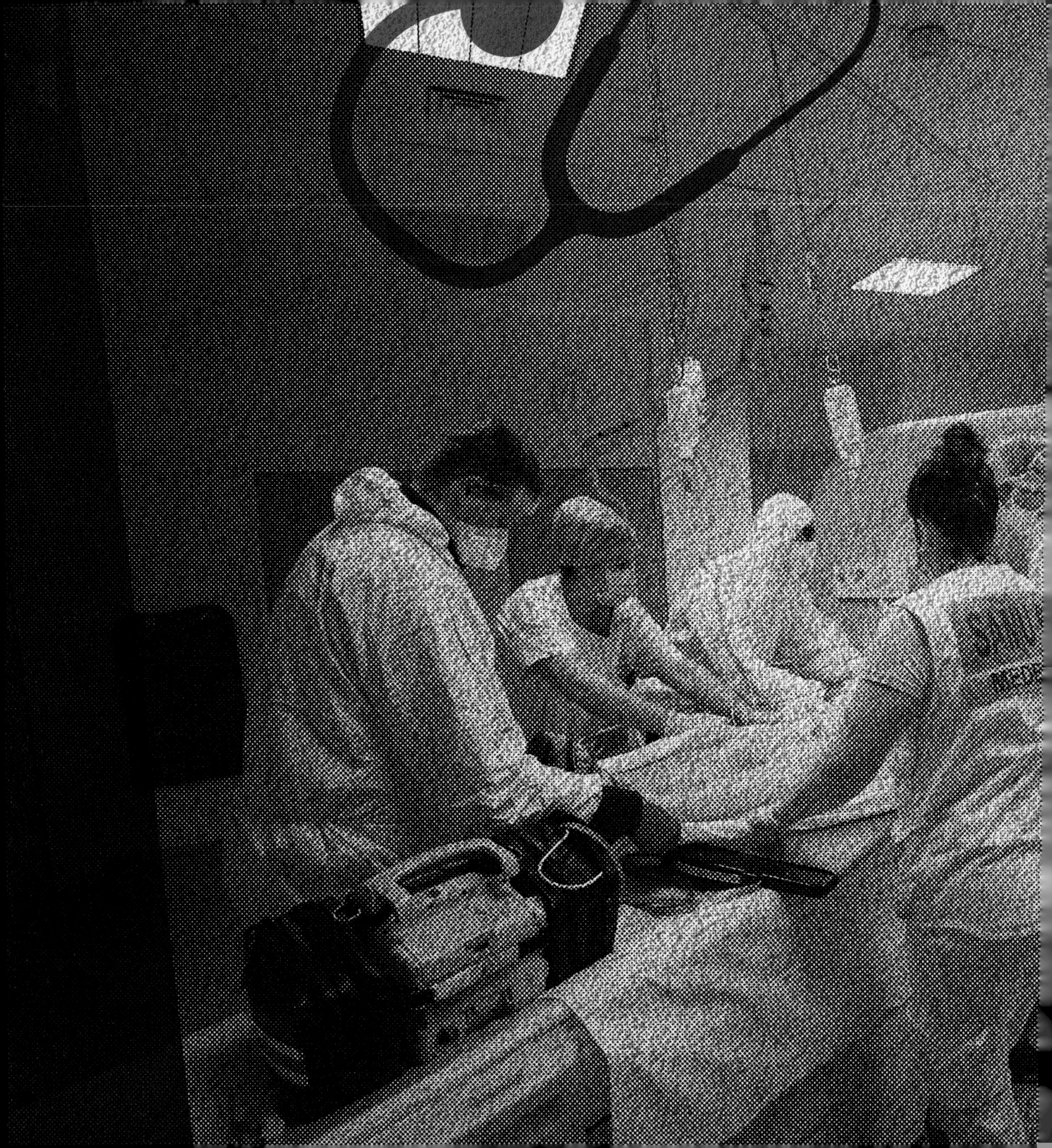

UN PERSONNEL EN PREMIÈRE LIGNE

UN PERSONNEL EN PREMIÈRE LIGNE

Femmes et hommes, agents hospitaliers ou partenaires des HCC, ils ont vécu la première vague de Covid et ses conséquences sur leurs vies professionnelles et personnelles. Pour que le temps n'efface pas leur mémoire, pour que leur vécu ne disparaisse pas, ils ont livré leurs souvenirs encore vivaces de cette crise sans précédent. Qu'ils soient jeunes professionnels ou ayant plusieurs dizaines d'années d'expérience dans leur carrière, toutes et tous sont unanimes, cette première vague épidémique de Covid-19 est inédite.

ARS

Agence Régionale de Santé : selon le ministère des Solidarités et de la Santé, Les agences régionales de santé sont chargées du pilotage régional du système national de santé. Qui dit pilotage, dit opérationnel, eh bien, NON !

Selon le Dr Yannick Gottwalles : « *Mes parents m'ont toujours élevé dans des notions Alliant Respect et Sérénité mais, quand un acteur majeur est absent sur le terrain lors d'une crise sanitaire, cela devient une* **AR***naque* **S***tupéfiante !!! Une* **A***bsence de* **R***econnaissance des* **S***oignants manifeste, un* **A***nti-***R***ouage* **S***ystématique dans le bon fonctionnement en période de guerre, à tel point qu'il n'y a* **A***bsolument* **R***ien à* **S***auver dans cette* **A***dministration à* **R***étropédalage* **S***candaleux !!*

Mes collègues et confrères ont eu des mots lors des RETEX bien moins élogieux encore, puisqu'en alsacien certaines insultes débutent par **ARS**… »

Nom :

YANNICK GOTTWALLES

Fonction :

Docteur - Chef de pôle des urgences

RÔLE : ***Le pôle Urgences Pasteur regroupe le SAU Adultes, le SMUR, la médecine pénitentiaire et la CHPOT (Coordination hospitalière des prélèvements d'organes et de tissus). En plus des fonctions administratives et transversales, le Dr Gottwalles continue à avoir une activité de soins.***

Depuis 10 ans, on se prépare à quelque chose sans savoir à quoi, depuis 10 ans, on reçoit des alertes régulières. Je me souviens de la résurgence d'Ebola en 2014 avec des messages contradictoires sur la fermeture des frontières en moins de 12 heures. Bill Gates avait déclaré que le monde s'était préparé à un holocauste nucléaire alors que le risque réel était le risque virologique.
Il y a eu plusieurs alertes : Ebola, SARS, H1N1 ou Mers-CoV… On se disait quand même que, si le virus devait arriver, il viendrait par une grande plaque de transit comme un aéroport ou un port. Fin février, j'ai donné des directives pour vérifier les stocks d'EPI et passer des commandes.
Ce n'était qu'une préoccupation logistique, mais l'anticipation reste indispensable.
Et, en tant que centre de référence NRBC, on a déjà de gros stocks. Mais, ce qui m'a inquiété, c'est le premier décès d'un cas non importé de Chine. Et je me suis dit que tout était possible, sauf rater le premier cas. On a rebriefé le personnel pour être sûr de ne pas manquer ce premier patient et, pourtant, on ne l'a pas vu passer parce qu'une fois de plus il y a un fossé entre les directives ministérielles, les MARS et autres, et la vie de terrain : mercredi 4 mars, il est arrivé.

« C'était mon devoir de trouver des solutions

On a eu la confirmation 24 heures plus tard. Et les premiers cas commencent à arriver massivement aux urgences. En 2 jours, nous n'avions plus de matériel pour aborder le week-end. Malgré l'anticipation, malgré des stocks surgonflés, on n'avait des équipements que pour 3 jours de travail avec cette activité. Et le temps d'appeler nos réseaux pour trouver du matériel, cinq patients de plus qui arrivent.

Face à l'emballement de la situation, l'absence de réponse de nos autorités de tutelle, et le défaut d'approvisionnement généralisé, on est totalement dépourvu. C'est une hantise, et pour ne pas être dans l'obligation de dire à son personnel, à ses amis et collègues qu'« il n'y a plus d'EPI, vous allez devoir travailler sans, vous avez votre droit de retrait, je comprendrai », on fait tout ce qu'il est possible, que ce soit légal ou pas au regard des procédures administratives, car nous étions en guerre, ce qui sera confirmé à cinq reprises par notre Président lors de sa première allocution quelques jours plus tard. Face à la non-réponse de l'ARS, j'ai considéré qu'il était de mon devoir de trouver des alternatives, dans l'instantanéité de la situation. Cette situation imposait de changer totalement sa manière de travailler, d'accepter une forte dose d'inconnu et de prendre ses responsabilités face à cela. On s'est rendu compte que, même en anticipant au maximum les différentes situations, 12 heures après nos analyses étaient obsolètes du fait d'une cinétique excessivement rapide de progression.

Cette crise nous a appris, une fois de plus, l'incompétence totale sur le plan opérationnel de l'ARS. Chaque mot est pesé, et malheureusement cela s'est totalement vérifié.

Dans la nuit du 14 au 15 mars, Marc Noizet, mon homologue mulhousien, a décrit la situation catastrophique qu'ils vivaient sur la mailing liste de SUdF (Samu Urgences de France), j'ai répondu dans la foulée en commençant par : « À quelques kilomètres…, ces propos que je trouve encore trop peu alarmistes, bien que déjà désespérants… » J'ai reçu des dizaines et des dizaines d'appels téléphoniques et de mails de confrères de France, d'outre-mer, de Guyane, qui se demandaient si mon message était vrai car cela ne correspondait pas aux infos diffusées dans les médias. Ce message n'avait qu'un seul but, les prévenir de l'arrivée de cette vague, de ce tsunami, d'une violence et ampleur exceptionnelles, et qu'ils devaient mettre à profit les rares heures qu'ils avaient devant eux pour se préparer.

Nom :

ÉRIC THIBAUD

Fonction :

Docteur - Médecin et chef de service des urgences

RÔLE : ***Soignant en tant que médecin, administratif en tant que chef de service, il est le référent médical du service. C'est une mission d'interface avec les autres composantes de l'hôpital ainsi qu'une mission de représentation.***

« Nous n'étions pas prêts et personne ne s'attendait à cette ampleur immédiate

Début mars, je suis parti quelques jours en Espagne pour des vacances. Sur place, avec ma compagne, nous constations qu'il se passait quelque chose d'étrange, voire d'indéfinissable. Mon chef de pôle m'a appelé plusieurs fois pour m'informer de la situation explosive qui arrivait. Dès mon retour à l'hôpital, je recevais de plus en plus de messages étonnants faisant état, ici ou là, d'afflux de patients, de symptômes atypiques, etc.

De notre côté, aux urgences, nous avons également constaté un afflux de malades, notamment le vendredi 6 mars. Le flux des patients augmentait mais nous ne disposions pas de solutions de diagnostic ni n'avions de tests. Les 7 et 8 mars, nous avons commencé à adapter les urgences et le parcours des patients à cette nouvelle pathologie. Ainsi, l'UHCD a été convertie en zone Covid.

Pour moi, le tournant, la date clé, c'est le lundi 9 mars, pendant la réunion de la cellule de crise des HCC. Trois téléphones sonnent en même temps, mon DECT (ndlr : le téléphone de service), mon portable et le téléphone du chef du pôle des urgences, le Dr Gottwalles. Le SAMU 68 m'informe qu'il y a de plus en plus de cas suspects et pas de place pour les accueillir à Colmar. Ma collègue à l'UHCD m'indique qu'il n'y a plus de place dans le service et que les patients, avec des détresses respiratoires et des tableaux cliniques très évocateurs, s'accumulent. Nous avons rapidement finalisé cette réunion pour retourner aux urgences et, 2 heures plus tard, le Dr Gottwalles et moi avons pris la décision de convertir le secteur de médecine du service en zone Covid. Cette organisation a perduré pendant plusieurs semaines. Ce jour-là, je crois que j'ai compris, que j'ai pris conscience que cette crise allait faire mal, que ça allait être dur et qu'on était profondément dans la m... Je pense que nous n'étions pas prêts et que personne ne s'attendait à cette ampleur immédiate. J'ai tout de suite su que la situation de crise allait durer plusieurs semaines et que notre plan d'urgence, le plan blanc, n'était pas applicable.

Il y a eu une autre date importante, je m'en souviens comme si c'était hier, c'est le lundi 23 mars. Ce jour-là, nous avons enregistré notre pic de patients Covid-19. La nuit précédente, j'étais de garde au SMUR, une vraie nuit blanche sans temps morts. En fin de nuit, nous sommes partis pour prendre en charge une personne en arrêt cardio-respiratoire. Il s'agissait d'une femme d'une soixantaine d'années qui, malgré nos efforts de réanimation, est décédée. J'ai constaté le décès à domicile. Le tableau clinique évoquait clairement un cas de Covid-19. Son mari était dévasté : en plus du décès de sa femme, leur fille était en Angleterre et ne pourrait sans doute pas rentrer pour les obsèques. Et ce monsieur me demanda alors s'il pouvait continuer à prendre son traitement : azithromycine et hydroxychloroquine. Ce traitement médiatique qui ne soigne pas...

En sortant de cette nuit blanche, avec des semaines de 80 à 100 heures, j'ai donné une interview pour France 5 dans l'émission « Le journal de la Santé ». Elle a été diffusée, le jour même, entre midi et 14 heures. Après la réunion de la cellule de crise et quelques tâches administratives, je suis rentré chez moi pour dormir un peu quand j'ai reçu un coup de téléphone de ma mère. Ma grand-mère m'avait vu à la télévision et elle s'inquiétait de mon état physique et mental, elle pensait que j'allais mourir.

Nom :

NOÉMIE STEFFAN

Fonction :

Infirmière référente

RÔLE : ***L'infirmière référente a une mission d'encadrement. Noémie Steffan est en charge des ASH, des aides-soignantes (AS), des étudiants et du matériel. Elle occupe ce poste depuis 2 ans.***

« Il y a eu un miracle, on a reçu des dons !

En janvier, j'étais en vacances au ski avec des amis. Nous discutions de la situation sanitaire, notamment de la situation en Chine et de l'augmentation du nombre de décès. Je savais alors que nous allions devoir faire face à des cas de Covid. Lors de mon retour à l'hôpital, j'ai participé à une réunion concernant la meilleure façon d'isoler un patient Covid. Ma première préoccupation était de savoir comment isoler un seul cas Covid, peut-être deux ou une famille. Je me posais des questions pratiques, par exemple comment comment fermer un accès, organiser le personnel, etc. Finalement, on n'a pas eu un seul cas de covid, ils sont arrivés massivement au sein même des urgences et on ne savait pas comment s'organiser. Une fois les patients pris en charge aux urgences, il fallait trouver des lits d'hospitalisation, donc des lits Covid, et il n'y en avait pas assez. Lorsque les capacités Covid ont augmenté, on a eu le problème inverse. On ne trouvait plus de lits pour les patients non-Covid. On était perpétuellement dans la gestion de l'après, sans solution.

Outre les lits, je me posais énormément de questions sur la protection du personnel : comment protéger les ASH, comment protéger les brancardiers pendant un transfert, etc. Au début, il n'y avait pas de protocole. Puis l'équipe d'hygiène est venue nous soutenir.

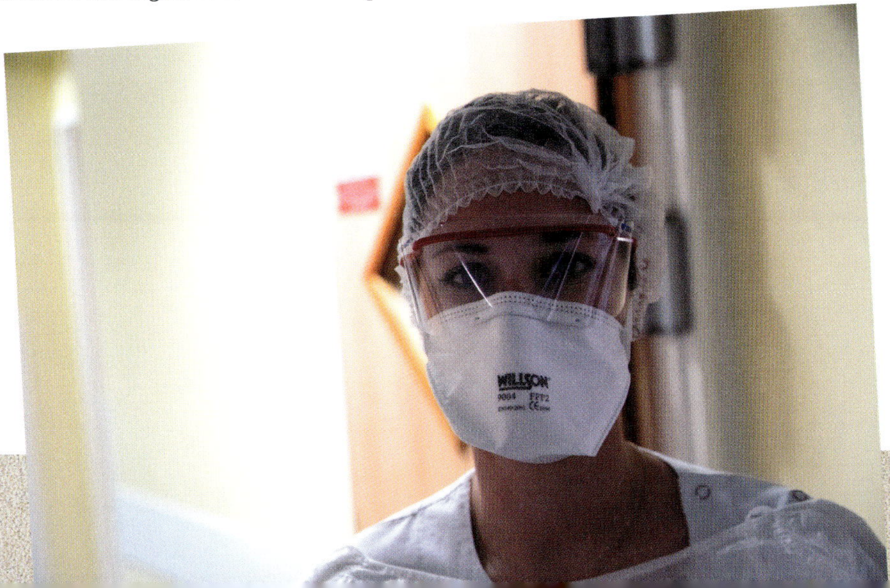

Et là, je devais trouver du matériel mais il n'y en avait pas assez. Je me souviens d'une journée où il n'y avait plus que quatre boîtes de masques FFP2 dans la réserve. J'ai voulu en commander mais il était impossible d'en trouver. Et là il y a eu un miracle, on a reçu des dons, et notamment des dons de matériel de protection individuelle.

Ce fut une période très paradoxale. Elle était extraordinaire, formidable par certains aspects. Attention, voir des gens mourir dans le service sans leurs proches ou artir en réanimation dans une autre région loin de leur famille, ce n'est évidemment pas du tout ça que j'ai trouvé formidable. Mais il y a eu une entraide, du personnel présent et disponible. Personne ne s'est mis en arrêt pour raison familiale. Tout le monde est venu travailler et on s'organisait ensemble pour garder les enfants, par exemple.

Cette solidarité a dépassé le cadre de l'hôpital ; mes voisins m'ont aidée, par exemple, à aller chercher mes courses, et j'aimerais qu'il en reste quelque chose.

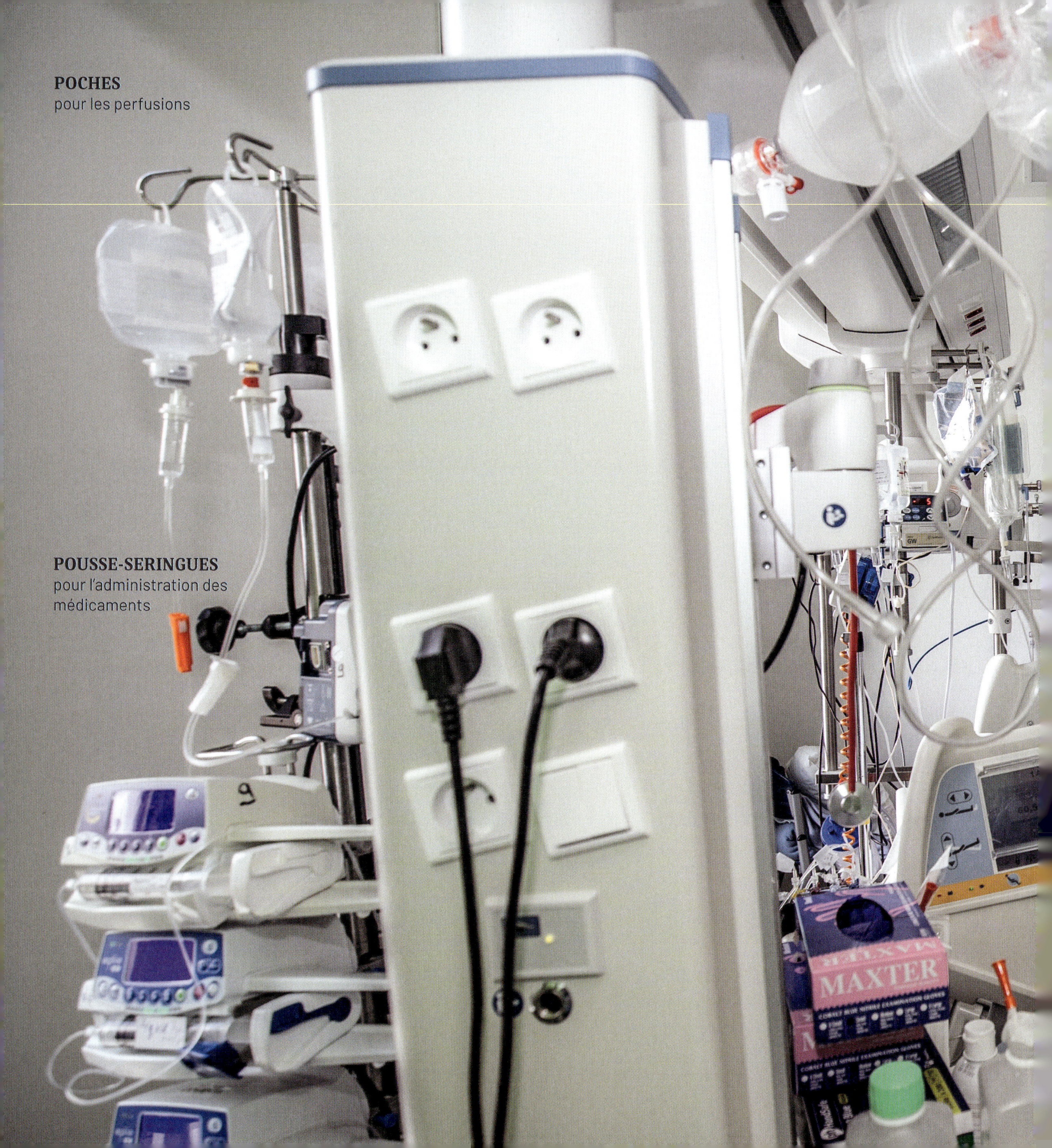
POCHES
pour les perfusions
POUSSE-SERINGUES
pour l'administration des médicaments
MAXTER

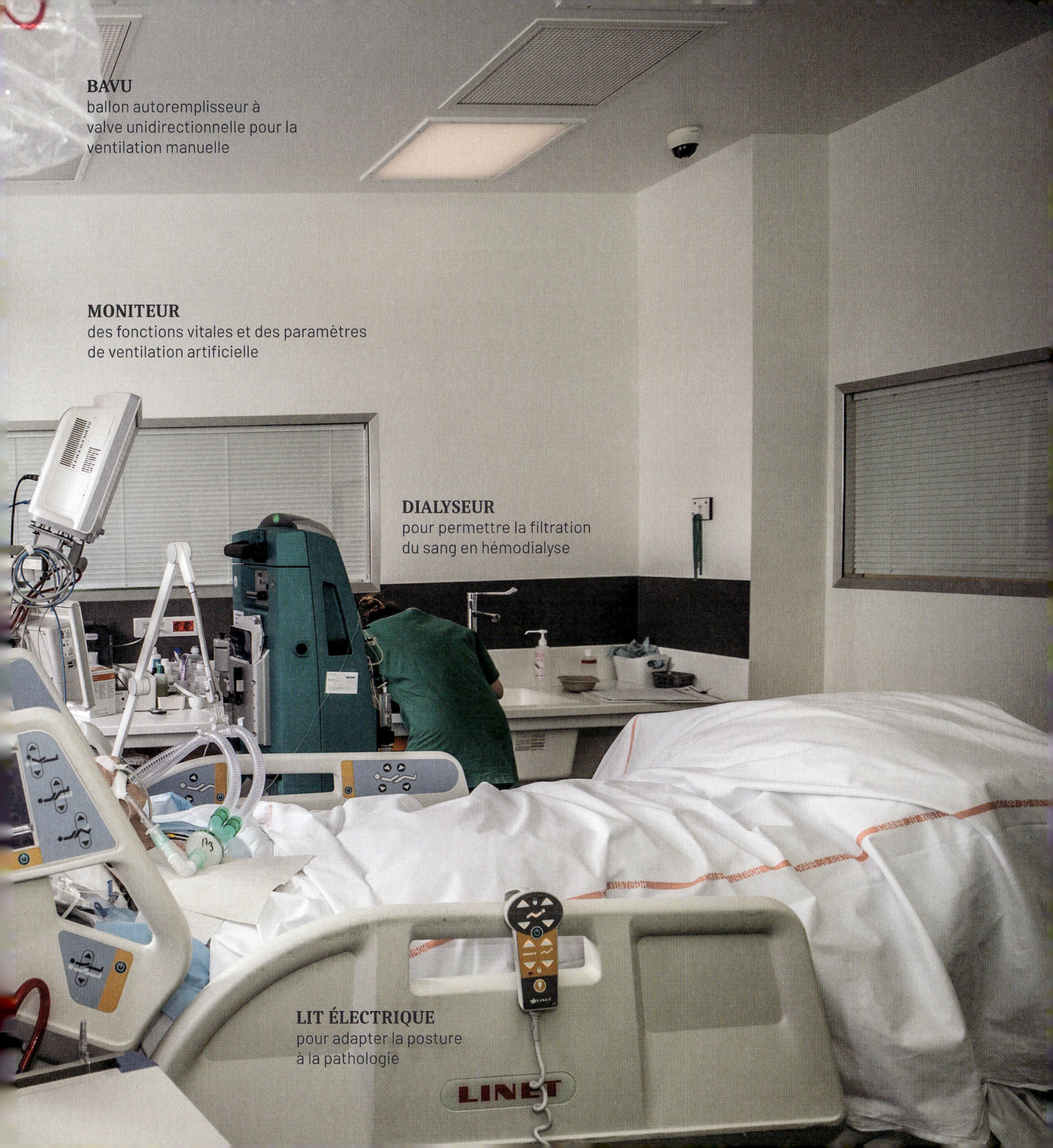
BAVU
ballon autoremplisseur à valve unidirectionnelle pour la ventilation manuelle
MONITEUR
des fonctions vitales et des paramètres de ventilation artificielle
DIALYSEUR
pour permettre la filtration du sang en hémodialyse
LIT ÉLECTRIQUE
pour adapter la posture à la pathologie
LINET

Nom :

ALAIN SIRY

Fonction :

Infirmier aux urgences

RÔLE : ***Le rôle de l'infirmier est défini dans le CSP (Code de la Santé Publique), il précise que « relèvent du rôle propre de l'infirmier les soins liés aux fonctions d'entretien et de continuité de la vie et visant à compenser partiellement ou totalement un manque ou une diminution d'autonomie d'une personne ou d'un groupe de personnes. Dans ce cadre, l'infirmier a la compétence pour prendre les initiatives et accomplir les soins qu'il juge nécessaires ».***

« J'ai vraiment eu le sentiment d'avoir abandonné mes collègues

Le 4 mars, j'étais de matin en traumatologie. Les sapeurs-pompiers ont amené un patient, victime d'un accident de la route. Il ne présentait pas de signes de détresse, mais des paramètres paracliniques étonnants, notamment une saturation en oxygène très basse. Le médecin lui a fait passer un scanner thoracique. Et là, on a vu, pour la première fois, une image présentant un aspect de verre dépoli dans les poumons. Mais on ne savait pas vraiment ce que ça voulait dire. La matinée s'est terminée par les transmissions à 13 heures, et ce n'est que le lendemain que j'ai appris que ce patient était parti en réanimation, qu'il avait été intubé là-bas et qu'il était Covid positif. Avec ma collègue on en a parlé, on s'est demandé si on avait des signes pendant quelques jours. On a appris par la suite que ce monsieur avait été au rassemblement de Bourtzwiller et on a reçu également sa femme, qui a été hospitalisée en réanimation. Ce premier patient Covid des HCC est malheureusement décédé. Puis la machine s'est emballée en une semaine. Un jour, en revenant d'une intervention en SMUR, le Dr Gottwalles a annoncé le changement d'organisation du service. L'équipe a immédiatement pris de bons réflexes. Très rapidement on a su ce qu'on devait faire. On a préparé des plateaux pour stéréotyper nos prises en charge et limiter nos entrées dans le box des patients.

Et, le 21 mars, j'ai attrapé le Covid-19, rien à voir avec ce premier patient, je ne sais pas comment j'ai pu l'attraper. Le vendredi 20 mars, j'étais de matin à l'UHCD. Le lendemain, le samedi matin, quand je me suis réveillé, j'avais de la fièvre, des courbatures et j'étais très fatigué. J'ai eu 7 jours d'arrêt maladie mais au bout de cette première période j'étais encore très fatigué et mon arrêt a été prolongé pour 7 jours de plus. De toute façon, je n'étais absolument pas en état de revenir travailler. Donc, pendant les 15 jours où les transferts en avion, en hélicoptère et en train ont eu lieu, j'étais enfermé chez moi. C'est une période que j'ai mal vécue, j'ai vraiment eu le sentiment d'avoir abandonné mes collègues.

Quand j'ai repris le travail courant avril, j'étais principalement de SMUR et en secteur non-Covid. Malgré la charge de travail, il régnait une bonne ambiance dans le service. Puis il y a eu une phase de flottement, il n'y avait presque plus de patients. Lorsque la patientèle est revenue à un rythme plus normal, on avait du mal avec les gens qui se plaignaient pour rien. Après avoir vu des gens mourir, après avoir traité uniquement des urgences réelles pendant 6 semaines, on avait perdu un peu notre patience.

Nom :

THIERRY FLEITH

Fonction :

Infirmier référent

RÔLE : ***L'infirmier référent a une mission d'encadrement. Thierry Fleith est responsable du pôle des urgences, il s'occupe de la gestion du matériel biomédical et du personnel infirmier. Il occupe ce poste depuis 10 ans.***

« Je pensais que les choses avaient été anticipées

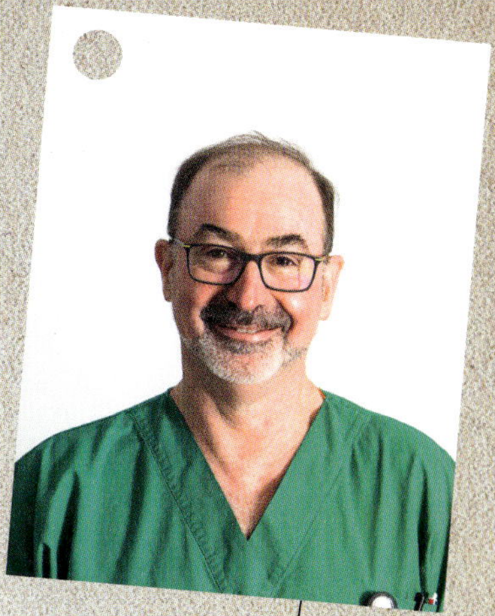

Dès la mi-février, et peut-être même avant ça, en regardant les médias, il ne faisait plus de doute quant à l'arrivée du Covid à Colmar. La situation est devenue plus claire quand les premiers cas se sont présentés à Mulhouse. La problématique à ce moment-là, c'était de savoir comment et avec quels moyens nous allions assurer la prise en charge. On ne savait pas non plus dans quelle mesure on allait être impacté. En revanche, on ne se posait pas la question du matériel, il me semblait qu'il n'y avait pas de raison de se la poser. En voyant ce qui s'était passé en Italie et à Mulhouse, je pensais que les choses avaient été anticipées.

Et puis les premiers patients sont arrivés. On savait que ça allait être terrible, mais c'était bien la seule chose qui était sûre. Normalement, un service d'urgences fonctionne sur la base d'un flux connu, et là on était face à l'inconnu. On a des plans pour les situations exceptionnelles comme le plan blanc ou le plan rouge des pompiers. Mais là, la situation ne rentrait pas dans les cases. Les procédures de prise en charge changeaient pratiquement quotidiennement. Tous les jours on était dépassé. Et puis on a modifié notre organisation pour absorber ce nouveau flux. Et là, le premier point de blocage, ce fut le matériel. Notre nouvelle organisation s'est heurtée à des besoins en matériel qui ne suivait pas.

Ce que je retiens de cette période, c'est que nous avons également changé notre mode de fonctionnement. Normalement, l'hôpital est une structure dans laquelle le respect des voies hiérarchiques est important. Là on n'avait pas le temps de suivre les chemins de prise de décision. Il fallait aller vite, très vite. On a donc court-circuité le système pour adapter notre mode de fonctionnement à la situation. On a aussi valorisé les idées et les propositions émanant des agents de terrain. Cela a permis de mettre en place des solutions pratiques dans un temps très court. Cette crise nous a fait perdre nos repères et on a dû recréer ces repères pour pouvoir fonctionner.

Par exemple, lorsqu'on a commencé à manquer d'oxygène au SAU, on a fait venir le pharmacien dans le service pour réfléchir à une solution. En moins de 3 heures nous avions trouvé un nouveau mode de fonctionnement, tout en respectant les mesures élémentaires de sécurité, pour alimenter de nouveaux lits avec des bouteilles d'oxygène médical. Dans le cadre normal, ça aurait pris un temps indéfiniment plus long.

On devait travailler ensemble pour réussir. Tout le monde était impliqué et travaillait dans le même sens, ça faisait du bien au moral.

Nom :

LOUIS CAUCHOIS

Fonction :

Directeur adjoint en charge des achats et de la logistique (DAL)

RÔLE : ***Le DAL est responsable de la gestion des services logistiques, de la blanchisserie, de la restauration, du transport de patients, des approvisionnements généraux et des consommables biomédicaux et de ceux des laboratoires. Son poste ne couvre donc pas les travaux, les médicaments ni le matériel biomédical.***

« Rechercher des stocks, vérifier la fiabilité des fournisseurs, déjouer les arnaques, etc

À mon niveau, j'ai compris la situation en deux temps. Tout d'abord, entre fin janvier et début février, il m'est apparu évident que le Covid-19 allait nous impacter. Je me souviens que l'une de mes collègues, mon attachée d'administration, m'a informé que nous n'allions pas être livrés en masques de protection par notre fournisseur habituel. La raison était totalement inédite : les bateaux ne partaient plus de Chine. C'était la première fois que la chaîne logistique était rompue chez notre fournisseur. On a commencé à s'inquiéter tout en cherchant de nouvelles sources d'approvisionnement. Dans un second temps, le 2 mars j'ai vu que le Covid-19 était là avec l'apparition du cluster de Mulhouse. Et à partir du 5 mars, on est rentré en mode gestion de crise. On a suspendu toutes nos missions classiques pour ne traiter que les approvisionnements liés au Covid.

Sans réellement le prévoir, on a totalement changé notre mode de fonctionnement, il est devenu totalement opérationnel. On devait conclure des affaires très vite à longueur de journée. C'était de l'approvisionnement pur : rechercher des stocks, vérifier la fiabilité des fournisseurs, déjouer les arnaques, déterminer les modalités de livraison, etc. Les journées étaient denses, sans pause, sans réunion. J'étais assis sur ma chaise du matin au soir, toujours au téléphone pour trouver des solutions. On travaillait aussi le week-end. Quand il a fallu déménager tout un service, on a contacté les déménageurs le samedi, organisé les préparatifs le dimanche et réalisé les opérations le lundi. C'est un rythme totalement impensable en temps normal. On a dû aller chercher nos commandes nous-mêmes, ce qui n'arrive jamais d'habitude. Durant un autre week-end, mon attachée d'administration et moi avons écumé les pharmacies du Bas-Rhin et du Haut-Rhin pour trouver des thermomètres infrarouges dont le service des urgences avait besoin.

Il y a eu aussi des moments de frustration extrême et d'incompréhension avec nos autorités de tutelle. Elles n'étaient pas du tout dimensionnées pour gérer les approvisionnements sur toute une région aussi durement impactée par une crise sanitaire. On avait le sentiment de ne pas être compris, de ne pas être écouté et de ne pas être soutenu. En revanche, ce qui était assez incroyable, c'est qu'on n'a jamais perdu entièrement pied grâce aux acteurs de terrain. Il y a toujours eu des événements, directement liés ou non à nos actions, qui nous ont sauvés. Un jour, par exemple, on a trouvé 8000 masques FFP2 périmés à Mulhouse. Et, bien sûr, il y a eu les dons. Ils étaient compliqués à gérer mais ils nous ont bien aidés.

Avec le recul, cette crise a montré que les hospitaliers croient à leur mission. On présente souvent l'hôpital comme une institution à bout de souffle, mais cette situation a montré que les agents hospitaliers sont prêts à tout pour faire fonctionner l'hôpital. À titre personnel, ça m'a redonné de la motivation. Je n'avais pas l'impression d'en manquer mais je suis fier de travailler à l'hôpital.

Nom :

LÆTITIA MADER

Fonction :

Agente des services hospitaliers (ASH)

RÔLE : ***L'ASH est responsable du nettoyage et du bionettoyage des chambres des patients et des parties communes du service dans lequel il travaille. Aux HCC, l'ASH fait les transferts des patients et emporte les prélèvementsau laboratoire et peut également prendre les initiatives et accomplir les soins qu'il juge nécessaires.***

> **« Ma seule crainte a été de ramener ce virus à la maison**

Cette période a été un gros chamboulement professionnel. De nouveaux protocoles sont apparus sans que l'on sache d'où ils venaient. De plus, ils ont sans cesse été modifiés au fur et à mesure de l'avancée dans le temps. Dans un premier temps, on ne savait pas vraiment comment nettoyer efficacement. On nettoyait sans arrêt, il n'y avait aucun temps mort dans notre journée. Il fallait être vigilant sur tout.

À côté de ça, cette période nous a soudés, on a retrouvé de l'entraide entre les différents corps de métier. Je ne peux pas dire que j'ai apprécié cette période mais on n'était pas dans notre coin. On était une équipe. Je me souviens que les médecins prenaient souvent de nos nouvelles pour savoir comment on allait. Je me sentais soutenue.

Ma seule crainte a été de ramener ce virus à la maison et de contaminer mes enfants et mon mari. Eux, en revanche, n'avaient pas peur. Cependant, ils ont mal vécu mon absence. Comme mon conjoint était à la maison avec mes enfants, j'ai pris plus de vacations qu'en temps normal pour remplacer des absences et pour prendre des nuits en plus. Quand une telle situation se présente aux urgences, il faut venir travailler. Je n'ai pas trop réfléchi. J'avais la possibilité de me reposer sur mon mari pour la gestion du quotidien familial. C'était une période dure mais finalement, grâce aux collègues, on a pu tenir.

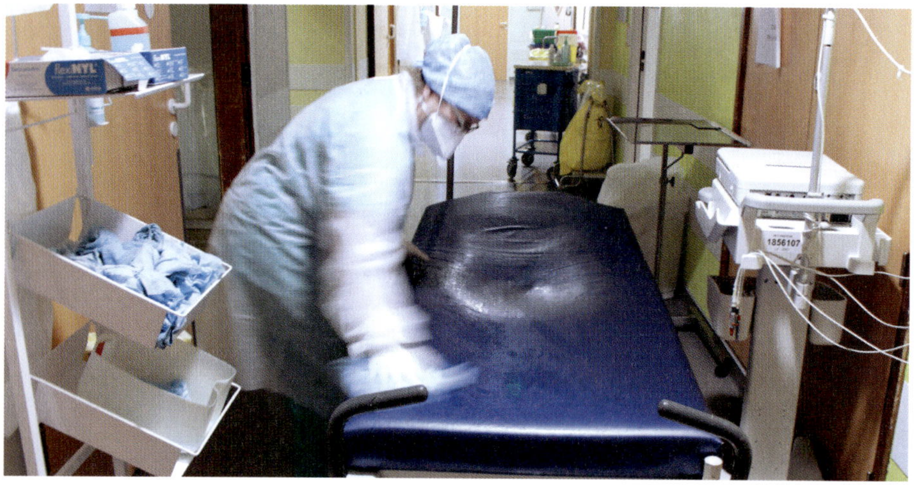

ASH

Souvent considérées comme les petites mains de leur service, il faut rendre hommage aux ASH, qui nous ont permis de travailler dans des conditions certes difficiles mais dans des locaux propres. Il faut se remémorer qu'en mars 2020 toutes les recommandations de prise en charge des patients se basaient sur les gestes barrière et l'hygiène au sens large, avec désinfection dite terminale des locaux entre chaque patient. Et, paradoxalement, on confie une des missions les plus importantes (nettoyage en milieu contaminé) aux personnels ayant le moins de qualification.

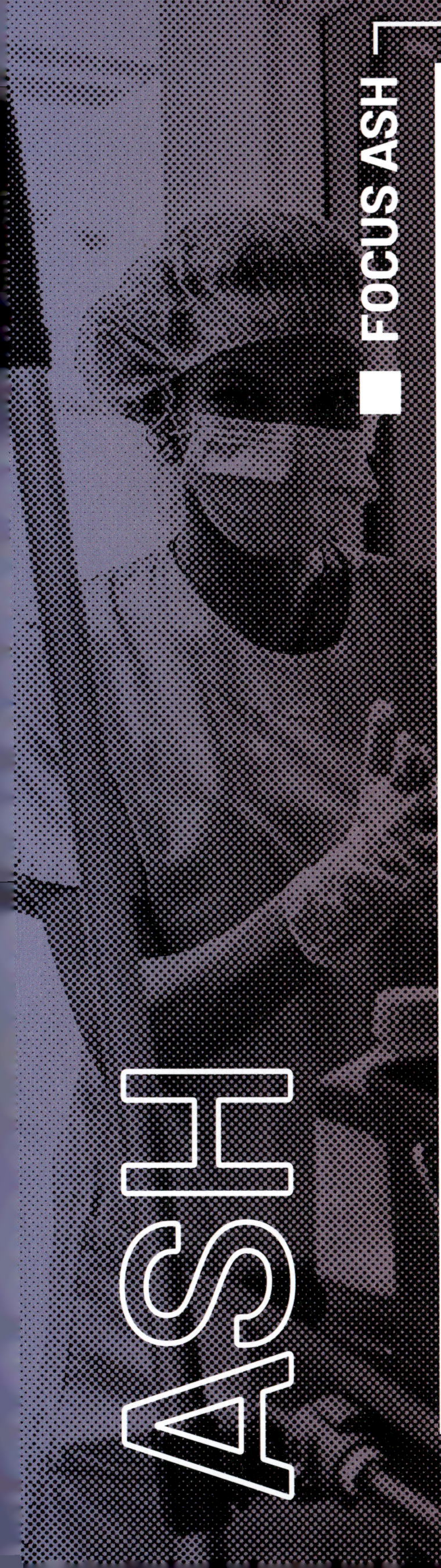

ASH

FOCUS ASH

« Les agents des services hospitaliers (ASH) sont chargés de l'entretien et de l'hygiène des locaux dans les hôpitaux et les structures médico-sociales. Ils participent aux tâches permettant d'assurer le confort des malades. Ils ne participent pas aux soins aux malades et aux personnes hospitalisées ou hébergées. » Voilà la définition du métier d'ASH telle que définie par la Fédération hospitalière de France. Toutefois, en fonction des services, les ASH peuvent remplir d'autres fonctions complémentaires dont l'objectif final est toujours le même : soulager les équipes médicales et paramédicales pour qu'elles se concentrent sur leur métier de soignants. En temps « normal », dans le pôle des urgences des HCC, les ASH ont la charge du nettoyage et du bionettoyage des chambres, des box et des parties communes (toilettes, couloirs, salles de repos, salles de plâtre, salles de déchocage, etc.). Ils réalisent également les transferts des patients dans les autres services et emportent les prélèvements au laboratoire, « situé à l'autre bout de l'hôpital », indique Lætitia Mader, ASH aux urgences des HCC.

Les activités des ASH sont planifiées afin de réaliser le nettoyage et le bionettoyage du service dans son intégralité au moins une fois par jour. Toutefois, ce planning qui court sur les 24 heures de la journée est soumis à une adaptation perpétuelle en fonction des situations. « On nettoie les box au moins une fois par jour, le matin en général, mais s'il y a des catastrophes dedans on les renettoie autant de fois que nécessaire, détaille Lætitia Mader. On a des fiches de poste pour le matin, l'après-midi et la nuit, mais tout dépend de ce qui se passe dans le service, il faut s'adapter. » Après chaque patient, le box est nettoyé, mais par les infirmières sur la base d'un protocole « réduit » qui se concentre sur les surfaces de travail et sur les surfaces touchées par le patient. Pendant la première vague de Covid, les HCC mettent en place de nouvelles procédures. Des procédures qui bouleversent le travail des ASH. Le flux de patients et l'incertitude quant aux mesures d'hygiène nécessaires sont tels que chaque box est nettoyé du sol au plafond entre deux patients. Plus exactement, lorsqu'un patient quitte un box, ce dernier est laissé vide pendant une vingtaine de minutes pour permettre à toutes les particules en suspension de retomber, ensuite, les ASH nettoient le box entièrement, mur, plafond, sol, surfaces et le matériel. Ce nettoyage complet entre chaque patient se rajoute aux autres tâches que les ASH doivent réaliser dans le service. Pour ce faire, des renforts ASH sont organisés avec des ASH de services fermés ou partiellement fermés. Des ASH de chirurgie sont notamment venues prêter main forte à l'équipe des urgences.

Les procédures ASH, à l'instar des méthodes de prise en charge et de protection individuelle, ont évolué pendant cette première vague de Covid. Ces évolutions sont le fruit du travail de l'équipe d'hygiène de l'hôpital. Elles ont requis une grande adaptabilité de la part des ASH pour s'assurer que la bonne procédure était appliquée au bon moment.

Quant à la faisabilité opérationnelle compte tenu du manque de temps ou de l'incertitude liée à la dangerosité, Lætitia Mader résume la situation : « On n'avait pas le choix, il fallait qu'on le fasse. »

Nom :

JEAN-MARIE WOEHL

Fonction :

Docteur — Président de la Commission médicale d'établissement (CME) et vice-président de la Conférence nationale des présidents de CME des centres hospitaliers (CMECH)

RÔLE : ***Le président a un rôle d'animation et d'information de cette commission. Il est également en lien direct avec la direction de l'établissement.***

« En tant que professionnels de santé, on a pu reparler uniquement de notre métier

Après l'explosion du nombre d'appels au SAMU 68 et l'engorgement des urgences de Mulhouse, il y a eu, aux HCC, une première phase d'arrivée massive de patients aux urgences puis en réanimation. On a essayé d'alerter l'Agence Régionale de Santé (ARS). Mais tout restait très vague, on n'avait pas idée de l'ampleur de ce qui allait arriver.

On a donc dû transformer rapidement l'hôpital. Notre rôle était double. D'une part Il fallait d'une part anticiper la montée en charge des lits de réanimation et d'autre part organiser la médecine. Pour les services de réanimation, l'un des problèmes est qu'en cette période hivernale les réanimations étaient déjà pleines. Concernant les services de médecine, dont on a peu parlé mais qui jouent un rôle essentiel pour les patients non-Covid, il a fallu réfléchir à l'accueil, à l'isolement des chambres, etc.

Rapidement, compte tenu de l'ampleur de la situation, on a compris qu'il fallait ouvrir un espace dédié au Covid, beaucoup plus grand que ce qu'on avait imaginé. C'est le bâtiment Pasteur 2 qui est rapidement devenu un espace Covid. Pour la CME, l'enjeu a été de trouver des médecins. On a eu des réponses formidables. Tout le monde s'y est mis, même de la part des médecins exerçant dans d'autres spécialités. On a donc créé des équipes mixtes avec des internistes ou des infectiologues renforcés par des spécialistes de différents organes.

Plus largement, depuis 15 ans les contraintes sur l'hôpital sont absolument effroyables. Même si la réalité doit être modérée en fonction des établissements, le pilotage de l'activité est essentiellement budgétaire, avec une réflexion purement comptable. Et là, les pouvoirs publics annoncent « quoi qu'il en coûte ». On a retrouvé une direction avec laquelle on a travaillé main dans la main pour l'efficacité du système de soins et en remettant le patient au centre du système. En tant que professionnels de santé, on a pu reparler uniquement de notre métier. Les conditions étaient dures mais l'ambiance était porteuse et favorisait le travail en équipe.

Tout n'a, évidemment, pas fonctionné. Le plus mal ressenti fut l'intégration dans une politique régionale et nationale. Les personnels de l'ARS ont sans doute travaillé autant qu'ils ont pu. Mais on ne peut pas leur demander de changer totalement de métier en face d'une crise. C'est tout le problème de nos ARS, l'opérationnel n'est pas leur métier, elles ne travaillent pas dans la même temporalité.

LA CME

En France, la CME constitue, dans chaque établissement public de santé, l'instance représentative de la communauté médicale, pharmaceutique et odontologique.

Nom :

SÉBASTIEN BRESSOLIER

Fonction :

Directeur de la coordination générale des soins et de la qualité

RÔLE : ***Responsable des soignants non médicaux (ASH, AS, IAD, kiné, ergo, technicien de laboratoire). 70 % des 4000 agents des HCC dépendent de la direction de la coordination générale des soins.***

« Nous avons dû doubler les effectifs

Le 2 mars est un moment de bascule, c'est là que j'ai commencé à m'inquiéter, mais sans vraiment comprendre ce qui m'inquiétait, lorsque j'ai vu ce qui se passait à Mulhouse et que j'ai reçu les messages émanant du service d'accueil des urgences. À l'époque, les messages émis par les scientifiques n'étaient pas si alarmistes que ça, on parlait de « grippette » dans les médias. Il y a eu une seconde prise de conscience ensuite, beaucoup plus angoissante, vers la mi-mars. La situation ne faisait que s'aggraver, on ne voyait pas la situation s'améliorer et je me suis demandé comment on allait tenir. La situation était totalement différente de celle d'un plan blanc, par exemple.

Pour traiter cette crise, nous avons créé une cellule de crise dont l'objectif était d'analyser et d'anticiper la situation. Ensuite, au niveau de la direction des soins, nous avions pour mission de mettre en œuvre les décisions de cette cellule de crise, de ce comité de pilotage. Concrètement, nous avons fait en sorte de réorganiser totalement le travail d'équipes entières et de transférer certaines équipes dans de nouveaux services Covid. Pour la prise en charge des patients Covid, nous avons dû doubler les effectifs. Premièrement, les patients Covid sont des patients très lourds à prendre en charge et, deuxièmement, il fallait assurer la sécurité des soignants vis-à-vis du risque infectieux. Il fallait que, dans tous les soins, les soignants soient plusieurs. Dans la partie réanimation nous avons dû organiser la montée en compétence de personnels venant d'autres services. On a donc accompagné des infirmiers de bloc et des infirmiers anesthésistes de chirurgie pour travailler en réanimation, pas forcément comme infirmiers de réanimation mais pour aider les personnels de réanimation dans des fonctions logistiques, dans le retournement des patients, etc. C'était un véritable casse-tête de recomposer des équipes sans mettre quiconque en danger, ni les patients, ni les soignants. Pendant cette première vague, je n'ai jamais entendu un soignant se plaindre ni rechigner à s'investir. Il n'y avait qu'un seul homme, qu'une seule tête et tout le monde avançait. Bien évidemment, il y a eu des sujets à traiter pour rassurer les agents, notamment sur des questions de biosécurité, d'hygiène, etc. On a pu compter sur notre équipe d'hygiène mobile pour répondre aux questions et on a rédigé des procédures pour que tout le monde sache ce qu'il avait à faire et pour quelles raisons.

Ce que j'ai pu constater, c'est que chacun savait naturellement ce qu'il avait à faire. La cellule de crise, au-delà de son rôle d'anticipation et de planification stratégique, ne servait qu'à rassurer chacun sur le fait que ce qu'il faisait était la bonne chose à faire. Le plus compliqué, en définitive, c'était de gérer ce qui se passait à l'extérieur et notamment sur les réseaux sociaux. Il fallait constamment se battre contre les fausses informations et les rumeurs.

Nom :

CHRISTINE FIAT

Fonction :

Directrice des HCC entre mars 2006 et mars 2021

RÔLE : ***Au regard de la loi, le directeur d'hôpital est le représentant légal de l'établissement lorsqu'il est également chef d'établissement. Comme un chef d'entreprise, il gère les ressources humaines : recrutement et encadrement du personnel. Il doit résoudre les éventuels conflits entre services et imposer un cap avec fermeté.***

« Nous avons eu une démarche assez indépendante

Fin février-début mars, j'ai reçu un appel téléphonique de l'ARS qui m'a informée du rassemblement de Bourtzwiller et là j'ai compris qu'on allait devoir faire face à un afflux de patients. Deux jours plus tard, la vague déferlait sur nous. Dans un premier temps, je me suis appuyée sur des instances de coordination et de décision existantes. J'ai demandé au Comité de Lutte contre les infections nosocomiales (CLIN) de se saisir de la question du Covid puis nous avons instruit ce sujet pendant un directoire. Il s'agit d'une instance de pilotage et de décision restreinte permettant d'être très réactif. Dans un troisième temps, nous avons déclenché le plan blanc mais sur une crise tout à fait inédite : c'était la première fois que ce plan était appliqué à une crise virale.

Deux facteurs nous ont clairement aidés à aborder cette crise. Tout d'abord, cela faisait 14 ans que j'étais directrice de cet hôpital et je connaissais très bien tous les acteurs. Ensuite, j'ai installé un management à l'américaine avec une structure assez peu hiérarchique. Ce mode de management permet d'installer une connaissance mutuelle des acteurs et donc, en cas de crise, une transparence pour travailler et avancer tous ensemble.

Dès le premier week-end suivant l'arrivée du premier patient Covid, j'ai pris la décision d'appeler les hôpitaux de Nancy et de Reims pour préparer d'éventuels transferts. C'est une décision qui a eu du mal à être acceptée par le corps médical. Mais cette stratégie a montré son efficacité, on a transféré 135 patients Covid en France et à l'étranger. Tout au long de la crise, nous avons eu une démarche assez indépendante, notamment de nos autorités de tutelle. Nous n'avons pas attendu les ordres de l'ARS pour agir et avons mis en place des relations directes avec nos homologues dans d'autres centres hospitaliers. Cette recherche de réactivité s'est faite en rendant compte en toute transparence.

Avec le recul, je pense que, ce qui nous a manqué le plus, c'est du personnel. Des médecins, évidemment, et notamment des réanimateurs médicaux, mais aussi toutes les autres catégories d'agents paramédicaux pour permettre la prise en charge de cette vague de patients graves.

DIRECTION

La collaboration a été exemplaire entre nos directions et le terrain. Bien qu'il y ait eu des arbitrages nécessaires liés aux conditions inhabituelles (défection des fournisseurs, délais de livraison...), arbitrages qui sont du rôle propre des directions, à aucun moment il n'y a eu de discorde entre ces interlocuteurs, tous n'avaient qu'un but, aller de l'avant dans cette crise, en assurant la sécurité des soignants et une prise en charge digne de nos patients.

Nom :

FABIEN TRABOLD

Fonction :

Médecin-colonel de classe exceptionnelle de sapeurs-pompiers

RÔLE : ***Médecin chef du Service de Santé et de Secours Médical (3SM) des sapeurs-pompiers du Haut-Rhin.***

« On a travaillé en dehors de toutes les procédures

Les sapeurs-pompiers ont l'habitude de gérer des crises, c'est même l'essence de notre métier. Mais cette crise est totalement inédite. D'habitude, nous travaillons sur des cinétiques assez courtes, de l'ordre de quelques heures à plusieurs jours. Là, c'était long, avec des intensités variables et sans perspective de fin. Il n'y a pas d'exemple de situations similaires.

On a vécu, dans les premières semaines, un décalage avec le reste de la France. Avec tous mes collègues médecins de la région, on s'est téléphoné pour constater qu'on avait les deux genoux à terre. On a appelé nos confrères en France pour les prévenir.

Très vite, notre objectif, côté pompiers, a été de faire en sorte, dans notre rôle, que le système de santé ne craque pas. Dans le Haut-Rhin, on a une immense chance, on n'a que faire des « guerres rouge-blanc » (ndlr : les oppositions entre les pompiers et le SAMU). On travaille tous ensemble. Pour faire face, pour trouver des solutions et avancer ensemble, on était en communication permanente. Entre le 3 mars et le 3 avril, ma facture de téléphone fait état de 178 heures de communication…

Du point de vue opérationnel, on n'avait clairement pas assez d'EPI et les interventions étaient à lourde charge émotionnelle. Il y avait de la crainte de la part des sapeurs-pompiers. De plus, les informations étaient complètement discordantes : sur la survie du virus, sur l'utilité des masques, sur les types de masques, etc. Sur le terrain, par exemple, on voyait des personnels du SAMU avec des masques FFP2 et des pompiers avec des masques chirurgicaux. Il fallait expliquer et justifier continuellement. Tout le monde s'est mobilisé pour éviter que le système craque. Mais cette crise a lessivé les agents.

Ce qui a été « magnifique », c'est que, malgré l'épuisement, on a fait chaque jour un peu plus. L'agilité a été de mise pour tout le monde. On avait de nouveaux problèmes chaque jour et, pourtant, on trouvait des solutions. On a travaillé en dehors de toutes les procédures, avec les gendarmes, avec les militaires, avec les démineurs, avec la sécurité civile, etc. On a réellement fait fi de toutes les guerres corporatives. Je me souviens que l'on a fait des réunions d'information pour aider nos collègues policiers, pour les rassurer et leur expliquer comment travailler en sécurité. C'est une force de notre département du Haut-Rhin.

SDIS

Le travail avec le SDIS (Service Départemental d'Incendie et de Secours) et surtout le 3SM a également été remarquable, avec une collaboration de chaque instant. Des contacts téléphoniques pluriquotidiens permettant de s'accorder, de se réorganiser, de s'entraider en permanence, de se prêter du matériel en fonction des stocks de chacun…

Ceci est malheureusement trop rare en France entre les blancs (hôpital) et les rouges (pompiers) et doit être souligné. Nous sommes tous sortis grandis de cette expérience.

Nom :

DOMINIQUE DE BRIEL

Fonction :

Professeur — Directeur du laboratoire de microbiologie et biologie moléculaire

RÔLE : ***Le laboratoire de microbiologie et de biologie moléculaire est responsable des différentes analyses des prélèvements effectués sur les patients de l'hôpital.***

« Ce qu'on ne savait pas, c'était la date de l'arrivée du virus à Colmar

Dès le 14 janvier 2020, des signaux d'alerte ont été émis par le Pr Christian Drosten, directeur de l'Institut de virologie de l'hôpital universitaire de la Charité à Berlin, qui commençait à pratiquer des dépistages, des RT-PCR (reverse transcriptase-polymerase chain reaction, test pour détecter des virus à ARN). J'ai alerté immédiatement la direction de l'hôpital d'autant que des personnes de Peugeot travaillant à Wuhan avaient été admises à l'hôpital, avec des symptômes inquiétants. Il s'est avéré qu'il s'agissait de cas de grippe. Ensuite, j'ai contacté des connaissances à l'Institut Pasteur pour avoir des informations. Elles m'ont fait état de tensions avec la Chine et notamment du refus de la Chine de transmettre dans les bases de données internationales la séquence de ce nouveau virus. Il faut remettre cette émergence d'un nouveau virus dans un contexte plus global. On a déjà vécu des émergences ou des réémergences de virus, je pense au VIH en 1982, à l'hépatite C en 1989-90, à des attaques bioterroristes en 2001, au SRAS en 2003, à la grippe H1N1 en 2009 ou encore au MERS-CoV en 2012. Toutes ces expériences avaient permis de mettre en place un réseau de laboratoires P3, c'est-à-dire adaptés à l'analyse, au diagnostic et à l'étude d'agents pathogènes pouvant provoquer une maladie grave chez l'homme.

Tout cela pour dire que ce qui se passe en janvier 2020, dans le monde de la microbiologie, n'est pas une surprise. Ce qu'on ne savait pas, c'était la date de l'arrivée du virus à Colmar. Il est probable que le rassemblement de Bourtzwiller a accéléré cette diffusion, mais il devait déjà circuler à bas bruit dans la région. Mais on savait également qu'on n'était pas préparé, un certain nombre de stocks d'EPI ayant disparu. Du point de vue des analyses microbiologiques, on a rapidement eu des indications de la Société Française de Microbiologie (SFM) sur la manière de prendre en charge les prélèvements. Rapidement, on a également eu une technique d'identification du virus, grâce aux travaux de Vincent Enouf et de Sylvie Behilil, du laboratoire de génétique moléculaire des virus à ARN de l'Institut Pasteur. Mais, jusqu'à mi-avril, il s'agit de techniques manuelles qui doivent être réalisées par des personnels compétents dans des structures spécialisées, c'est-à-dire pas dans des laboratoires de ville. Ce n'est que dans la seconde moitié du mois d'avril que les premiers kits commerciaux ont été mis sur le marché. Avant cela, et donc notamment entre le 4 mars et le 15 avril, les échantillons étaient testés manuellement. Ces techniques ne permettaient pas de travailler 24 heures sur 24. Dans un premier temps, les échantillons sont envoyés à Strasbourg pour réaliser les tests RT-PCR ; en échange, le laboratoire des HCC prend en charge des prélèvements de patients non-Covid. Ensuite, autour du 23 mars, faisant fi des contraintes administratives de son autorité de tutelle, le laboratoire des HCC réalise les RT-PCR sur les prélèvements des HCC.

On a vu les limites de notre système dans les relations avec nos autorités de tutelle, on s'est même demandé à un moment donné à quoi servaient nos ARS. Je ne pensais pas, à la lumière de différents livres blancs, conférences, etc., que la situation se dégraderait comme elle s'est dégradée. Cette épidémie marque une étape, il y a eu un avant et il y aura un après.

Nom :

ÉLISABETH GAERTNER

Fonction :

Docteur — Chef de pôle réanimation et anesthésiste-réanimateur

RÔLE : ***Aux HCC le pôle réanimation regroupe trois site de réanimation, 2 unités de soins continus (USC) et 29 sites connexes. Le Dr Élisabeth Gaertner concilie un travail d'organisation et des gardes en réanimation.***

« Dès qu'un lit se libérait, on avait dix coups de fil pour admettre de nouveaux patients

On a dû faire face à un déferlement de patients. Dans notre configuration classique, nos disposons de 30 lits de réanimation que nous avons très rapidement renforcés en transformant les 10 lits d'USC en lits de réanimation. Puis nous avons ouvert 10 lits supplémentaires en utilisant les lits des salles de réveil. Et, le 27 mars, alors que les transferts avaient commencé, nos autorités ont interdit les transferts. J'ai dû ouvrir en catastrophe 8 lits supplémentaires dans une deuxième salle de réveil pour ne pas laisser les patients mourir aux urgences. En définitive, on a pu reprendre les transferts mais, dès qu'un lit se libérait, on avait dix coups de fil pour admettre de nouveaux patients. C'était terrible. On est donc passé de 30 à 58 lits en une dizaine de jours. On a dû trouver des respirateurs lourds de réanimation. On a récupéré les respirateurs de réserve, on a pris les respirateurs de démonstration de L'IFSI (l'Institut de Formation en Soins Infirmiers) et on a pu compter sur des prêts de respirateurs de cliniques privées des Vosges. On ne pouvait pas utiliser les respirateurs des salles de réveil, ils ne sont pas adaptés à des patients lourds. Toujours du point de vue du matériel, il a fallu trouver des pousse-seringues, des lits provenant de services fermés, des matelas anti-esquarres, etc. En sachant que, lorsque les premiers patients Covid sont arrivés, il a fallu accélérer la sortie des patients non-Covid, le service qui était déjà plein. Mais, pour faire fonctionner tout ce matériel et prendre en charge cet afflux de patients, il fallait surtout du personnel. Dans un premier temps, on a eu des renforts, notamment d'infirmières venant de services de médecine. Mais très rapidement ce type de renfort a montré ses limites. Le personnel n'était pas assez au fait de la prise en charge de patients aussi graves et pas préparé à composer avec la mort des patients. Nous avons donc, en l'espace de 48 heures, décidé de changer notre mode de fonctionnement nous appuyer sur du personnel venant des blocs opératoires. Il a donc fallu déprogrammer massivement pour recomposer des équipes. On a utilisé les IADE (Infirmier Anesthésiste Diplômé d'État) comme infirmiers et les IBODE (Infirmier de Bloc Opératoire Diplômé d'État) comme aides-soignants.

La grande inconnue de cette crise, c'était la durée, on ne savait pas combien de temps la crise allait durer ni combien d'agents allaient tomber malades. Et j'ai dû prendre des décisions pour préserver nos capacités opérationnelles dans la durée. J'ai fait face à de grands moments de solitude dans ces prises de décision. On a beaucoup travaillé avec les autres établissements de la région pour transférer, dans un premier temps, des patients non-Covid. Dans un second temps, nous avons commencé les transferts Covid. Tous les transferts étaient différents en fonction du type de vecteurs. J'étais dans mon bureau du matin jusqu'au soir pour organiser ces transferts.

On a dû apprendre à prendre en charge ces patients. En trois mois on a fait neuf versions différentes de notre protocole de prise en charge. On a dû inventer des systèmes pour pallier des manques de matériel comme des raccords de pousse-seringue, des tubulures pour l'hémodialyse, etc. On tombait continuellement en rupture de quelque chose, il fallait perpétuellement s'adapter.

Nom :

AURORE GRESET

Fonction :

Aide-soignante

RÔLE : ***L'aide-soignante aide les patients dans les gestes de la vie quotidienne pendant leur séjour à l'hôpital.***

« C'était comme un sprint, il fallait faire ce qu'il y avait à faire

Quand je suis rentrée de vacances à la mi-mars, j'ai eu un énorme choc. Je n'imaginais pas que le Covid allait prendre cette ampleur. En tant qu'aide-soignante, je travaille principalement à l'UHCD parce que c'est là que les patients ont besoin de nous. Et l'UHCD fut le premier secteur qui est devenu une zone Covid. À partir de ce moment, mon travail a totalement changé, je passais mon temps à m'habiller et à me déshabiller pour donner du matériel aux soignants. Je ne me sentais plus dans mon rôle habituel.

Les gestes étaient très techniques, les patients étaient très rapidement intubés. J'étais moins utile qu'une infirmière qui vient aider le médecin pour prendre en charge le patient. Sur le moment, je me suis sentie inutile. Normalement, on aide les gens dans les gestes de la vie quotidienne, on apporte les repas, on les aide à se lever, et là il n'y avait pas besoin de ça. Mon travail de nursing proche du patient n'existait plus. Le contact avec les patients, c'était pour les mettre dans des housses mortuaires avant le transfert à la morgue… *[Soupirs.]*

Je me suis sentie totalement impuissante, même si je sais que chaque fonction est utile et que, si on enlève un métier, tout s'écroule.

Je faisais essentiellement de la désinfection de box ou de brancards après le passage des patients. Il fallait suivre des protocoles à la lettre. Quelque chose qui prend 30 secondes d'habitude prenait 10 minutes.

Sur le coup, c'était comme un sprint, il fallait faire ce qu'il y avait à faire. À l'hôpital, je ne me posais pas de questions, je travaillais. J'ai l'impression que les gens ont changé de regard sur mon métier. Pendant 6 mois, ils ont eu l'air de découvrir le rôle des aides-soignantes. Mais je ne me fais pas d'illusion, on nous a déjà oubliées.

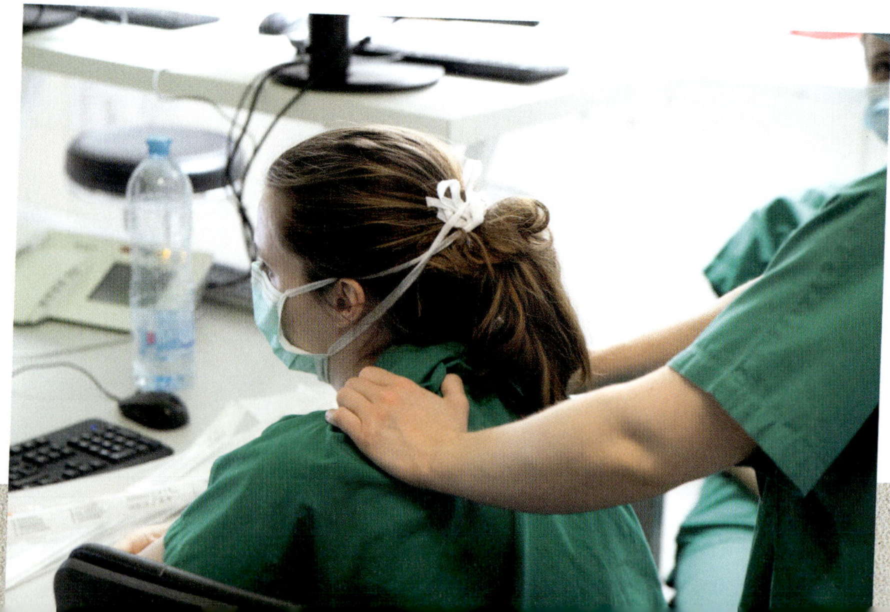

Nom :

STÉPHANE TOY

Fonction :

Ambulancier SMUR et ambulancier référent du SMUR

RÔLE : ***L'ambulancier SMUR assure le transport de l'équipe médicale et du patient. Sur le lieu de l'intervention, il assure la logistique du matériel et assiste le médecin et l'infirmier pendant la prise en charge. Dans les locaux du SMUR, il assure la maintenance des véhicules. Le référent du SMUR est en charge des plannings et de l'affectation des personnels sur les véhicules.***

« J'ai vu des collègues accroupis dans un coin en train de pleurer

En février 2020, l'activité des véhicules du SMUR était élevée, sans rapport avec le Covid. Il s'agissait simplement d'un mois plus chargé que les autres. Et début mars est arrivé… Les deux véhicules du SMUR sortaient autant l'un que l'autre, même la nuit. C'était une situation totalement inédite.

En tant qu'ambulanciers, on a un regard un peu extérieur pendant les interventions. Nous sommes les petites mains qui permettent aux infirmières et aux médecins de réaliser leurs gestes techniques.

Mon ressenti, c'est qu'on bricolait. On était dans l'inconnu le plus total. Ça me paraissait fou. On avait le sentiment de partir à la guerre.

Pour moi, à l'époque, le Covid était une maladie nouvelle qu'on ne savait pas soigner ni prendre en charge et dont l'issue était la mort. Mais tout le monde se serrait les coudes. Il y a une hiérarchie à l'hôpital en temps normal, mais là on travaillait tous au même niveau. On a modifié nos périodes de travail. On a tout déstructuré pour tout restructurer. Lorsqu'on a monté un troisième SMUR, ça n'a posé de problème à personne. En tant que référent, j'ai veillé à ce que l'implication de chacun soit humainement possible. Mon téléphone était allumé tout le temps, jour et nuit, pour organiser les périodes de travail, pour gérer le matériel, etc. Et il sonnait tout le temps. Je n'avais plus de vie personnelle. J'ai dû partir plusieurs fois de chez moi pour aller sur mon lieu de travail, sans être sur une « période travaillée ». Je ne pouvais pas laisser mes collègues sans réponse. Je me souviens d'un dimanche où l'on a dû organiser des transports vers les trains et les avions. En 5 minutes, j'ai pu monter cinq ambulances ; personne n'a dit « non ».

Le matériel a été un réel problème. En l'espace de quelques jours, on a utilisé du matériel prévu pour 2 mois ; des gants, du gel hydroalcoolique, des combinaisons de protection, etc. En un mois on a consommé l'oxygène prévu pour un an. Heureusement que la solidarité a joué. Mais j'ai aussi vu des collègues accroupis dans un coin en train de pleurer. Et je ne pouvais pas les aider.

Techniquement, on a surpassé nos compétences, on a eu une implication sans faille. Mais cette crise nous a tout de même écrasés. C'est une période qui reste sombre.

UN MANAGEMENT DIFFÉRENT

Les principes de la gestion de crise dans une entreprise ont été théorisés et s'appuient sur différents piliers, notamment la capacité à :

- **se recentrer sur les valeurs de l'entreprise ;**
- **faire preuve de transparence ;**
- **être présent sur le terrain ;**
- **être à l'écoute de son équipe.**

Ces principes peuvent sembler aisés à mettre en place dans une structure de petite ou de moyenne taille, mais les appliquer dans un établissement hospitalier public, intégré à l'administration, est un défi à part entière. Pour autant, c'est bien ce qui a été fait au sein des HCC et plus largement dans les structures hospitalières du Grand-Est. Le Pr Dominique De Briel résume assez bien la situation à laquelle les HCC ont dû faire face : « On a pris rapidement un certain nombre de décisions pour être autonome, même s'il fallait faire du hors-piste par rapport aux tutelles. » Ainsi, sans couper les ponts avec les autorités de tutelle et notamment l'Agence Régionale de Santé (ARS), les HCC se sont recentrés sur leur établissement pour trouver des solutions dans la temporalité de la crise, c'est-à-dire l'instantanéité. Les HCC ont mis en place une cellule de crise qui s'est rapidement réunie chaque jour, week-end compris, pour anticiper et prendre des décisions en lien direct avec les remontées du terrain.

Ce lien avec le terrain ainsi que la présence d'une partie des managers de l'hôpital sur le terrain sont des clés de la réactivité des équipes vis-à-vis de l'afflux des patients et du manque de matériel. Ainsi, lorsque la pharmacie constate que les stocks de gel hydroalcoolique sont critiques, le chef de pôle décide de lancer la fabrication tandis que la direction de l'hôpital se charge des relations avec l'ARS pour obtenir un accord administratif. **Cet accord est refusé.**
Ce lien direct entre le management et l'opérationnel a permis de gagner encore en réactivité pour gagner de précieuses heures dans la lutte contre le virus.

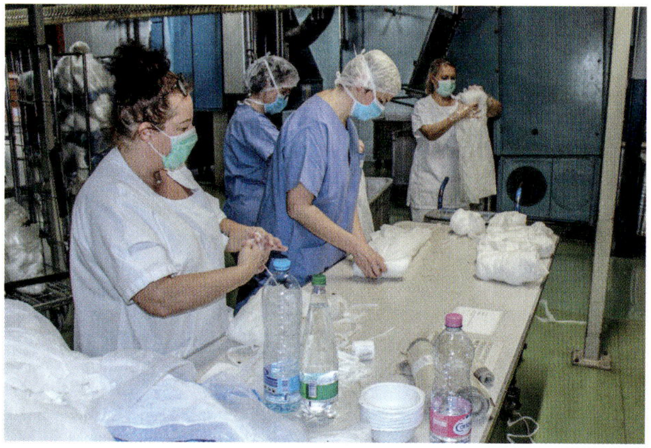

Pliage de surblouses à la lingerie.

Cette présence du management sur le terrain, avec les équipes opérationnelles, n'aurait pas donné de résultats probants sans une écoute des remontées et des idées provenant du terrain.

Ainsi, de nombreuses propositions ont été validées dans un temps très court, inédit pour ce type de structures. L'installation de points d'ancrage pour des bouteilles d'oxygène avec des rampes de distribution dans de nouveaux espaces au service d'accueil des urgences n'a pas pris plus de 3 heures, une situation inimaginable quelques mois plus tôt.

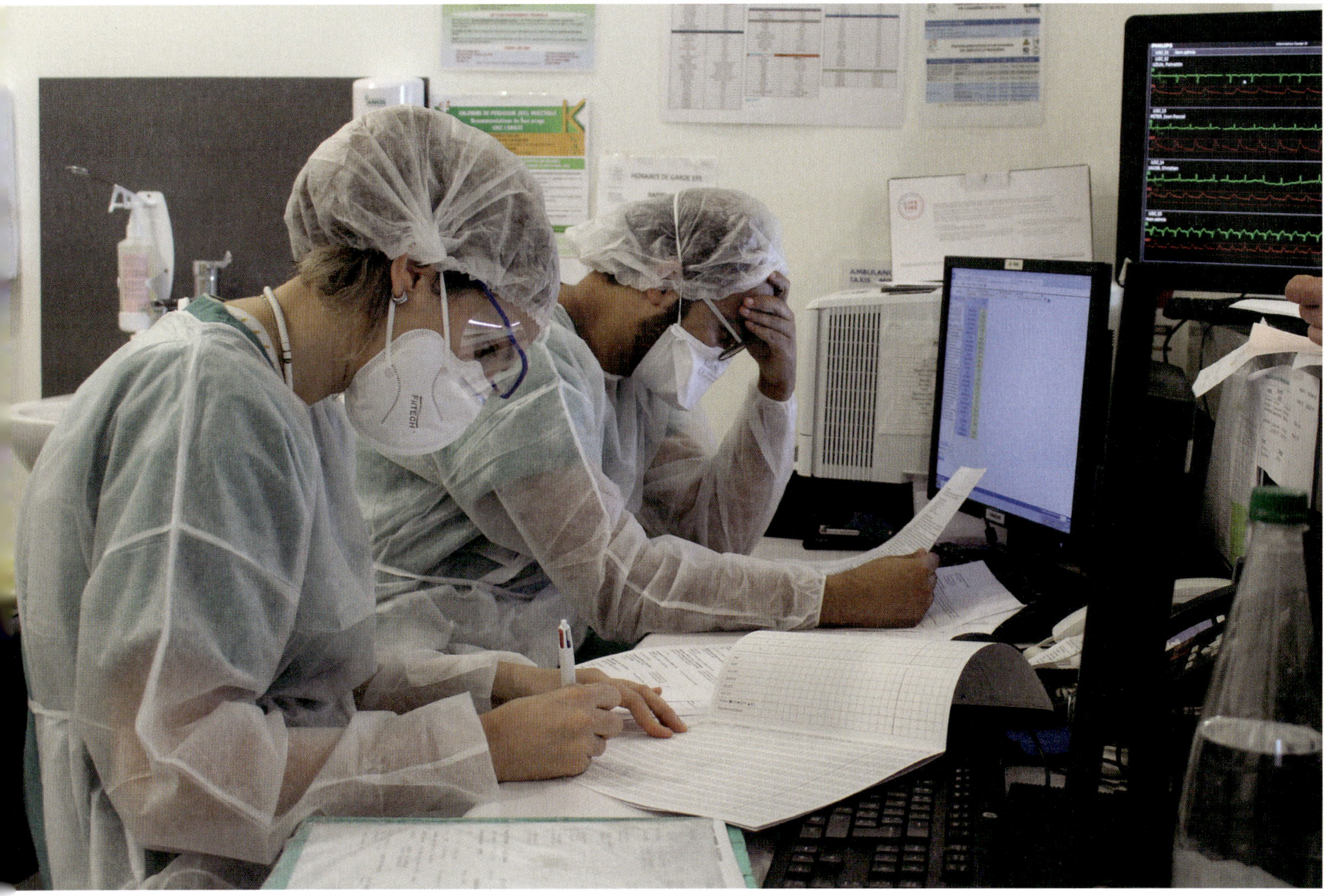

Étude pluridisciplinaire d'un dossier de patient en réanimation.

Cette crise a aussi été l'occasion pour une partie du management de prêter main forte aux équipes opérationnelles, notamment pendant le week-end, pour organiser des déménagements, aller chercher du matériel ou aider à démêler les fils des sarraus sortant des machines à laver de la blanchisserie.

Tous les acteurs de cette crise, hospitaliers ou non, pointent ce paradoxe. Cette première vague de Covid a ébranlé, épuisé, angoissé mais a également tissé des liens entre des femmes et des hommes engagés dans une lutte commune.

Nom :

DANIEL RONCALEZ

Fonction :

Docteur — Chef du pôle pharmacie, pharmacien

RÔLE : ***Le service de pharmacie assure une diversité de missions dans différents domaines d'intervention : approvisionnement en médicaments et en consommables notamment stériles, gestion des stocks, dispensation des médicaments, diffusion des bons usages et stérilisation.***

« On a constaté qu'on allait être à court de gel hydroalcoolique

Dès la fin décembre j'ai compris qu'il allait potentiellement se passer quelque chose en Europe et en France. Fin février, en rentrant de vacances, j'ai su que le retour allait être mouvementé et que l'année 2020 allait être mauvaise. J'ai été surpris que la décision de la Chine de construire un hôpital en quelques jours n'ait pas été prise plus au sérieux dans le monde et notamment en France. De la même manière, lorsque l'Italie du Nord a été submergée par une première vague, la situation a été minimisée en France. En revanche, je n'avais pas imaginé que le Grand-Est serait l'épicentre de l'épidémie en France. Dès mon retour, j'ai demandé à mon chef de service de faire un état des stocks sur les produits de base comme le paracétamol, les tubulures, etc. et de monter les stocks. Ça nous a permis d'avoir toujours un petit temps d'avance.

Lorsque le premier patient est arrivé aux urgences et en réanimation, il y a eu un petit temps de stupeur. À la fin de la première semaine, on a constaté qu'on allait être à court de gel hydroalcoolique. J'ai donc fait récupérer la formule de l'Organisation Mondiale de la Santé (OMS) et demandé au personnel d'en fabriquer. On a eu notre premier souci avec l'Agence régionale de santé. Il n'y avait plus d'alcool de qualité officinale disponible. Nous avions de l'alcool de qualité laboratoire. Il est d'une qualité supérieure à la qualité officinale mais ne correspond pas à la pharmacopée dans les textes. On a demandé à l'ARS l'autorisation de produire notre propre gel hydroalcoolique et on a reçu une fin de non-recevoir immédiate. Ça nous a un peu surpris. On a donc dû demander à la direction de faire pression sur l'ARS, qui a fini par donner son accord. À partir de fin avril-début mai on a pu stopper notre production locale et disposer de produits du commerce.

On a aussi dû repenser nos chaînes d'approvisionnement pour ne pas dépendre de la Chine. Ayant la conviction que cette crise allait durer très longtemps, j'ai commencé un recensement pour identifier les personnes qui allaient pouvoir être en renfort le cas échéant. Et on a modifié les plannings pour éviter de brasser le personnel.

Au bout d'une quinzaine de jours, j'ai intégré la cellule de crise pour travailler de concert avec les équipes médicales et identifier les médicaments nécessaires. Avec l'arrêt des blocs opératoires, l'activité de stérilisation a fortement ralenti et on a pu réorganiser les équipes en interne afin de ne jamais être en tension. Le seul cas de très grande tension, voire de rupture, fut sur les lignes de dialyse : on a dû envoyer du personnel à La Roche-sur-Yon, à 950 km de chez nous, pour en récupérer en urgence.

Nom :

CLÉMENCE ROHN

Fonction :

Infirmière aux urgences

RÔLE : ***Le rôle de l'infirmier est défini dans le Code de la santé publique, qui précise que « relèvent du rôle propre de l'infirmier les soins liés aux fonctions d'entretien et de continuité de la vie et visant à compenser partiellement ou totalement un manque ou une diminution d'autonomie d'une personne ou d'un groupe de personnes. Dans ce cadre, l'infirmier a la compétence pour prendre les initiatives et accomplir les soins qu'il juge nécessaires ».***

« Je n'aurais pu imaginer qu'en France on pourrait manquer de matériel

J'ai réalisé très tard qu'il allait se passer quelque chose : lorsque le premier patient Covid, positif a été admis aux urgences puis en réanimation. Avant ça, pour moi le Covid c'était la grippette chinoise. Bien sûr, j'entendais les médias mais ça restait loin de moi, loin de Colmar. Dans les jours suivants, on a appris qu'il y avait eu le rassemblement de Bourtzwiller et là, je me suis dit qu'on allait le subir. Je pensais à ma charge de travail. Je n'imaginais pas quel impact ça allait avoir sur ma vie personnelle. Ensuite, je suis partie en congés, j'ai dû écourter un déplacement à l'étranger à cause de la crise sanitaire. De retour en France, comme tout le monde, je regardais les informations et je me disais que ce n'était pas possible, que les médias en rajoutaient.

Quand je suis revenue travailler autour du 10 mars, j'étais de SMUR et là, la réalité m'a sauté au visage. J'étais étonnée, choquée même de voir l'état des patients et la lourdeur de la prise en charge. Ce n'était plus la grippette de Chine. Ce qui m'a marquée, c'était l'absence de signes de détresse alors que l'état de santé des patients se dégradait très rapidement et qu'il fallait les intuber et les transférer en réanimation. On a dû adapter nos pratiques face au manque de matériel. Je me souviens qu'un jour on nous a annoncé qu'on risquait de manquer de gants. Jamais je n'aurais pu imaginer qu'en France on pourrait manquer de matériel.

Ce qui a vraiment changé dans mon métier, c'est la disparition du relationnel avec les patients ou leurs familles. On devait vite installer chaque patient, puis, rapidement, ils étaient intubés et transférés. On n'avait plus le temps de parler avec eux. À l'UHCD, c'était encore pire, les patients ne pouvaient pas recevoir de visite et, dans la majeure partie des cas, ils étaient hospitalisés pour une fin de vie. Et même si on avait eu le temps, comment faire du relationnel avec notre tenue, une combinaison, un masque, des lunettes, une charlotte ?

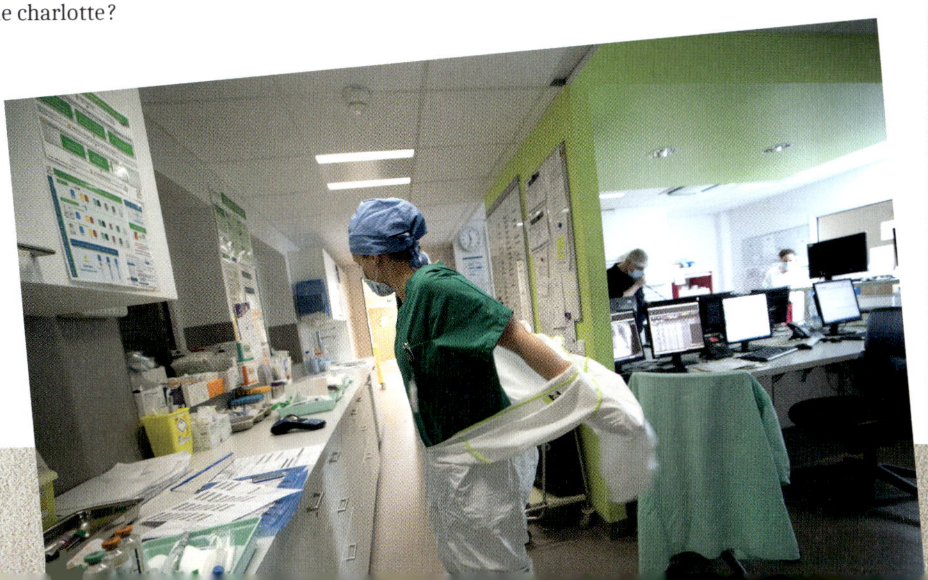

Dans le monde | <u>En France</u> | **En Alsace** | Ils l'ont dit

07/04/2020

<u>La France déplore plus de 10 000 morts du Covid-19</u>

08/04/2020

La Chine lève le bouclage de la ville de Wuhan, foyer de la pandémie, après deux mois de confinement

08/04/2020

Les tests de diagnostic rapide sont disponibles aux Hôpitaux Civils de Colmar (HCC)

08/04/2020

Décroissance des appels du SAMU 68

08/04/2020

Depuis le 18 mars, 91 patients de réanimation des HCC ont été transférés vers d'autres hôpitaux

08/04/2020

<u>Début du cluster du porte-avions Charles-de-Gaulle</u>

09/04/2020

« Le nombre de personnes en réanimation pour une infection au Covid-19 a baissé pour la première fois en France jeudi, passant de 7 148 à 7 066, soit 82 personnes en moins. » Jérôme Salomon, directeur général de la Santé (DGS)

11/04/2020

Proportion des patients non-Covid-19 en augmentation aux HCC

13/04/2020

« Alors, étions-nous préparés à cette crise ? À l'évidence, pas assez mais nous avons fait face en France comme partout ailleurs. [...] C'est pour cela que le confinement le plus strict doit encore se poursuivre jusqu'au lundi 11 mai. » Emmanuel Macron, président de la République

14/04/2020

Nettoyage de la zone médecine Covid au SAU des HCC

17/04/2020

Modification des circuits au SAU avec une zone Covid-19 exclusive en UHCD

18/04/2020

Modification organisationnelle aux urgences suite à l'augmentation de patients en salle d'attente et à l'impossibilité de respecter un minimum de confidentialité

18/04/2020

Les hospitalisations et les passages aux urgences pour des motifs hors Covid-19 ont fortement diminué à partir de la mi-mars mais leur nombre remonte depuis début avril, a constaté vendredi lors d'un point presse le directeur général de la Santé (DGS) Jérôme Salomon, qui encourage ce mouvement

20/04/2020

<u>La France déplore plus de 20 000 morts du Covid-19</u>

S52 | S01 | S02 | S03 | S04 | S05 | S06 | S07 | S08 | S09 | S10 | S11

2019 → 2020

20/04/2020

Les HCC constatent une augmentation du nombre d'arrêts maladie dans le personnel soignant, par épuisement psychologique du personnel

20/04/2020

Arrêt provisoire de la fabrication de SHA aux HCC en intramuros, car le stock est suffisant

23/04/2020

Emmanuel Macron a encouragé les élus locaux à « se procurer massivement » des masques dits « grand public », mais dans une seule « logique de recommandation », précisant que « l'obligation n'interviendra que dans certains cas, comme dans les transports »

24/04/2020

La Directrice Générale de l'Offre de Soins (DGOS), Katia Julienne, a demandé aux agences régionales de santé (ARS) de relancer les activités non urgentes, hors prises en charge Covid-19, « de manière très prudente » et en tenant compte des particularités régionales

25/04/2020

Publication des « Recommandations concernant la protection des personnels et la prise en charge préhospitalière des arrêts cardio-respiratoires de patients adultes suspects ou confirmés d'infections au Covid-19 » par le Groupe de travail de SAMU Urgences de France (SUdF) et du Conseil Français de Réanimation Cardio-Pulmonaire (CFRC)

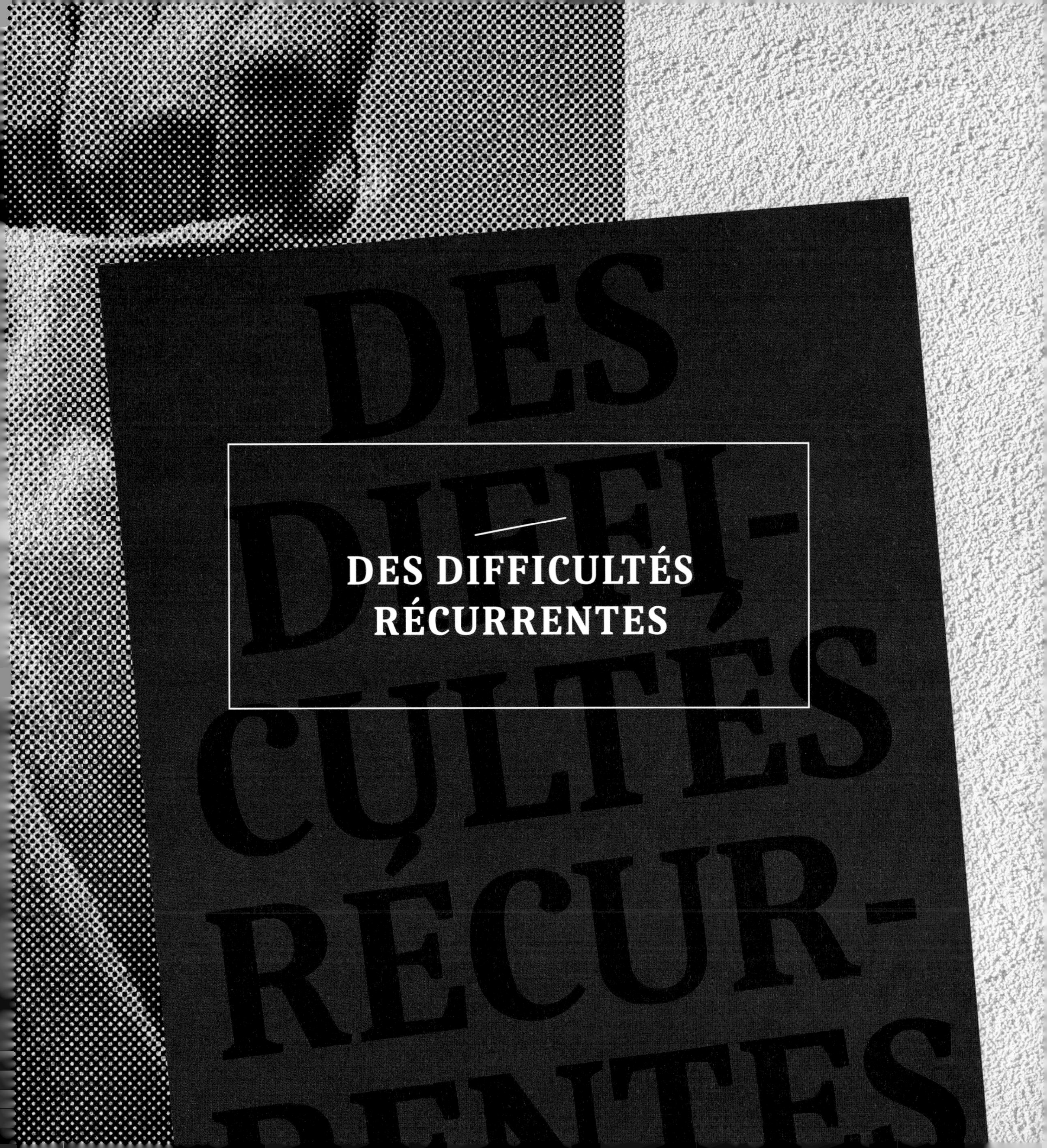

DES DIFFICULTÉS RÉCURRENTES

DES DIFFICULTÉS RÉCURRENTES

Pendant cette première « déferlante de patients », comme l'appelle le Dr Élisabeth Gaertner, chef du pôle de réanimation des HCC, l'hôpital a tenu et plus largement le système de santé. Les portes sont restées ouvertes ; les patients ont été pris en charge, aucun n'est mort sans qu'un médecin et une équipe de soignants ne s'en occupent. « On ne s'est pas posé de questions, on a fait ce qu'on avait à faire », voilà une phrase que la plupart des agents hospitaliers prononcent quand on leur demande pourquoi ils ont continué à travailler, pourquoi ils n'ont pas exercé leur droit de retrait malgré les difficultés.

DROIT DE RETRAIT

En droit français du travail, le droit de retrait est une disposition permettant à un salarié du secteur privé ou public de se retirer « de toute situation de travail dont il a un motif raisonnable de penser qu'elle présente un danger grave et imminent pour sa vie ou sa santé ». À la différence des procédures d'alerte, dévolues à certaines institutions représentatives, le droit de retrait est un droit individuel mais qui peut s'exercer collectivement. Il est fondé sur l'article L. 4131-1 du Code du travail pour les salariés et sur l'article 5-6 du décret n° 82-453 du 28 mai 1982 pour les fonctionnaires.

Le caractère effectif du danger n'est pas retenu, il suffit que le salarié, eu égard aux circonstances tenant à sa personne, ait pu avoir un simple « motif raisonnable » de croire à l'existence de celui-ci.

DES DIFFICULTÉS STRUCTURELLES

Comme le rappelle le Dr Jean-Marie Woehl, président de la Commission médicale d'établissement des HCC, cela fait « 15 ans que l'hôpital public est soumis à des contraintes effroyables et par extension sur le reste du monde de la santé. L'hôpital public a été matraqué pendant plus de 15 ans. On a des équipes de direction qui sont formatées pour la contrainte budgétaire particulièrement, qui les amène à réfléchir pas du tout sur le plan médical mais sur un plan purement comptable. Bien sûr, tout cela n'est pas aussi manichéen ». Cette gestion, bien que compréhensible dans une société fondamentalement capitaliste, montre clairement ses limites lorsqu'il s'agit de la santé. En 2016, l'ARS Grand-Est a commandé une « mission d'analyse stratégique et prospective sur l'évolution de l'offre et des coopérations entre offreurs de soins des territoires alsaciens ». Dans les différents rapports intermédiaires et dans la note de synthèse de décembre 2016, on constate que les analyses et les propositions se fondent essentiellement sur des indicateurs de « parts de marché », « taux d'utilisation » ou encore de « réduction des coûts ». L'analyse est réalisée sur la base d'une fréquentation moyenne des services hospitaliers sans jamais évoquer ou effleurer la possibilité d'une crise. Sur une centaine de pages d'analyses et de propositions, le mot « crise » n'est jamais présent. Cependant, on peut fréquemment lire des analyses remettant en cause le maintien de certains services comme « alors que les niveaux d'activité sont faibles pour certains sites d'urgences et de maternité, il convient également de s'interroger sur leur pérennité financière à plus long terme » ou encore « de même, la pérennité de certains sites d'urgences est posée au regard de leur faible taux d'activité et de la réforme du temps de travail des urgentistes » et enfin « si l'offre en plateaux techniques a été rationalisée ces dernières années, elle se situe encore au-dessus des moyennes nationales ». Il est tout à fait compréhensible que les pouvoirs publics recherchent une forme d'optimisation financière des établissements publics et en particulier des établissements de santé mais, ce qui alerte, c'est la prise en compte partielle des paramètres d'analyse. Ils sont simplifiés à tel point qu'ils ne reflètent plus la réalité. Le Pr Dominique De Briel évoque avec une forme de défaitisme l'absence de prise en compte des risques exceptionnels lors des analyses stratégiques permettant de dimensionner les services publics : « Je ne pensais pas qu'on toucherait le fond comme ça, surtout que l'on avait déjà connu un certain nombre d'épisodes qui auraient dû, pu, nous permettre de réaliser que cette chose était prévisible. » Il fait, notamment, référence au « livre blanc de la défense », dans lequel il estime que ce qui s'est passé, pendant cette première vague, était décrit par les auteurs. Ce document rédigé par et, dans une certaine mesure, pour des militaires et orienté vers des activités délibérément malfaisantes met, en effet, en lumière que « dans le domaine biologique, des mesures de surveillance et de protection de la santé publique peuvent permettre de limiter les conséquences d'un emploi délibéré d'un agent biologique contre des populations. L'action internationale seule donnera des résultats, qu'il s'agisse du dépistage, de la mise au point de nouveaux vaccins, de l'information rapide sur les épidémies suspectes, ou de mesures plus efficaces de diagnostic ». Néanmoins, sans rentrer dans les détails, les auteurs du livre blanc écrivent dans le premier chapitre :

« La mondialisation, qui démultiplie les échanges dans tous les domaines, présente aussi un versant négatif. La rapidité des moyens de transport n'augmente pas seulement les risques de contamination sanitaire [...]. »

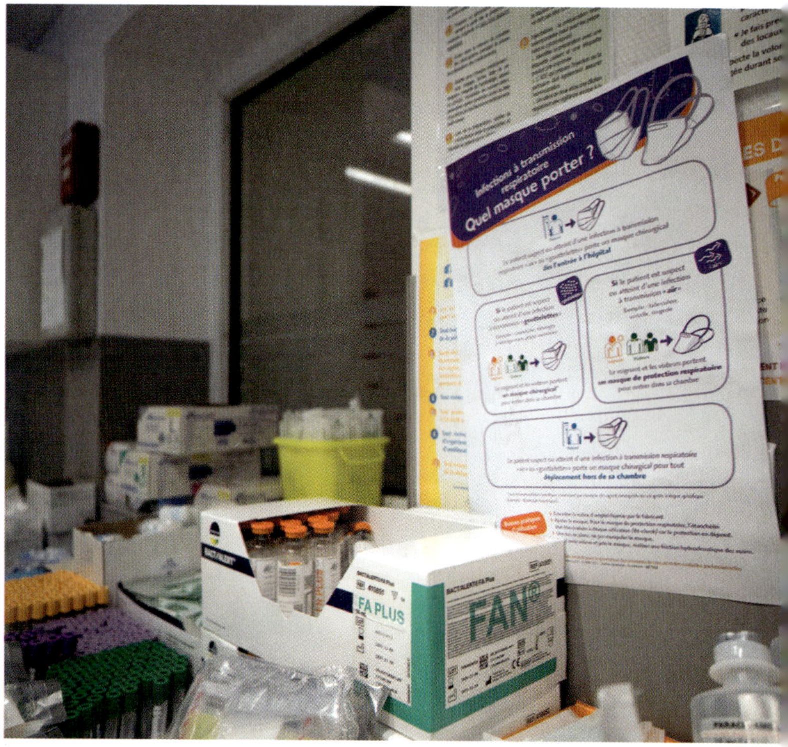

Preuve est de constater que cette recommandation n'est pas suivie d'effets, tout du moins dans le monde civil. L'exemple des stocks stratégiques de masques fait froid dans le dos. Entre 2010 et 2014, l'Établissement de préparation et de réponse aux urgences sanitaires (Eprus), l'Institut de veille sanitaire (IVS) et l'Institut national de prévention et d'éducation pour la santé (INPES) voient leurs budgets baisser de 54 millions d'euros, soit une réduction de 24 %. En 2011, une note de la Direction générale de la Santé (DGS) datée du 27 juillet indique que les réserves de masques sont de :

- 600millions de masques FFP2 ;
- 800millions de masques chirurgicaux.

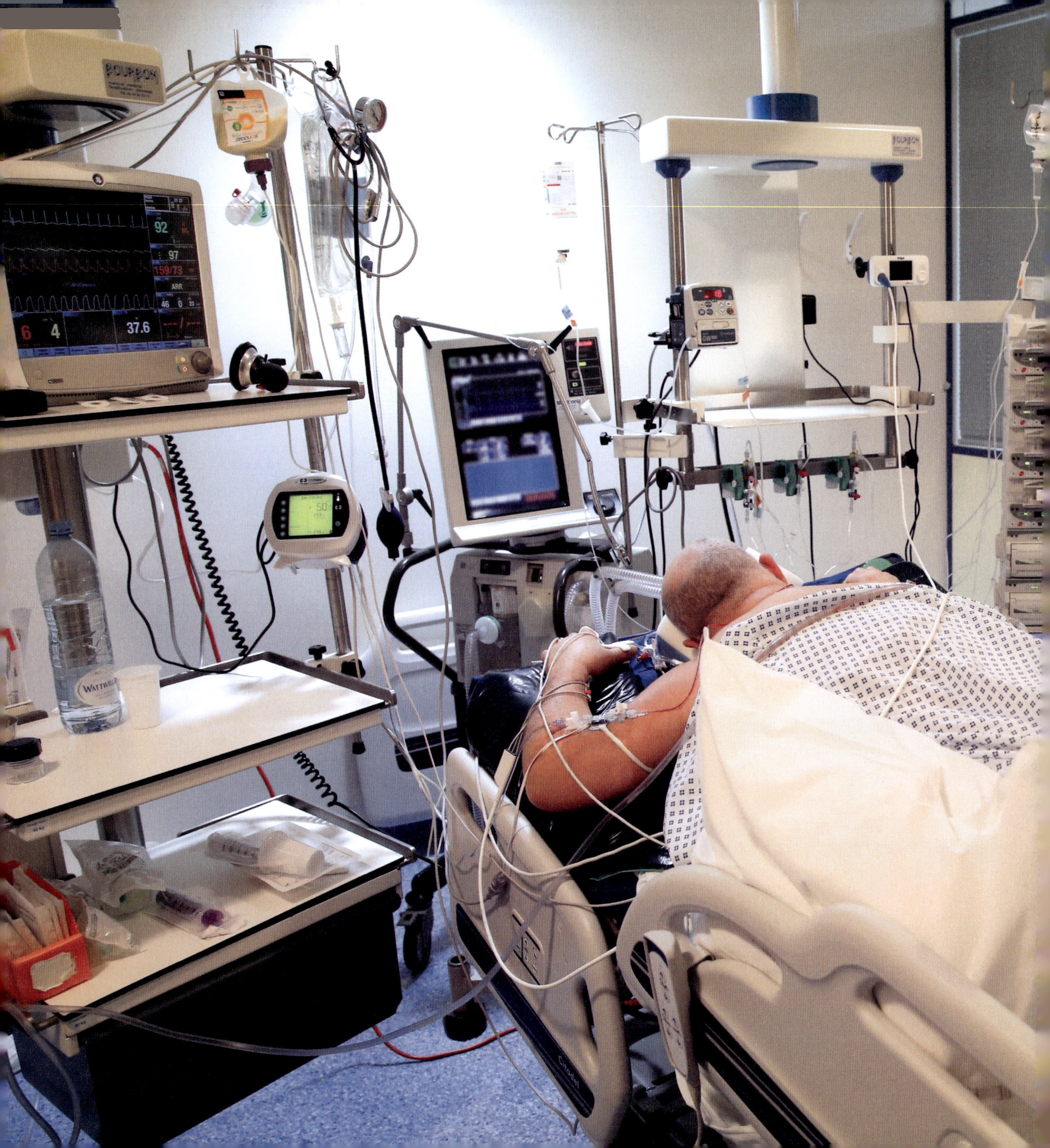
BOURBON
92
97
159/73
ARR
6
4
37.6

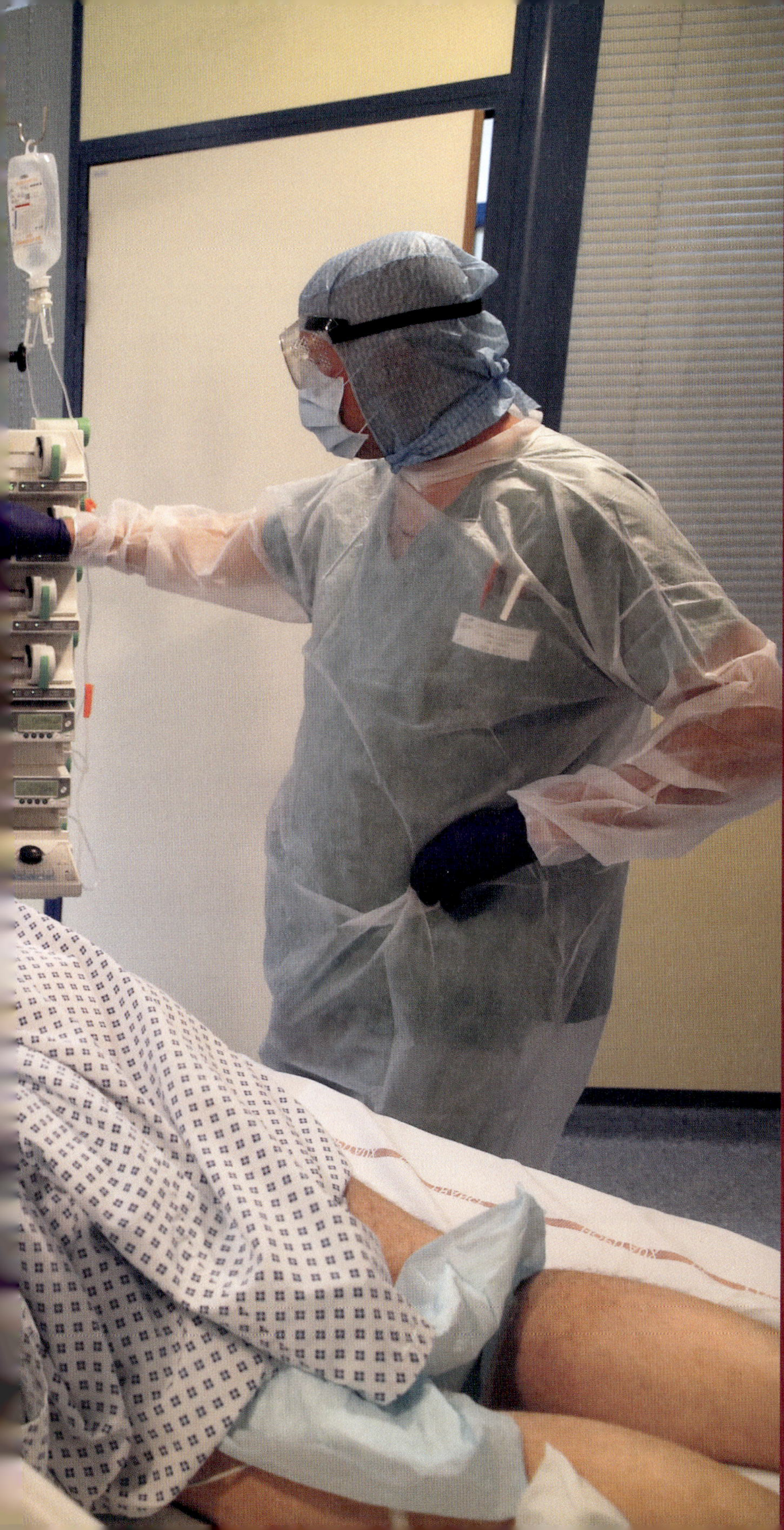

LES PATIENTS EN GRANDE DÉTRESSE RESPIRATOIRE SONT PLACÉS DANS UN COMA ARTIFICIEL ET SOUS RESPIRATEUR.

Mais, lorsque l'état ne s'améliore pas, et ce fut le cas pour de nombreux patients atteints de forme grave du Covid-19, les équipes soignantes placent les patients en décubitus ventral, c'est-à-dire sur le ventre. Toutefois, si la technique peut paraître simple, il « suffit » de retourner le patient sur le ventre, la réalité de la mise en œuvre est toute différente. Ces patients sont fragiles, reliés au respirateur et perfusés. Il faut cinq personnes pour tout anticiper et réaliser le retournement. Le patient est retourné sur le ventre et sur le dos plusieurs fois par jour afin d'assurer une ventilation optimale.

À cette date, l'objectif du stock est fixé à 600 millions de masques FFP2 et 1 milliard de masques chirurgicaux, il manque donc 200 millions de masques chirurgicaux. Ce même document note que « pour l'année 2012, le renouvellement d'une partie du stock de masques chirurgicaux et FFP2 ne semble pas justifié », en raison des stocks élevés et des enjeux financiers. L'État prend alors la décision qu'un masque chirurgical est suffisant en cas de pandémie, en lieu et place des masques FFP2 jugés trop chers et trop peu confortables. Cette décision va à l'encontre des préconisations du centre Armand-Frappier Santé Biotechnologie (AFSB) de l'Institut national de la recherche scientifique (INRS), de l'Agence nationale de sécurité du médicament et des produits de santé, de la Direction générale de la Santé, du Conseil supérieur d'hygiène publique de France et de l'OMS. En juillet 2011, les stocks commencent alors à diminuer. Deux ans plus tard, la gestion des stocks stratégiques de masques a changé. La commande des masques et leur distribution sont confiées aux entreprises pour leurs salariés. Le système hospitalier se voit chargé de constituer des stocks de masques pour ses personnels, tout en étant forcé de faire des économies de fonctionnement.

Pourtant, la menace biologique est régulièrement rappelée. Une des plus récentes mises en garde officielles, avant la découverte du SARS-CoV-2, provient des États-Unis. Le directeur du renseignement national, Dan Coats, expose, dans son bilan sur les menaces dans le monde, le 29 janvier 2019 : « Nous estimons que les États-Unis et le monde resteront vulnérables à la prochaine pandémie de grippe ou à une épidémie à grande échelle d'une maladie contagieuse qui pourrait entraîner des taux massifs de décès et d'invalidité, affecter gravement l'économie mondiale, mettre à rude épreuve les ressources internationales. »

DIRECTEUR DU RENSEIGNEMENT NATIONAL DES ÉTATS-UNIS

Créé en 1981 par le président Reagan, la communauté du renseignement des États-Unis (United States Intelligence Community en anglais) regroupe 18 services de renseignement américains comme la NSA, la CIA, le FBI ou la DEA, pour ne citer que les plus connus.
Le coordinateur de ces différents services est le directeur du renseignement national à la suite de l'Intelligence Reform and Terrorism Prevention Act de 2004.

Mais la logique de prise en compte des risques ne considère que les événements présents, récurrents. Autant dire que l'évaluation qui consiste à considérer un risque, à la fois du point de vue de sa probabilité d'apparition et de son impact, n'est pas réalisée ou du moins, si elle l'est, elle minimise clairement la prise en compte de l'impact.

Concrètement, cela signifie que, lorsque l'Organisation mondiale de la santé « déclare que la flambée de nouveau coronavirus (2019-nCoV) constitue une urgence de santé publique internationale USPI » par la voix de son directeur le 30 janvier 2020, le système de santé français n'a pas les armes pour réagir. À défaut, les centres hospitaliers et notamment ceux du Grand-Est s'organisent. De nombreux chefs de pôle décident de demander à leur personnel de vérifier et de remonter les stocks pour essayer de faire face à une menace qu'ils évaluent imminente, forts de leurs expériences respectives, sans support étatique éclairé. Rappelons que 2 semaines après l'annonce de l'OMS, la France change de ministre de la Santé pour pallier la défection de Benjamin Griveaux dans la campagne pour les élections municipales de 2020 à Paris.

DES DIFFICULTÉS CONJONCTURELLES

La première vague de Covid-19 déferle donc sur la France et en particulier dans le Grand-Est dans un contexte de non-préparation étatique. Lorsque les malades commencent à affluer dans les premiers jours de mars, les équipes soignantes des services en première ligne, urgences et réanimation, sont déjà dans un état de fatigue avancée. Le mois de février, aux urgences des HCC, a été particulièrement chargé et les 30 lits de réanimation sont pleins. Tandis que la gestion de cette crise nécessiterait des prises de décision et des mises en application très rapides, de l'ordre de la demi-journée, les annonces gouvernementales comme le « nous sommes en guerre » d'Emmanuel Macron font plus l'effet de messages médiatiques que de réelles dispositions opérationnelles. Les agences régionales de santé, présentées ou attendues sur le volet opérationnel, ont montré leurs limites, laissant les centres hospitaliers, du moins dans les premiers jours, gérer la crise.

La première quinzaine de mars se déroule sous le signe d'une forme de débrouillardise, chacun à son niveau, de la direction de l'hôpital jusqu'aux équipes de terrain tentant de trouver des solutions. Les uns appellent des confrères pour libérer des lits, d'autres cherchent du matériel comme des masques, des thermomètres, des surblouses, etc. Une infirmière se souvient qu'on lui a annoncé qu'une pénurie de gants était possible.

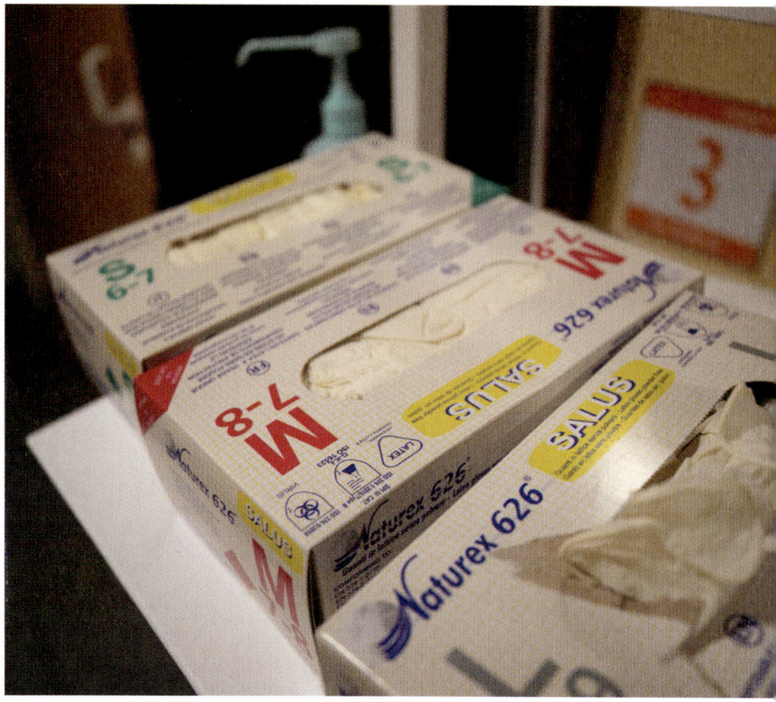

ALERTES RATÉES

« De nombreuses alertes sanitaires, de gravité variable, sont survenues récemment. Les années 1980, années du sida, près de 15 ans avant de voir apparaître un début de traitement. Les années 2000 avec l'apparition des SRAS, puis les différentes grippes H1N1 puis HxNy, toujours d'origine aviaire, puis MERS-CoV, puis Ebola. Il était très probable, sur le plan épidémiologique, qu'un germe prenne un jour l'ampleur du Covid-19. À cela s'ajoute la facilité des transports face à des maladies avec période d'incubation – le sujet est porteur du virus sans signe de maladie. Et un agent invisible, inodore, insipide, et pour lequel on sait que nous avons été en contact plusieurs jours après, lorsque les signes apparaissent, on comprend le pouvoir destructeur potentiel », déplore le Dr Yannick Gottwalles.

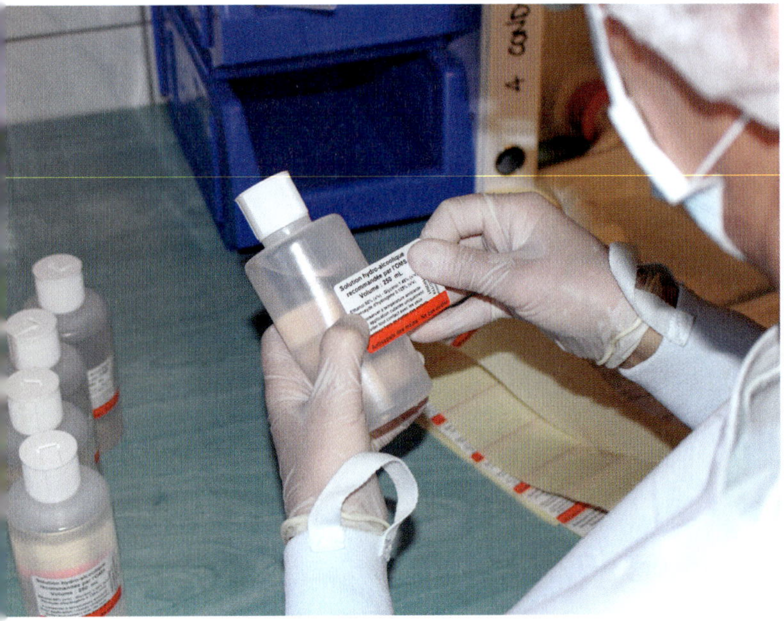

D'autres encore se lancent dans la fabrication de solution hydroalcoolique grâce à la formule de l'Organisation mondiale de la santé. Mais, première déconvenue opérationnelle notable, l'ARS ne donne pas l'autorisation de procéder de la sorte, s'appuyant sur une règlementation indiquant précisément les produits à utiliser. Deux mondes se rencontrent. D'un côté des opérationnels, des professionnels confrontés à une pénurie inacceptable vis-à-vis de la situation où il faut plusieurs jours de fabrication/décontamination avant de pouvoir utiliser le produit ; face à cette rupture de stock anticipée, ils mettent en place une solution techniquement valide, substituant un produit en rupture par un autre avec des qualités supérieures. De l'autre un monde administratif qui regarde les éléments sans chercher ou peut-être sans comprendre leur signification. Et qui donne ou non son autorisation sans considérer ni le contexte ni les tenants et les aboutissants.

Certes, l'ARS finira par donner son autorisation après un échange avec la direction des HCC. D'aucuns diront que ce n'est pas un drame d'avoir dû attendre une demi-journée pour lancer officiellement la fabrication. Mais, dans un contexte où chaque heure voit arriver des patients graves, où l'ensemble du personnel est occupé à soigner des gens ou à tenter de donner les moyens aux soignants de travailler en sécurité, n'est-ce pas là du temps perdu. Un chef de pôle se souvient que les contraintes de reporting n'ont pas été allégées ou simplifiées et qu'à la fin de la journée il devait encore remplir différents tableaux avec des informations similaires mais à destination de différentes autorités de tutelle.

Pendant ce temps, les agents hospitaliers se démènent pour faire face. Leurs familles, amis et proches constatent la détresse et la précarité qui règnent à l'hôpital ; à leur tour ils remuent ciel et terre pour trouver des Équipements de Protection Individuelle (EPI). À l'instar de grands groupes qui puisent dans leurs stocks opérationnels, de petites entreprises, des artisans cèdent aussi les quelques masques FFP2 ou combinaisons de protection dont ils disposent. Évidemment, la communauté hospitalière est sensible à ces dons mais perplexe quant à la nécessité d'y avoir recours pour continuer à fonctionner.

PEDIATRIE
Merci
Merci
Merci
Merci
Merci
I LOVE YOU

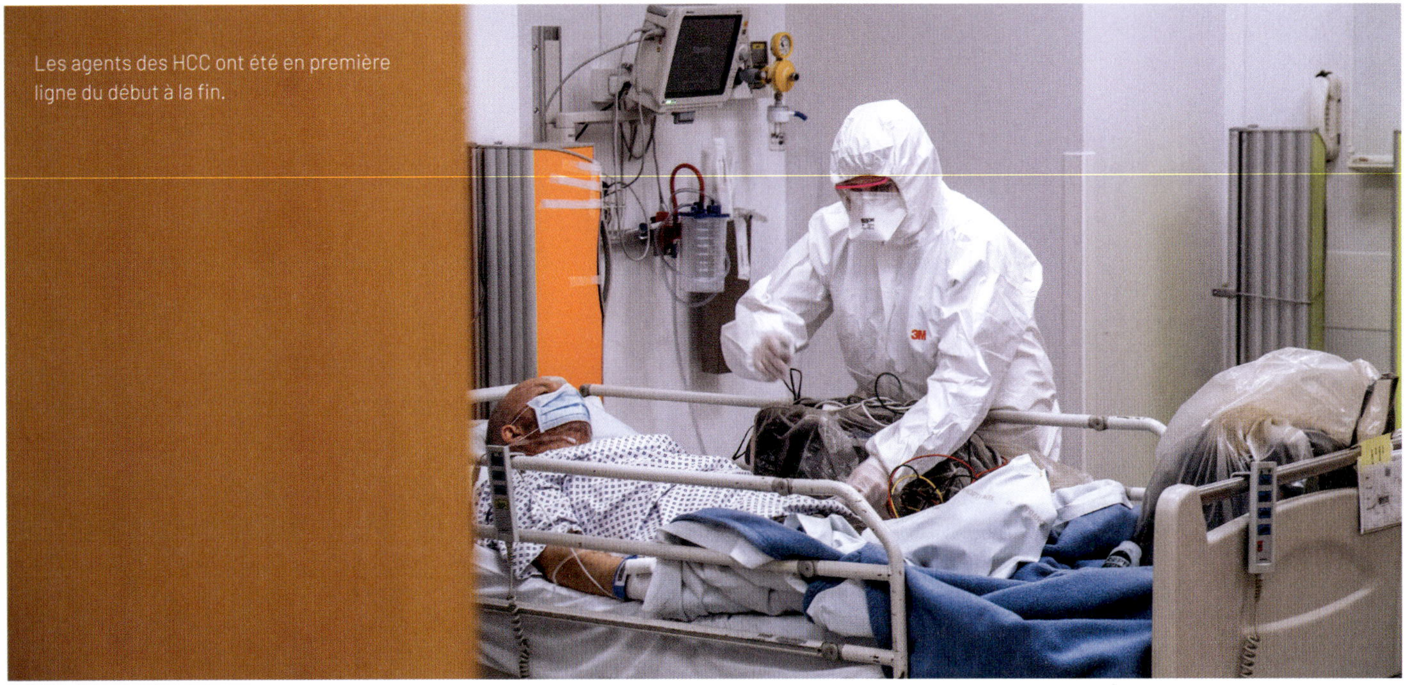

Les agents des HCC ont été en première ligne du début à la fin.

Lorsque l'État, à travers ses ARS, décide de gérer de manière centralisée les différents intrants, notamment les masques et certains médicaments, la situation devient ubuesque. Des citoyens engagés se voient interdire de livrer des dons aux HCC qu'ils ont recherchés pour aider l'hôpital. Dans un rapport d'information de l'Assemblée nationale enregistré le 2 décembre 2020 « sur l'impact, la gestion et les conséquences dans toutes ses dimensions de l'épidémie de coronavirus-Covid-19 », on peut lire que « les ARS sont hors sol, n'écoutent pas ce qui se passe sur le terrain, ne savent pas, ne veulent pas entendre ». Pourtant, le préfet honoraire Philippe Ritter indiquait, dans son rapport sur la création des ARS, remis en janvier 2008, que celles-ci permettraient la mise en place d'un « pilotage unifié et responsabilisé du système territorial de santé ».

Deux témoignages permettent d'éclairer la faiblesse des ARS dans cette crise. Celui de Frédéric Valletoux, président de la Fédération hospitalière de France, qui indique le 8 juillet 2020 : « Le fonctionnement des ARS est également à améliorer, notamment dans les départements des très grandes régions où le siège de l'ARS s'est beaucoup éloigné des territoires. On a souvent évoqué les problèmes de coordination entre l'appareil d'État, côté sécurité civile intérieure qui est organisé au niveau des départements, et les ARS organisées au niveau des régions. La faiblesse des ARS dans leurs représentations départementales a été mise en lumière lors de cette crise. » Et celui de Marisol Touraine, ministre des Affaires sociales et de la Santé entre 2012 et 2017, le 1er juillet 2020 : « L'échelon départemental constitue leur principale faiblesse : si la direction générale des ARS est très solide, les compétences des directeurs et directrices départementaux sont plus variables. »

Lors d'un retour d'expérience interne aux HCC, les agents ont fait remonter qu'un point le plus mal ressenti fut « l'intégration dans une politique régionale et nationale ». Ils soulignent que les personnels de l'ARS se sont investis pour effectuer leur travail dans cette période si éprouvante mais que la temporalité de l'ARS n'est pas celle de la crise. Sans remettre en cause la nécessité d'une coordination des structures de santé, le président de la Fédération nationale des sapeurs-pompiers de France, le colonel Grégory Allione, pointe du doigt que « la crise a été plus administrée que gérée, et ce pour une seule et unique raison : le choix a été fait de confier le déroulement des opérations à celles et ceux qui, certes, administrent la santé au quotidien, notamment les ARS, mais qui n'ont pas pour habitude de gérer des crises ».

Plusieurs propositions ont émané des différents échanges avec les parties prenantes de cette première vague afin de faire face à un nouvel événement sanitaire. Trois propositions résument les difficultés structurelles et conjoncturelles auxquelles les établissements du Grand-Est et notamment les HCC font face.

Pour mettre fin à la dualité de la chaîne de commandement, qui a été préjudiciable dans la gestion de la crise sanitaire, rendre aux préfets de département la compétence de la gestion des crises sanitaires

Instaurer des agences départementales de santé sous l'autorité hiérarchique des préfets afin de faire de ces agences de véritables acteurs sanitaires de proximité

Donner un droit de regard aux préfets sur les stocks stratégiques positionnés au niveau zonal

MAIS LA QUESTION QUI PERSISTE EST : « OÙ EST L'OPÉRATIONNEL ? »

Dans le monde | En France | **En Alsace** | Ils l'ont dit

27/04/2020
Plus de 3 millions de cas sont recensés dans le monde dont 80 % sont comptabilisés en Europe et aux États-Unis

28/04/2020
Discours du Premier ministre sur le plan de déconfinement

30/04/2020
Réouverture de 30 lits en médecine non-Covid-19 aux Hôpitaux Civils de Colmar (HCC)

03/05/2020
Aux États-Unis, le nombre de décès liés au Covid-19 dépasse le nombre de décès durant la Guerre du Vietnam

07/05/2020
Début de nettoyage de l'UHCD des HCC afin de créer 2 zones, Covid-19 et non Covid-19

07/05/2020
Apparition d'un cluster dans la Vienne à la suite d'une réunion de direction d'un collège

10/05/2020
Apparition d'un cluster en Vendée dans une usine de la marque Maître Coq

10/05/2020
Apparition d'un cluster en région parisienne dans une résidence de jeunes travailleurs

11/05/2020
Premier jour du déconfinement

11/05/2020
Pas de modification des règles de visites aux HCC

16/05/2020
Apparition d'un cluster dans les Côtes-d'Armor

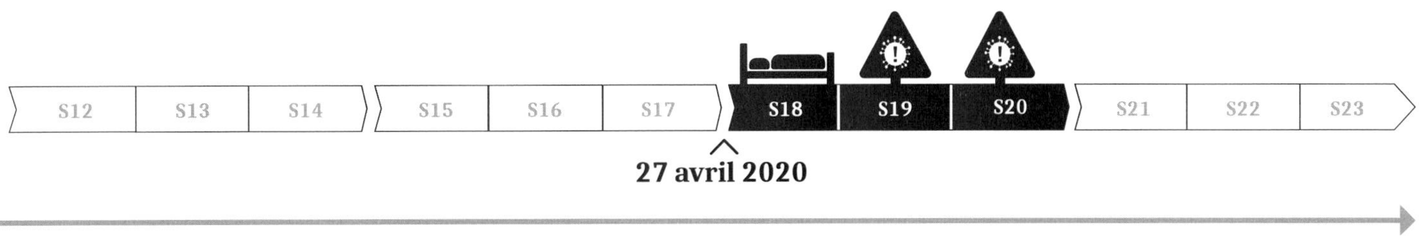
S12
S13
S14
S15
S16
S17
S18
S19
S20
S21
S22
S23
27 avril 2020

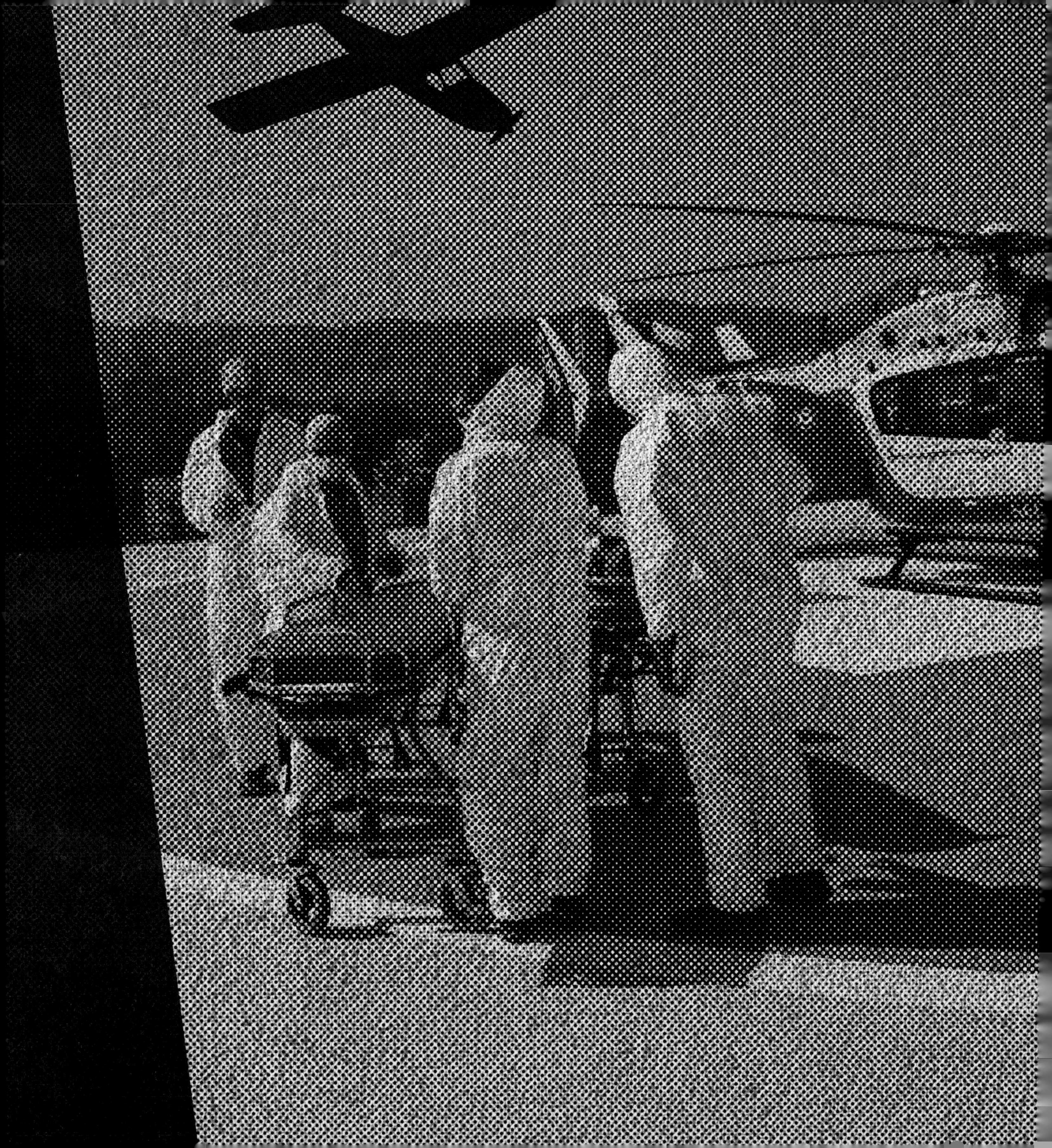

LES TRANSFERTS DE PATIENTS

LES TRANSFERTS DE PATIENTS

Face à un afflux de patients aussi massif dans le Grand-Est et notamment aux HCC, les lits disponibles, notamment les lits de réanimation, fondent comme neige au soleil. Il est donc impératif de trouver des solutions pour faire de la place. En Chine, il a été décidé, très tôt, de construire des hôpitaux-abris (c'est-à-dire des hôpitaux temporaires) et d'envoyer des renforts médicaux et paramédicaux dans les zones les plus touchées. Dès janvier 2020, dans la province du Hubei, Pékin a redéployé 42 000 personnels hospitaliers. Début février 2020, la Chine annonçait l'ouverture d'un hôpital de 1 000 lits baptisé *Huoshenshan* (Montagne du Dieu du Feu) à Wuhan. L'établissement, réalisé à partir de structures préfabriquées, a été assemblé par 4 000 ouvriers travaillant jour et nuit en une dizaine de jours. En France, une autre stratégie a été mise en œuvre pour « faire de la place » dans les hôpitaux du Grand-Est.

MOBILISATION DES FORCES ARMÉES

Dans son allocution du 16 mars 2020, le président de la République, Emmanuel Macron, indique que l'État sera au côté des habitants et des soignants du Grand-Est, « pour les appuyer face à l'afflux de patients et à la saturation des hôpitaux ». Ainsi, « un hôpital de campagne du Service de santé des armées sera déployé dans les jours à venir en Alsace ».

Ainsi, le régiment médical se met en ordre de marche pour construire un hôpital de campagne sur le parking de l'hôpital Émile-Muller de Mulhouse. Il s'agit d'un EMR (élément militaire de réanimation) d'une capacité de 30 lits de réanimation. Le déploiement commence le 21 mars par l'arrivée d'un convoi d'une quinzaine de camions. L'établissement est opérationnel et accueille son premier patient le 24 mars. L'EMR réduit sa capacité d'accueil de 30 à 10 lits le 17 avril en raison de l'amélioration de la situation sanitaire. Il est totalement désinfecté et démonté les 16 et 17 mai, 10 jours après la sortie du dernier patient.

La contribution des forces françaises ne se limite toutefois pas à ce seul déploiement. En effet, toujours le 16 mars, le président de la République annonce que « les armées apporteront aussi leur concours pour déplacer les malades des régions les plus affectées et ainsi réduire la congestion des hôpitaux de certains territoires ».

OPÉRATIONS DE TRANSFERT

Dès le début de la crise sanitaire, début mars aux HCC, il est décidé de référer ou de transférer des patients vers d'autres structures de prise en charge : médecins de ville et hôpitaux. Pour bien appréhender la situation, il faut comprendre que dans un premier temps les HCC tentent d'absorber tous les patients suspectés d'être atteints des formes graves du Covid-19. Pour cela, de nouveaux lits de réanimation Covid et des box Covid au SAU sont ouverts. Mais ces opérations imposent de trouver des capacités d'accueil et d'hospitalisation pour les patients non-Covid. Ainsi, l'hôpital de Guebwiller réserve des places de délestage dès le 6 mars pour les patients des HCC non-Covid. Dans le même temps, les HCC augmentent leur capacité d'accueil pour les patients Covid ou avec une forte suspicion de Covid. Le 10 mars, la situation bascule aux HCC : une semaine avant le discours présidentiel, un premier patient est adressé hors du Haut-

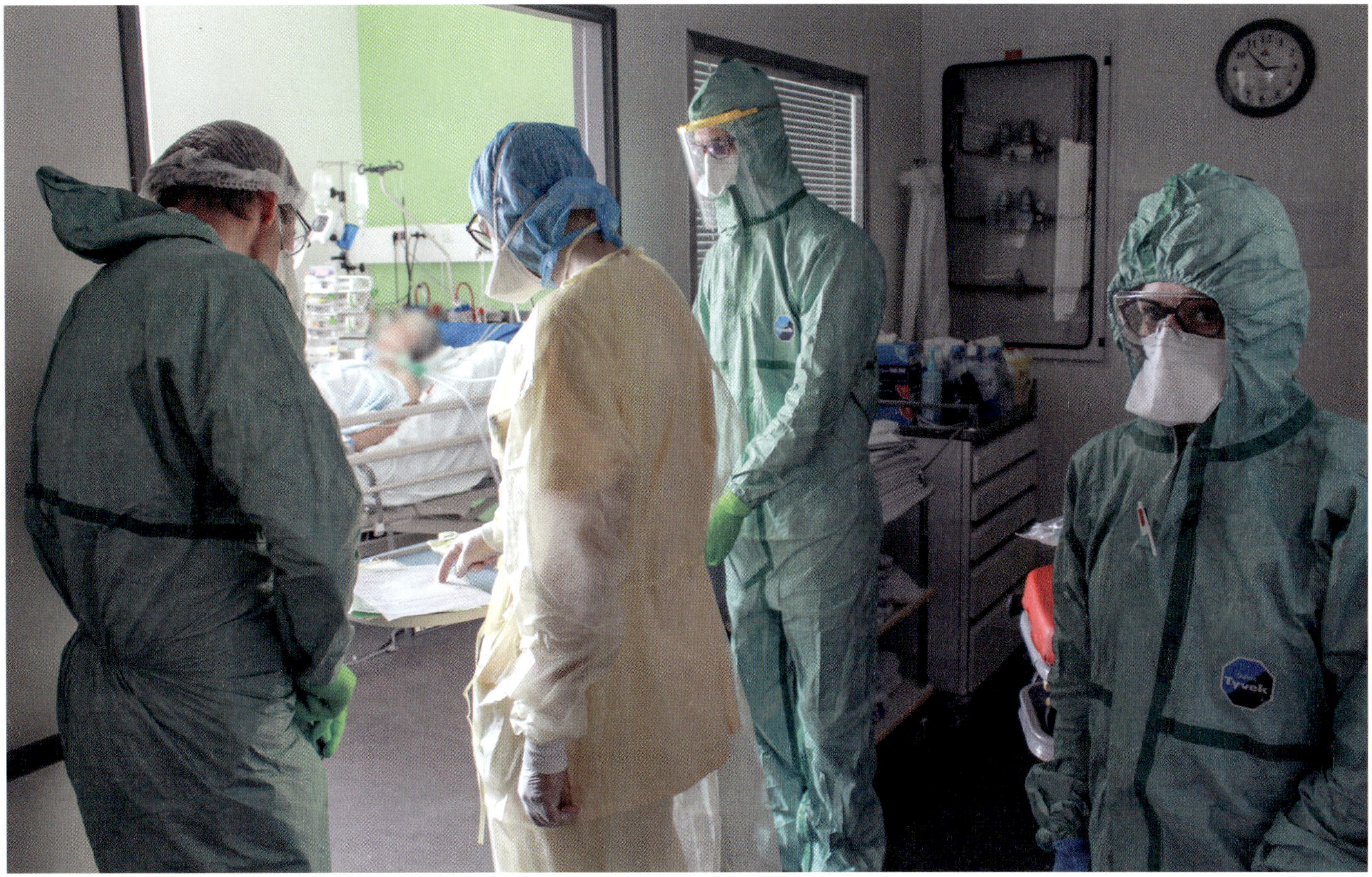

Rhin par manque de place en réanimation. C'est le début des transferts des patients Covid. « Mais aucun transfert n'est anodin », explique le Dr Yannick Gottwalles. Pour transférer un patient, quel que soit le vecteur, il faut que son tableau clinique soit compatible avec un déplacement de plusieurs heures.

Alors que la situation aux HCC se dégrade avec de plus en plus de lits occupés par des patients dans un état grave, le 17 mars, la cellule de crise des HCC fait état d'une possibilité de transfert de 6 patients, dont 2 des HCC, vers l'HIA (hôpital d'instruction des armées) Sainte-Anne de Toulon. C'est l'armée de l'air et le Service de santé des armées qui assureront le transfert aérien. C'est le lendemain que le transfert aérien, qui est réalisé dès le lendemain : c'est la première évacuation MORPHEE. Deux patients sont transférés à Toulon, dont le père d'une infirmière des urgences des HCC.

COOPÉRATION

Les établissements privés de la région colmariennne ont dès les premiers jours ouvert des places pour les patients non-Covid, des lits de réanimation pour les patients Covid puis des services conventionnels Covid. Cette coopération a réellement contribué dans la gestion des flux, même si des transferts de longue ou très longue distance vers des services aigus se sont faits en parallèle.

MORPHEE

Le « kit MORPHEE » (MOdule de Réanimation pour Patient à Haute Élongation d'Évacuation) est un dispositif de l'armée de l'air française et du service de santé des armées destiné, initialement, à évacuer des blessés lourdement atteints des théâtres d'opérations vers des hôpitaux équipés de plateaux techniques performants.

Néanmoins, un transfert aérien n'est pas aussi simple que de prendre l'avion. Avant même de déplacer qui que ce soit, il faut identifier les patients dont l'état de santé est compatible avec un transfert. « Pour les transferts, j'arrivais à 6 heures du matin dans le service, explique le Dr Élisabeth Gaertner, chef du pôle de réanimation des HCC, pour faire un bilan de chaque patient et vérifier les paramètres cliniques et paracliniques. »

Ensuite, il faut préparer le patient pour le transférer du service vers une ambulance. C'est le premier trajet, à travers les couloirs de l'hôpital. Ensuite, le patient doit être installé dans l'ambulance pour qu'elle puisse prendre la route vers l'aéroport de de Bâle-Mulhouse-Fribourg situé à 60 km des HCC. Bien que dotée d'un aéroport, la ville de Colmar ne peut pas accueillir les gros porteurs, de type Airbus A-400M, de l'armée de l'air française. Rien que ces deux étapes sont très chronophages étant donné la fragilité de l'état clinique des patients. Mais ce n'est que la première étape d'un long voyage.

Enfin, arrivé sur le tarmac, au pied de l'avion il faut encore procéder à l'installation de chaque patient dans un ordre précis, déterminé par l'équipe de soignants de l'avion. Ces personnels, militaires, appartenant au Service de Santé des Armées (SSA) sont spécialement qualifiés pour la prise en charge de patients lourds lors de vols sanitaires. Le plan d'installation prend en compte des paramètres liés à l'état de santé des patients, aux conditions de vol, à l'ordre de débarquement, etc. Lorsque l'avion décolle, il reste encore un long chemin. Pendant le vol, les patients bénéficient d'une surveillance constante jusqu'à l'arrivée à l'aéroport de destination. Là, le ballet des ambulances reprend pour installer/transférer chaque patient à une nouvelle équipe de prise en charge. Ensuite, les patients reprennent à nouveau la route pour arriver dans le service de réanimation du centre hospitalier d'accueil.

D'autres vecteurs aériens, plus petits, sont également à l'œuvre. Les hélicoptères EC145 de la Sécurité civile, reconnaissables à leur livrée rouge et jaune, ainsi que des héli-SMUR, les hélicoptères des centres hospitaliers, se posent directement sur la DZ (Drop Zone) de l'hôpital, l'héliport situé sur le toit du bâtiment en face du service d'accueil des urgences.

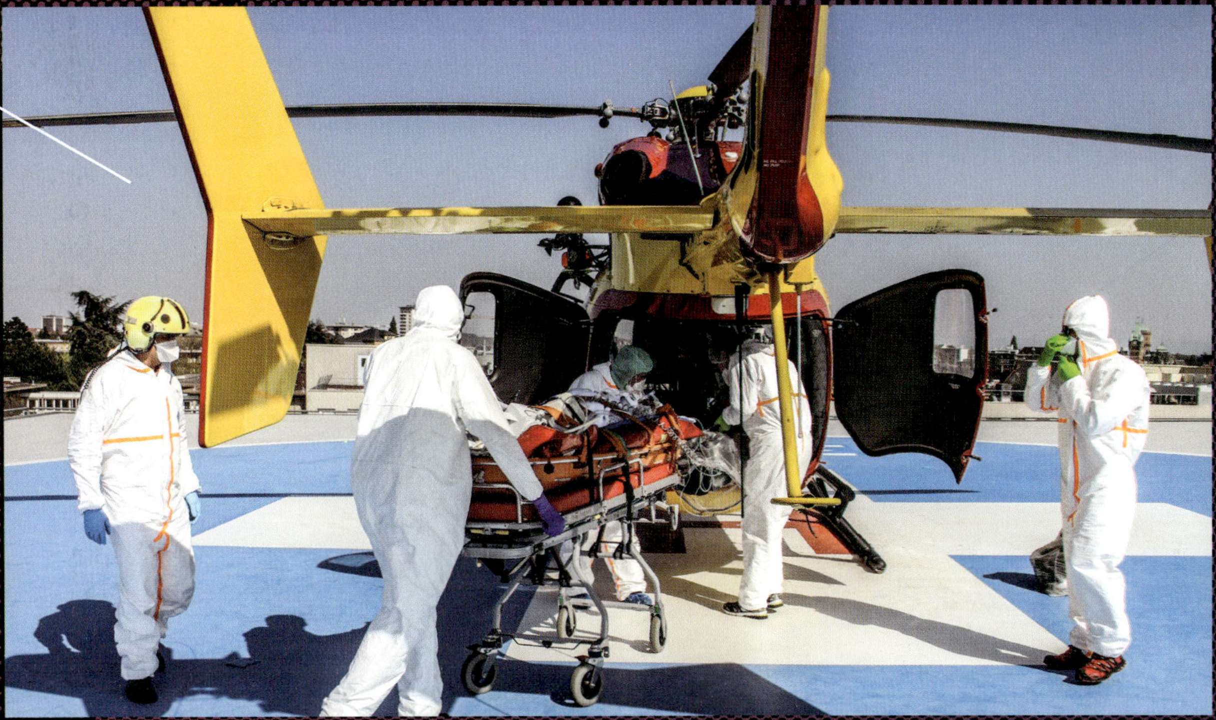

Embarquement d'un patient sédaté, intubé, ventilé dans un EC 145 de la Sécurité Civile.

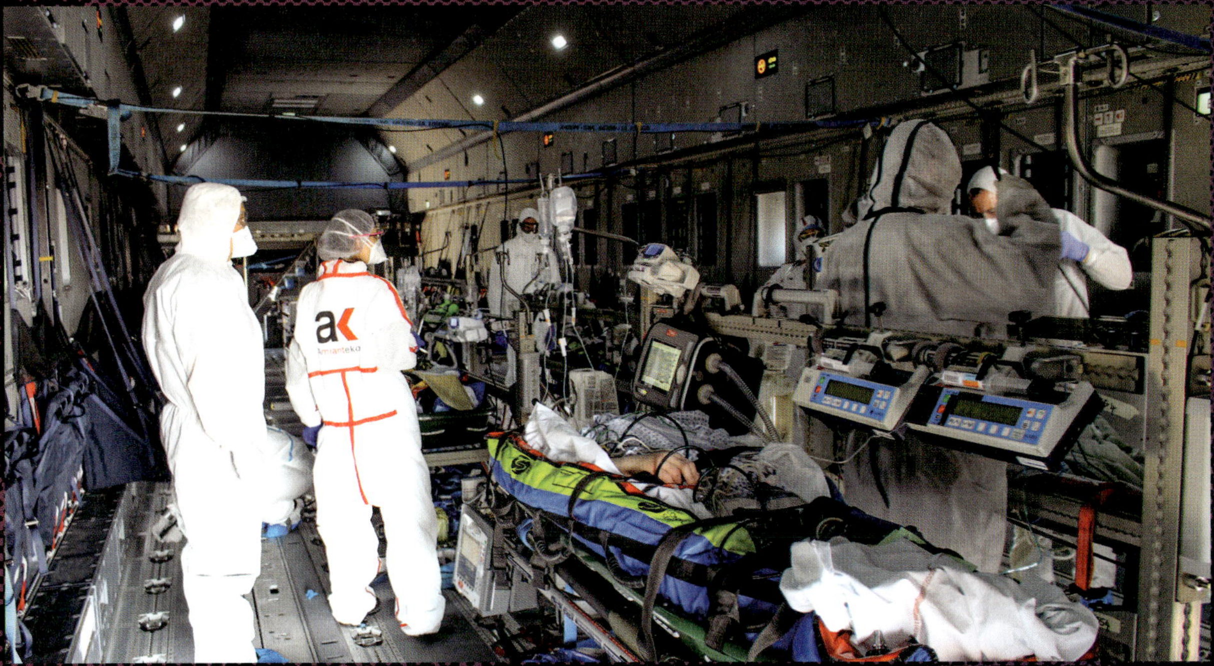

Intérieur de l'Airbus A400M, après installation des patients : le personnel assurant le transfert de l'hôpital jusqu'au tarmac utilisent les EPI en stock (fournies par un donateur).

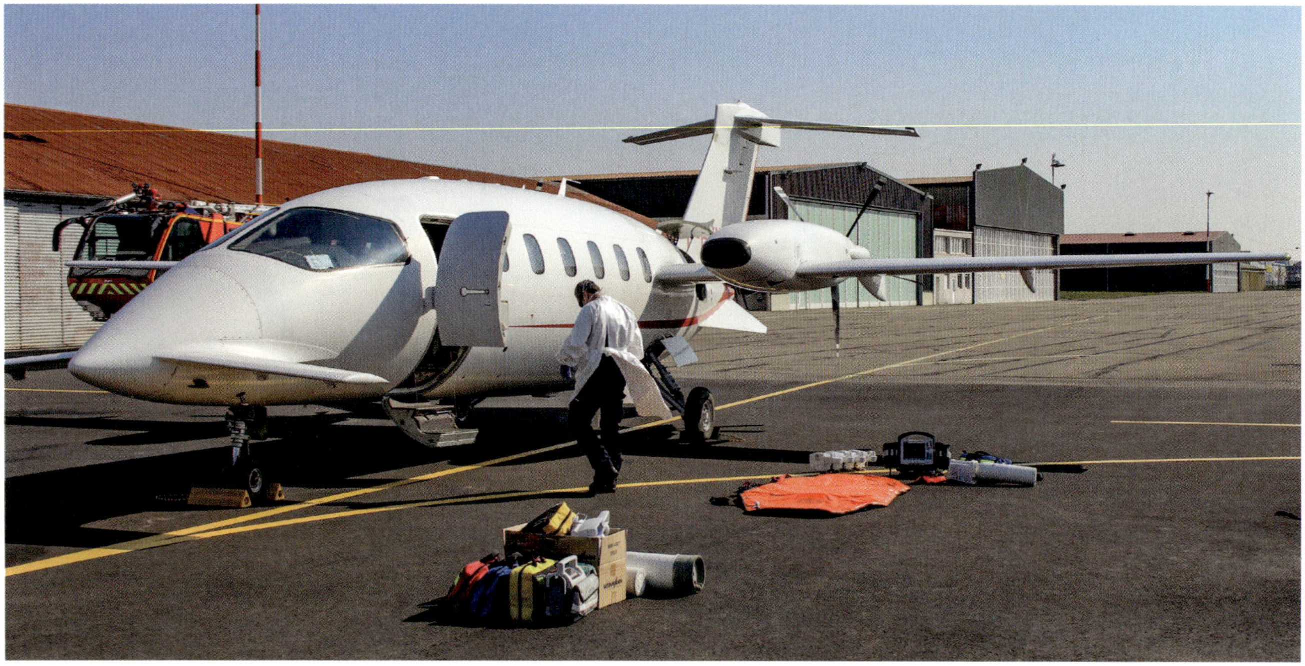

Chaque hélicoptère emporte un seul patient et la contrainte de coordination des nombreuses ambulances amenant des patients de différents centres hospitaliers est donc absente, mais la prise en charge d'un patient lourd dans un environnement aussi exigu que la cellule arrière d'un hélicoptère n'est pas anodine. Elle nécessite que du personnel de l'un des hôpitaux de départ ou de destination monte à bord pour assurer la continuité des soins.

27 MAR 2020

En complément à l'opération MORPHEE et aux évacuations par hélicoptère, le ministère des Solidarités et de la Santé a coordonné des évacuations aériennes par des avions de transport sanitaire plus petits décollant de l'aéroport de Colmar-Houssen. Ainsi, le 27 mars 2020, pour la première fois, quatre patients Covid provenant de Mulhouse et de Colmar sont transférés grâce à deux appareils.

Chaque avion, Piaggo P180 Avanti de la compagnie Oyonnair, transporte cinq personnes en plus de l'équipage. La cabine est configurée pour accueillir deux patients allongés et trois soignants. Un compromis entre la spacieuse soute des A400M et celle très contrainte des hélicoptères.

Toutefois, aussi gros ou rapides soient-ils, les vecteurs aériens imposent des contraintes fortes : météorologiques, géographiques avec la disponibilité de pistes conséquentes, etc. C'est la raison pour laquelle l'opération CHARDON a été mise sur pied à la fin du mois de mars.

Nom :

CAROLE HAMEN

Fonction :

Infirmière anesthésiste diplômée d'État (IADE) en service de chirurgie orthopédique et neurologique

RÔLE : ***L'IADE participe, avec l'infirmière de bloc opératoire (IBODE), à la mise en place du patient dans le bloc, puis il assiste l'anesthésiste pendant l'opération pour la gestion de l'anesthésie du patient. Il peut prendre les initiatives et accomplir les soins qu'il juge nécessaires.***

« En renforçant les urgences, j'avais une place, je me sentais utile

Au bloc opératoire, on n'a pas réalisé tout de suite la gravité de la situation à l'hôpital et notamment aux urgences. Nous étions, d'une certaine manière, dans notre « petite coquille ». Ce qui nous a réellement alertés, c'est la fermeture des blocs opératoires. Notre service dispose de 7 blocs opératoires. Dans un premier temps, début mars, il a fallu fermer 2 blocs, puis 3 de plus. Il ne restait donc que 2 blocs ouverts, uniquement pour les urgences. Un bloc d'orthopédie et un bloc de neurochirurgie. C'était une période pendant laquelle j'ai vécu une véritable angoisse. Je voyais mes collègues, habillés en combinaison, des urgences transférer des patients vers les réanimations pendant que nous n'avions quasiment pas de travail. Nous occupions nos journées avec des tâches administratives et de rangement. Je ressentais une vive envie, un besoin d'aide. Quelques-unes de mes collègues sont parties travailler en réanimation et un jour j'ai appelé la cadre de santé du pôle des urgences pour proposer mon aide, c'était autour du 15 mars. Elle a accepté immédiatement. Lorsque je me suis présentée aux urgences, tout le monde travaillait et avait son rôle, c'était une équipe bien organisée. J'ai trouvé de quoi m'occuper, tout d'abord en préparant des instruments et des médicaments. Puis, rapidement, il y avait un patient à intuber, c'est un geste technique avec lequel je suis familière, j'ai donc assisté le médecin. Pendant l'intubation, le Dr Gottwalles est entré dans la pièce et a dit : « Elle est où, l'IADE ? » Je me suis donc fait connaître et il m'a dit : « Prenez votre carte d'identité et rendez-vous au garage du SMUR », avant de sortir de la salle. Je n'en savais pas plus, je ne comprenais pas pourquoi il fallait que je prenne mes papiers d'identité, je ne savais pas ce que j'allais devoir faire et je ne savais pas non plus où était le garage. Quelques minutes plus tard, je me suis rendue dans le garage du SMUR avec mes papiers et j'ai découvert qu'il fallait transporter un patient intubé vers l'aéroport pour une évacuation aérienne MORPHEE. J'ai découvert qu'il fallait que je mette la tenue de protection, je ne l'avais jamais fait et c'est le Dr Gottwalles lui-même qui m'a expliqué et qui m'a aidée à m'habiller pour ce premier transfert.

J'ai ressenti un sentiment paradoxal, j'étais heureuse, heureuse d'être utile mais tout à fait consciente de la situation très difficile des patients et du personnel de l'hôpital. Du fait de mes qualifications d'IADE, j'étais, techniquement, à l'aise avec le transfert des patients intubés. Bien que je n'eusse pas réalisé de transfert en ambulance depuis longtemps, je déplace, quasiment tous les jours, des patients intubés d'un service de l'hôpital à un autre, et souvent en urgence. J'ai passé environ 3 semaines en renfort aux urgences, essentiellement pour faire des transferts de patients intubés vers des aéroports, des gares pour les évacuations ferroviaires ou d'autres hôpitaux.

Lors de mon dernier jour de renfort, je suis, en revanche, clairement sortie de ma « zone de confort ». L'infirmier référent, Thierry Fleith, m'a demandé d'aller en Allemagne pour rapatrier un patient extubé dont l'état s'était donc amélioré. M. Fleith m'a indiqué que l'équipe de la réanimation de Fribourg, à moins de 100 km de Colmar, parlait français et que nous en avions pour 1 h 30 environ. Nous sommes donc partis à trois, deux ambulanciers et moi, aucun de nous n'était germanophone. Quand nous sommes arrivés à l'hôpital de Fribourg et après avoir un peu peiné à trouver le service de réanimation, le médecin a dit « Bonjour » et avait atteint ses limites de connaissance du français ! Mais nous nous sommes débrouillés les uns et les autres pour prendre en charge le patient. Nous sommes rentrés à Colmar 4 ou 5 heures après notre départ, mais personne ne rechignait à travailler.

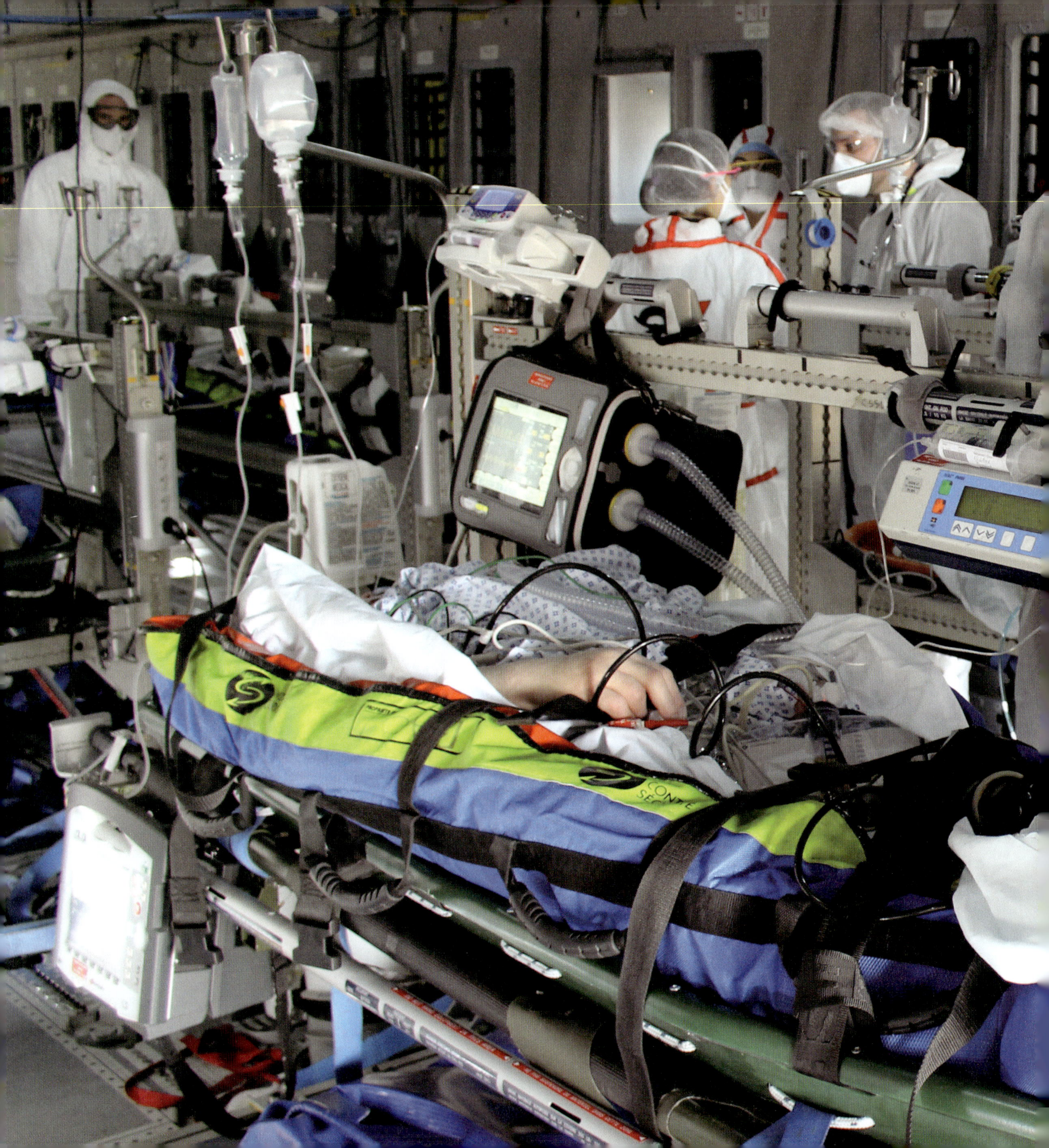

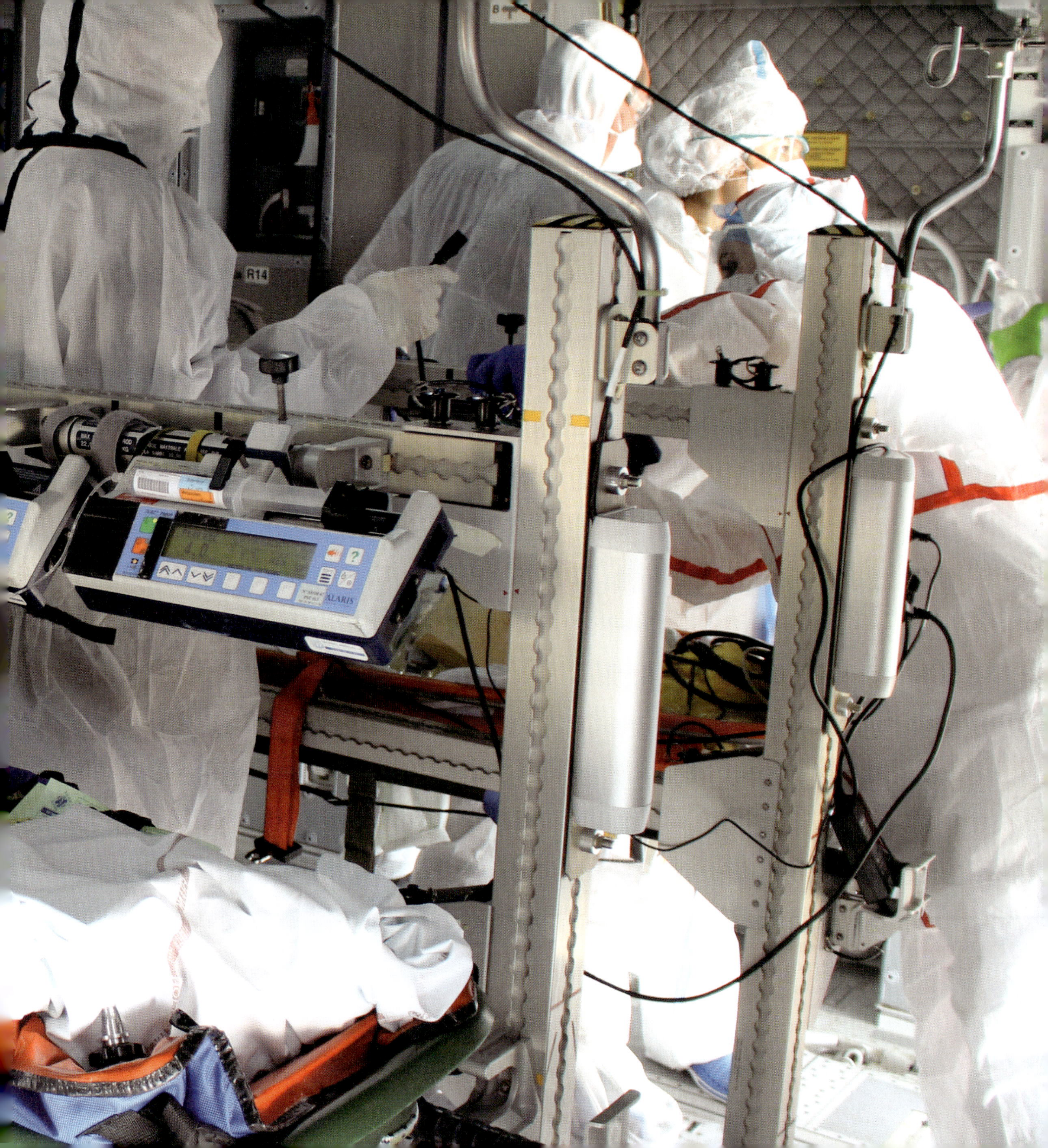
R14
ALARIS

L'OPÉRATION CHARDON

Le surnom de CHARDON provient du symbole de la Lorraine « Qui s'y frotte, s'y pique », en référence aux épines du chardon.

Il s'agit d'utiliser le rail pour effectuer le transfert des patients vers des zones où la pression hospitalière est moindre. « L'idée d'utiliser des TGV pour le transport de patients est née après les attentats de 2015, détaille Pierre Meyer, le dirigeant national des Opérations (DNO) à SNCF Réseau. Après les attentats, j'ai été contacté par le Pr Pierre Carli et le Dr Jean-Sébastien Marx, du SAMU de Paris, qui se posaient la question de savoir si la SNCF pourrait les aider avec du transport massif de blessés. Nous nous sommes rencontrés, puis avons organisé pendant deux jours, en mai 2019, l'exercice " CHARDON ". Il s'agissait alors de ramener de nombreux blessés de Metz et Nancy vers la région parisienne. L'idée était que ce soit le plus proche possible de la réalité. Les figurants blessés ont été grimés de façon très réaliste. Nous avons vu ce qu'il fallait faire ou pas. »

Le 26 mars 2020, un premier TGV médicalisé est organisé pour effectuer l'évacuation de 20 patients, dont 4 des HCC, vers les Pays de la Loire. Les malades sont acheminés vers le TGV à partir de 6 heures, pour un départ vers 11 heures. Un premier groupe se rend jusqu'à Angers, où le train est attendu vers 15 h 30. Les autres malades prendront la direction de Nantes, où ils arriveront vers 18 h 30. En amont de l'évacuation, environ 200 personnes collaborent pour organiser le voyage. Des lots techniques sont mis en place, correspondant à différentes activités. Il faut également tracer les sillons, c'est-à-dire planifier la disponibilité des voies empruntées, avec des horairistes souvent en télétravail. En lien avec la gendarmerie, la SNCF fait surveiller des passages à niveau à risques pour éviter tous passages en force de véhicules routiers qui se mettraient en travers de la route du TGV. « Nous ne transportons pas des passagers comme les autres. Ce sont des patients intubés, parfois placés dans le coma, qu'il faut acheminer dans les meilleures conditions possibles », souligne Pierre Meyer. Techniquement, le train utilisé est un TGV double rame préalablement décontaminé avec des produits virucides validés par la Direction générale de la santé (DGS).

La première rame ne transporte pas de malades mais des agents de la SNCF : conducteurs de réserve très expérimentés, dont un conducteur cadre-traction, deux chefs de bord, dont la présence est obligatoire pour respecter la réglementation, et enfin des agents de la Surveillance générale, la police ferroviaire. Ces derniers sécurisent les parcours en s'assurant notamment qu'il n'y aura personne au moment de l'embarquement des malades.

Par ailleurs, les malades étant équipés de respirateurs, un dépanneur électrique du Technicentre Est Européen (TEE) participe au voyage afin de veiller à l'alimentation électrique de la rame. « La première rame fait bouclier, par exemple en cas de heurt avec un chevreuil », explique Pierre Meyer. Bien que le SAMU embarque de nombreuses bouteilles d'oxygène à bord, la principale crainte, c'est l'aléa de circulation qui bloquerait la rame, l'empêchant d'être alimentée. « Il existe un système de secours avec des groupes électrogènes à bord permettant une alimentation vitale. Mais elle est évidemment limitée dans le temps. » Cette première rame permet d'assurer la sécurité de la seconde qui, transporte les malades.

Dans la seconde rame médicalisée, les salles du bas, où des civières sont fixées aux sièges, sont réservées pour les malades. Les salles du haut sont utilisées par le personnel médical afin qu'il puisse se reposer. Chaque voiture peut accueillir au maximum quatre patients. Chaque patient étant surveillé par quatre ou cinq personnes. Il y a donc un maximum de 24 patients par rame. Et au total une cinquantaine de personnel médical. Le matériel médical (bouteilles d'oxygène mais aussi respirateurs, pousse-seringues…) est placé dans les racks à bagages. La voiture bar est transformée en poste de commandement.

Le Pr Pierre Carli explique l'intérêt de l'opération : « Quand on fait bouger un TGV, on peut prendre en charge une vingtaine de patients de réanimation, c'est-à-dire qu'on déplace l'équivalent du service de réanimation d'une ville moyenne de 200 000 habitants à peu près […], donc, lorsque ces services sont surchargés, qu'ils multiplient les interventions, qu'ils multiplient les annexes de la réanimation, c'est une possibilité d'apporter un peu d'air… » Comme pour les évacuations par la route ou par voie aérienne, chaque patient doit être évalué et conditionné en vue de son transport vers la gare, puis dans le train.

L'ensemble de ces dispositifs par la route, le rail ou la voie des airs a permis de réaliser le transfert de 135 patients des HCC vers des hôpitaux en France et à l'étranger. Ces 135 patients représentent 4,5 fois la capacité d'accueil nominal de la réanimation des HCC.

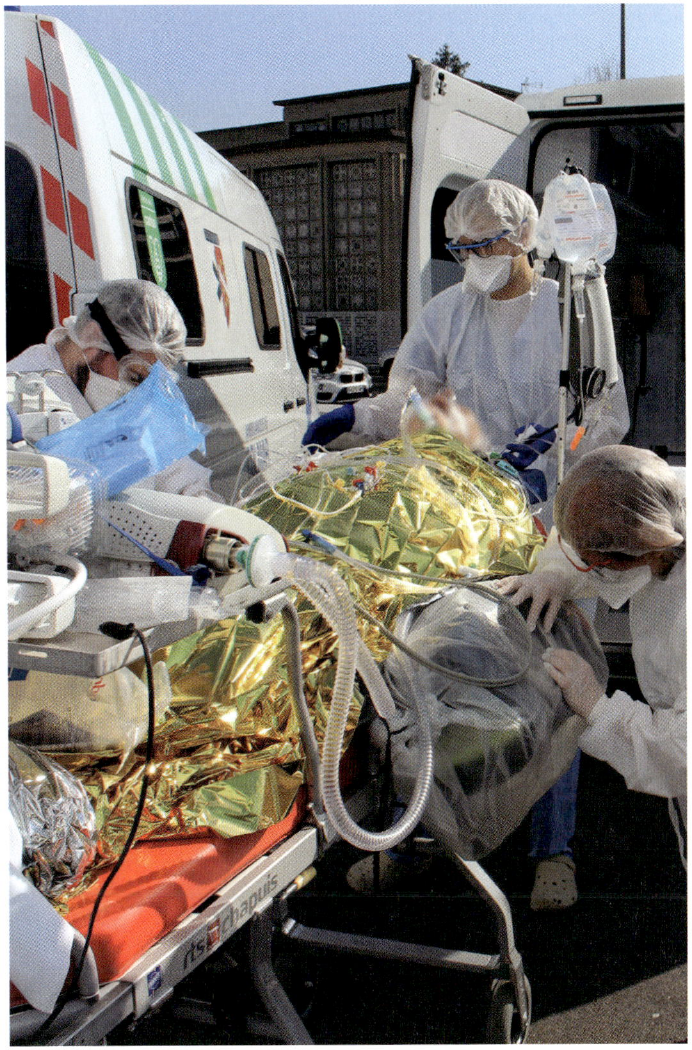

VERS LA FRANCE, VERS L'ÉTRANGER

Décidés par la direction des HCC dans les premiers jours de la première vague, les transferts ont permis de libérer des lits de réanimation afin de permettre de nouvelles admissions. Alors que des patients ont d'abord été évacués dans les hôpitaux de proximité, les transferts se sont étendus rapidement dans la France entière, dans des établissements publics, privés et militaires, et vers les pays limitrophes, sous l'impulsion notamment de Brigitte Klinkert et de Jean Rottner.

VERS LA FRANCE

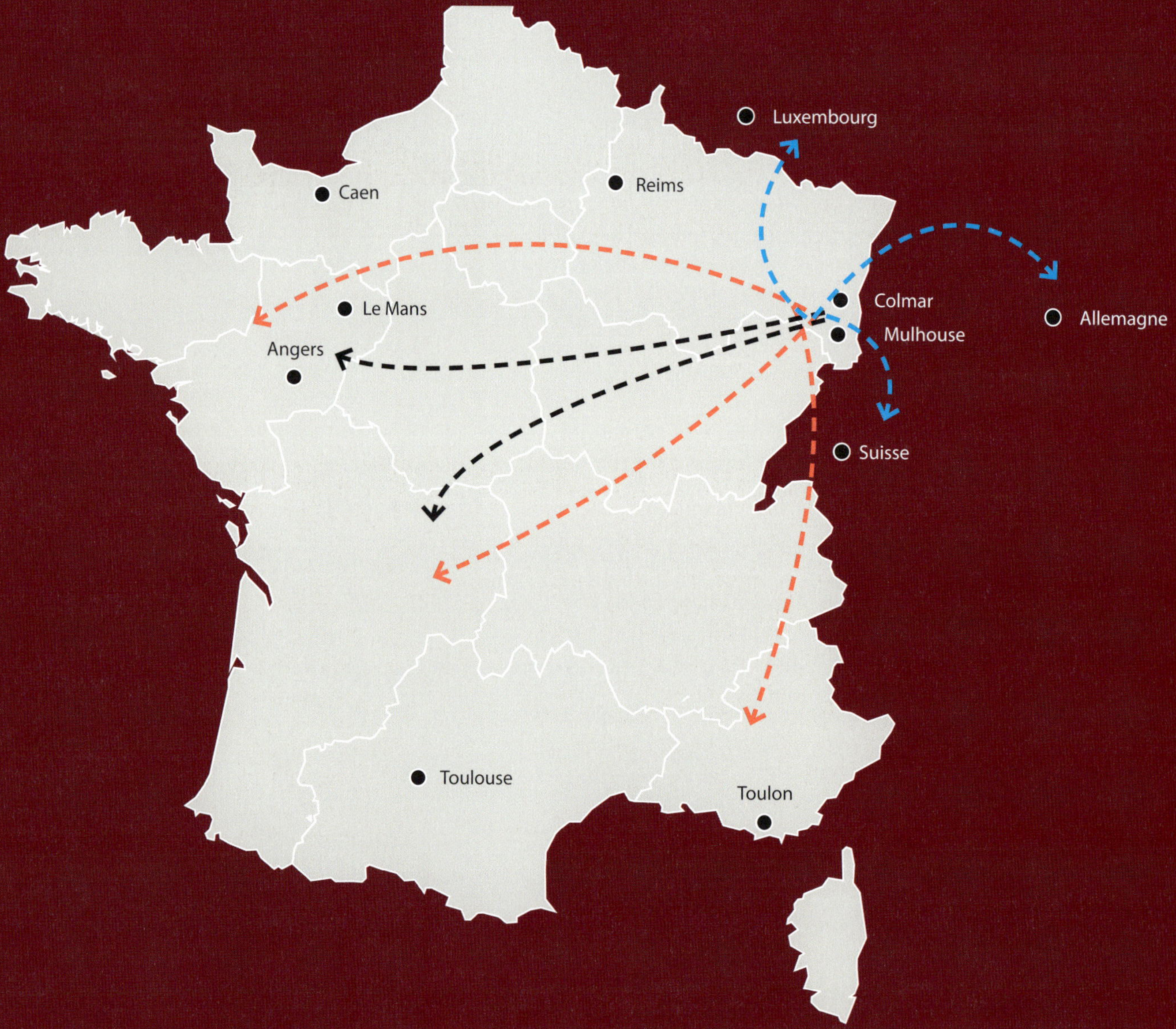

Entre le 18 mars et le 1er avril 2020, selon la DGS, **344 transferts** de patients ont été organisé en France, de réanimations à réanimations. **232 patients** bénéficient de transferts inter-régionaux depuis la région Grand-Est, par air, par rail et par la route. Ceux sont plus de 67 % des transferts français qui sont au départ du Grand Est !

- TRANSFERTS AÉRIENS (SMUR, ARMÉES, SÉCURITÉ CIVILE, AVIONS PRIVÉS)
- TRANSFERTS PAR RAIL (TRAINS MÉDICALISÉS DE LA SNCF)
- TRANSFERTS AÉRIENS ET TERRESTRES

Pour le seul hôpital de Colmar, **135 patients** ont été transférés en France vers Angers, Caen, Le Mans, Mulhouse, Nancy, Reims, Toulon et Toulouse ainsi que vers l'Allemagne, le Luxembourg et la Suisse et l'Autriche. Les patients des HCC ont ainsi généré près de 40 % des transferts français démontrant l'implication majeure de cette région dans la crise sanitaire.

VERS L'ÉTRANGER

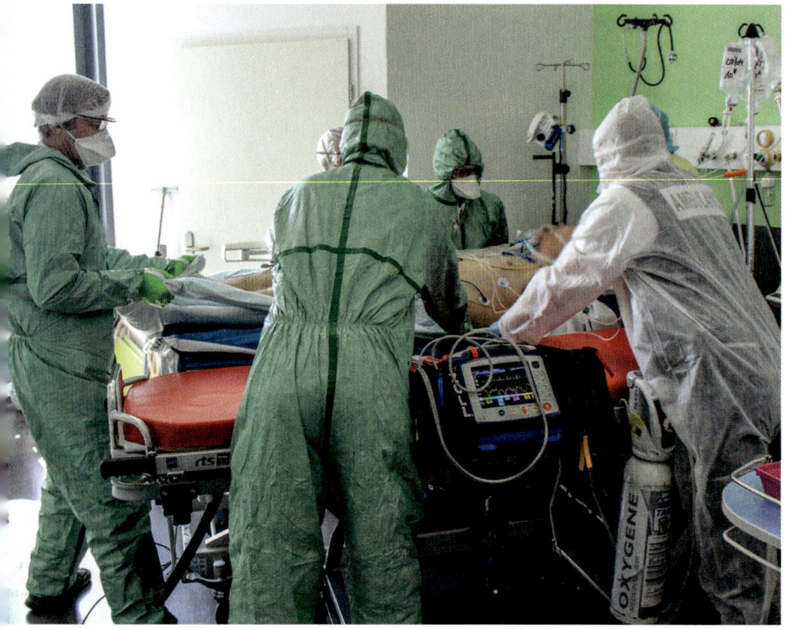

Prise en charge d'un patient pour son transfert.

ORGANISATION INTERHÔPITAUX

Dans les quinze premiers jours du mois de mars, les établissements du Grand-Est, et notamment les HCC, ont dû avancer pratiquement seuls pour trouver des solutions face à l'afflux de patients Covid. Dans un pays où l'image de l'État providence est encore tenace, de nombreux Français pensent peut-être encore que c'est le gouvernement et la centralisation de la gestion de la crise qui a permis aux hôpitaux de ne pas s'effondrer. La réalité est légèrement différente. Lorsqu'on considère les quelques mois de la première vague, la période du 1er au 15 mars est cruciale. C'est la première phase de l'adaptation des hôpitaux pour absorber les patients Covid et pour assurer la continuité de la prise en charge des patients non-Covid. « Nos réanimations étaient pleines, se remémore le Dr Élisabeth Gaertner, chef du pôle réanimation et anesthésiste-réanimateur. Il a fallu dans un premier temps trouver de la place pour les patients non-Covid afin de libérer des lits pour les patients Covid. » Pour « vider » son service, le Dr Gaertner décroche son téléphone mais n'appelle pas l'Agence régionale de santé, elle compose les numéros de ses consœurs et confrères des cliniques privées et des hôpitaux publics pour trouver des places de réanimation et organiser des transferts.

La directrice des HCC, Christine Fiat, procède de la même manière. Trois jours après l'arrivée du premier patient Covid positif aux urgences, elle devine que la question des transferts sera centrale dans cette gestion de crise afin de préserver les capacités d'accueil des nouveaux patients. Elle appelle donc ses collègues directrices et directeurs d'hôpitaux pour « réserver » des lits. Elle choisit de ne pas passer par l'ARS afin de gagner en efficacité et en réactivité tout en tenant informée son autorité de tutelle. Avec le recul, cette stratégie s'avère payante puisque l'hôpital de Colmar transférera près de 140 patients, Covid et non-Covid, en dehors de ses murs.

Même au plus fort de la première vague, toutes les évacuations ne concernent pas des patients Covid. Alors même que les transferts de masse sont coordonnés au niveau étatique, Élisabeth Gaertner se souvient d'un jeune homme tétraplégique à la suite d'un accident de vélo dont l'état était devenu compatible avec un transfert. « J'ai appelé un collègue dans une autre réanimation, à Reims, pour savoir s'il pouvait accueillir ce jeune homme dans une chambre seule afin qu'il puisse bénéficier d'une rééducation de bonne qualité. » Le médecin de Reims répond favorablement à cette demande et le patient sera transféré, là encore sans aucune coordination de l'ARS.

Les équipes médicales doivent aussi s'adapter à chaque transfert car, en fonction du vecteur d'évacuation et de l'hôpital de destination, les critères à remplir ne sont pas les mêmes. Ainsi, outre les avions, trains et hélicoptères, des patients ont fait des centaines de kilomètres en ambulance du SAMU afin de rejoindre leur nouveau lieu de prise en charge. Pour les soignants, les transferts sont une occasion de prendre conscience de la situation en quittant le cadre confiné de leur lieu de travail. De retour d'un transfert à Bâle, un médecin réanimateur constate qu'« un lit vide, c'est une personne de sauvée ».

Nom :

SONNY FEBRISSY

Fonction :

Infirmier

RÔLE : ***Le rôle de l'infirmier, défini dans le Code de la santé publique, précise que « relèvent du rôle propre de l'infirmier les soins liés aux fonctions d'entretien et de continuité de la vie et visant à compenser partiellement ou totalement un manque ou une diminution d'autonomie d'une personne ou d'un groupe de personnes. Dans ce cadre, l'infirmier a la compétence pour prendre les initiatives et accomplir les soins qu'il juge nécessaires.***

« On devait composer avec des patients pratiquement tous dans un état critique

Avant l'arrivée du premier patient, début mars, on pensait que les HCC allaient être épargnés par le Covid. En effet, les hôpitaux de Mulhouse et de Strasbourg avaient été désignés pour prendre en charge les patients Covid. Mais, lorsque le premier patient a été admis aux HCC et surtout lorsque les proches de ce patient sont arrivés aux urgences, on a compris qu'on était dedans et qu'on allait devoir faire face.

Ce qui m'a le plus marqué, en définitive, ce n'est pas l'augmentation du nombre des décès dans le service, c'est plutôt la solitude de certains patients face à la mort. Les visites étaient interdites pour protéger les proches et les familles ; le résultat, c'est que les patients ne pouvaient pas être accompagnés. Je me souviens d'avoir entendu des malades appeler leur famille en disant qu'ils ne savaient pas ce qu'ils allaient devenir. On aurait peut-être pu faire différemment mais à l'époque on devait faire face et composer avec cet afflux de patients pratiquement tous dans un état critique.

Tout est allé très vite et on devait continuellement s'adapter ; les procédures de prise en charge changeaient sans arrêt, parfois, dans les premiers temps, plusieurs fois par jour. C'était assez déstabilisant mais également très formateur. La période était très paradoxale. En zone Covid, bien que les gestes techniques soient les mêmes, il fallait continuellement composer avec l'habillage, le déshabillage et le port des équipements de protection individuelle. En zone non-Covid, chaque patient semblait suspect et on travaillait avec la crainte d'avoir manqué un élément. Pourtant, tout était simple. L'encadrement laissait les opérationnels prendre des décisions rapides pour organiser le parcours de soins et tous les services de l'hôpital se serraient les coudes. On s'envoyait des messages pour se souhaiter bon courage. La population aussi faisait preuve d'une grande solidarité vis-à-vis de nous. Une situation qui n'a, malheureusement, pas duré. Dès la fin du confinement, les choses sont revenues à la normale avec des agressions, notamment verbales, à répétition. Naïvement, je pensais que, dans l'ensemble, les choses allaient changer en bien, mais force est de constater que ce n'est pas le cas. C'est même le contraire, j'ai le sentiment que le niveau d'agressivité a augmenté aux urgences.

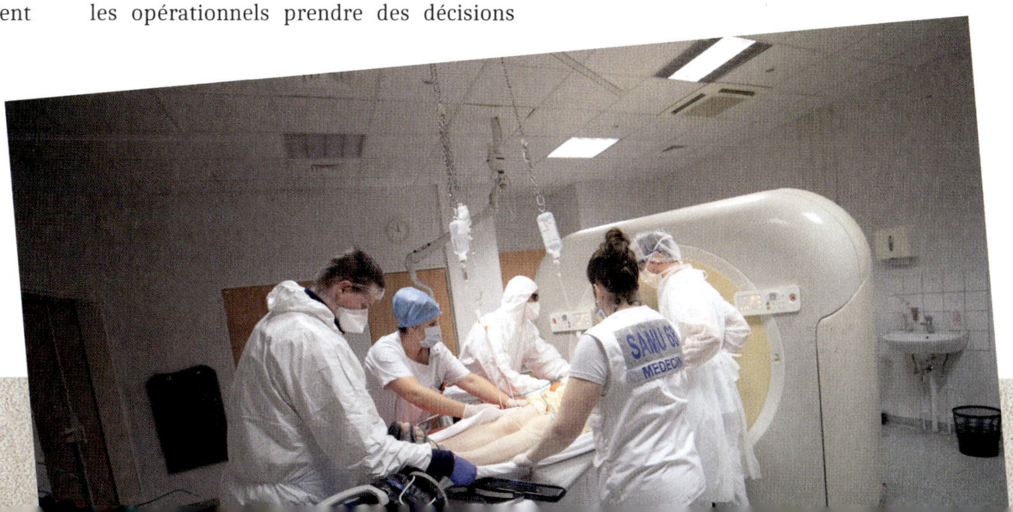

PATIENT TRANSFÉRÉ : UNE HISTOIRE HUMAINE

Le transfert des patients n'est pas qu'une histoire de logistique, de vecteur, de paramètres cliniques ou d'autorisation de l'ARS. Derrière le transfert de chaque patient il y a une histoire humaine, l'histoire d'une famille faite de doute, d'angoisse, de crainte et d'espoir. Derrière chaque transfert il y a la question de la vie ou de la mort. Une question dont la réponse n'est pas toujours celle qu'on espère.

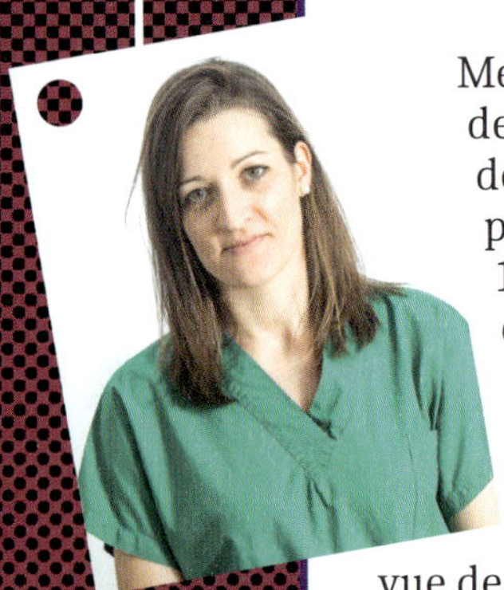

Mélanie Frémaux, infirmière aux urgences depuis 10 ans, a vécu la crise du Covid doublement, en tant que soignante et que proche de patients. Son père présente, le 13 mars dans la soirée, des symptômes de plus en plus alarmants du Covid. Le lendemain, Mélanie organise l'arrivée de son père aux urgences des HCC, le service dans lequel elle travaille ce matin-là. « On a appelé le SAMU mais, du point de vue de la régulation médicale, l'état de mon père ne correspondait pas aux critères de transport à l'hôpital. Le SAMU devait nous recontacter l'après-midi du 14 mars. » Toutefois, devant l'aggravation de l'état de santé de son père, Mélanie Frémaux décide d'appeler une ambulance privée pour le faire transporter aux urgences des HCC. Ainsi, le 14 mars au matin, son père est amené dans le service dans lequel elle travaille ce matin-là. Dès le lendemain, il est transféré en réanimation, toujours aux HCC, et intubé. « Toute ma vie personnelle a été chamboulée », confie l'infirmière. Elle se met en arrêt le dimanche15 mars pour s'occuper de sa mère mais retourne travailler dès le jour suivant : « J'ai continué de m'occuper des autres malades parce que ça ne servait à rien de ne pas travailler. On ne sortait pas du Covid, d'autant que mes oncles, le frère de ma mère et celui de mon père, étaient également malades. » Grâce à ses connaissances dans l'hôpital, Mélanie a des nouvelles de son père en réanimation. Sa mère la voit comme une référente.

17 MAR 2020

Le 17 mars, Mélanie apprend qu'un transfert de patient vers le sud de la France est en préparation. Elle apprend le 18 au matin que son père va être transféré vers l'hôpital de Toulon : « C'était la pire journée de ma vie, un véritable déchirement. »

Ses amis et collègues de réanimation et des urgences tentent de lui remonter le moral et de lui montrer que ce transfert est une chance. Il signifie que l'état de santé de son père se stabilise. « Mais, sur le coup, je ne voyais pas du tout le côté positif de la situation. Ce n'est qu'au bout de quelques jours que j'ai pris du recul. » En effet, le père de l'infirmière est admis en réanimation à l'Hôpital d'Instruction des Armées (HIA) Sainte-Anne de Toulon. Le personnel qui le prend en charge n'est pas dans le même état de stress que celui des HCC et dispose de suffisamment de respirateurs ou de machines pour les dialyses. Tous les jours, l'équipe médicale de Toulon appelle les familles de leurs patients. « Notre journée était rythmée par l'appel du médecin. Il me donnait toutes les nouvelles, explique Mélanie, et ensuite je les transmettais à ma famille, en omettant parfois certaines informations pour ne pas inquiéter ma mère et mes frères et sœurs. »

Entourée par ses collègues, Mélanie trouve aussi du réconfort auprès de son mari, électricien, et de ces deux enfants : « Ils m'ont vraiment aidée à surmonter tout cela. C'était vraiment la pire période de ma vie à cause de l'état de santé de mon père. Certes, le travail était dur, mais c'est ma vie personnelle qui a pris le dessus. » Et ce d'autant plus que l'oncle paternel a été transféré à Reims, tandis que l'oncle maternel est décédé du Covid-19. « C'était un cauchemar. »

Un an plus tard, l'état de santé de son père continue à s'améliorer. « Il est à la maison, il va mieux, mais il a toujours des séances de rééducation cardio-pulmonaire. »

13/03
Premiers symptômes alarmants

14/03
Admission aux urgences

15/03
Intubation en réanimation

17/03
Préparation du transfert

18/03
Transfert en ambulance jusqu'à l'aéroport

Vol MORPHEE en A400M vers Toulon

Transfert en ambulance vers l'hôpital militaire de Toulon

06/04
Sortie du coma à l'hôpital militaire de Toulon

05/05
Retour à l'hôpital de Colmar, toujours hospitalisé en réanimation

15/06
Sortie de réanimation

AMBULANCES 68

F-RBAL

JEAN ROTTNER, PRÉSIDENT DU CONSEIL RÉGIONAL DU GRAND-EST

Jean Rottner ou plus exactement le Dr Jean Rottner est un enfant du pays. Il a fait ses études de médecine à l'université Louis-Pasteur de Strasbourg. Il travaille comme urgentiste au centre hospitalier de Mulhouse en 1997 avant d'en diriger le pôle de médecine d'urgences SAMU-SMUR entre 2005 et 2009. En 2010, il est élu maire de Mulhouse avant de devenir président du conseil régional du Grand-Est en 2017. En 2019, il réintègre à temps partiel le service d'accueil des urgences du Groupe hospitalier de la région de Mulhouse et Sud-Alsace comme médecin urgentiste.

Pendant la première vague du Covid, Jean Rottner prend régulièrement position dans les médias pour défendre le Grand-Est et informer sur la situation de sa région, dans un pays où la vision jacobine tend à faire oublier qu'il y a une vie en dehors des murs de la capitale. Dès le 3 mars, il alerte sur la nécessité d'assurer la continuité du service public dans la région en appliquant les gestes barrière.

Quelques jours plus tard, alors que l'épidémie s'est emballée, il prend la mesure de ce qui se joue dans le Grand-Est et en France : « La situation n'est pas simple mais nous avons réussi à mettre en place une chaîne de solidarité et d'expertise sanitaire. Il faut organiser, il faut expliquer, il faut comprendre. On espère que notre expérience pourra servir à d'autres régions. » Parallèlement aux préoccupations sanitaires, le président de la région prend également la mesure des impacts économiques à venir pour le tissu économique de la région.

Lorsque la situation se dégrade, Jean Rottner se fait la voix des soignants et des patients pour tenter d'expliquer au reste de la France la situation présente et ce à quoi tous les citoyens doivent se préparer.

« Les patients atteints du Covid-19 doivent rester en réanimation beaucoup plus longtemps que des patients habituels, explique-t-il. Les 7 premiers jours sont les plus délicats, puis la réanimation peut se prolonger pendant 15 à 20 jours. Les soignants réalisent un travail exceptionnel. La tension existe toujours du côté alsacien et elle s'est étendue en Lorraine du côté de Metz et de Nancy. La Marne commence à être concernée avec une situation qui se tend à Reims. » Décrié pour ses décisions jugées individualistes par le gouvernement central, le conseil régional a passé commande de 5 millions de masques à la Chine fin mars pour tenter de pallier « le manque de masques, de surblouses, d'écouvillons, de lunettes, de charlottes, de réactifs pour les tests, de respirateurs… Toute l'infrastructure de la crise est prise à défaut. Nos soignants ne sont pas dans des conditions optimales. Il ne s'agit pas de dénoncer gratuitement mais de trouver des solutions ».

Devant la délégation aux collectivités territoriales du Sénat, Jean Rottner a résumé la situation vécue par l'Alsace : « On a pris un retard de 15 jours dans la réaction coordonnée. C'est là que naissent les difficultés en matière de masques et de blouses. Les ARS ont tardé par méconnaissance car elles ne sont pas armées pour cela. Depuis la canicule de 2003, l'administration de santé en France est essentiellement budgétaire ; ce ne sont pas des gens formés à gérer une crise. »

BRIGITTE KLINKERT, PRÉSIDENTE DU CONSEIL DÉPARTEMENTAL DU HAUT-RHIN

Originaire de Colmar, Brigitte Klinkert est conseillère municipale à partir de 1983. À partir de 1994, elle devient conseillère générale du département du Haut-Rhin puis, en 2017, présidente du conseil départemental du Haut-Rhin. Fonction qu'elle occupe toujours pendant la première vague de Covid dans le département.

Durant cette première vague, Brigitte Klinkert s'est battue pour que les malades alsaciens soient transférés en Allemagne ou dans d'autres régions. Le Pr Hartmut Bürkle, du service d'anesthésie réanimation de l'hôpital de Fribourg, en témoigne : « C'est mon héroïne. Une femme authentique et humaine. Grâce à elle, des malades français ont été dans nos hôpitaux. Elle s'est démenée sans relâche. »

À partir du 20 mars, Brigitte Klinkert appelle à l'aide ses homologues de la région allemande du Bade-Wurtemberg et de trois cantons suisses frontaliers. Grâce à elle, une centaine de patients ont été transférés vers l'Allemagne, le Luxembourg et la Suisse. Elle explique dans un entretien avec un média suisse : « Les services de réanimation étaient débordés, malgré la création continue de nouvelles places et la mise sur pied d'un hôpital de campagne de l'armée à Mulhouse. Des évacuations de malades commençaient à se faire vers Marseille, Bordeaux ou encore la Bretagne. Or, face à l'urgence et au drame qui était en train de se jouer dans le Grand-Est, j'ai aussi pensé à nos voisins suisses et allemands, avec qui nous avons un partenariat très étroit. »

Elle souligne également que la coopération pour organiser les évacuations s'est mise en place de manière « spontanée, très efficace et sans bureaucratie ».

Entendue, fin avril, par la délégation aux collectivités territoriales du Sénat, avec Jean Rottner, elle soulignera les inerties de l'ARS : « Nous avons perdu énormément de temps dès les premiers jours car nous avions affaire à des autorités sanitaires plus gestionnaires qu'opérationnelles, en incapacité de gérer une crise d'une telle ampleur. »

Dans le monde | En France | **En Alsace** | Ils l'ont dit

19/05/2020

« Près de 100 000 personnes ont été hospitalisées en France en raison d'une infection au Covid-19 depuis le 1er mars. » Pr Jérôme Salomon, directeur général de la Santé (DGS)

21/05/2020

Le seuil des 5 millions de cas cumulés confirmés est atteint

25/05/2020

L'OMS suspend toutes les études comportant de l'hydrochloroquine dans le cadre du COVID-19

31/05/2020

Le seuil des 6 millions de cas cumulés confirmés est atteint

07/06/2020

Plus de 400 000 personnes sont décédées du Covid-19 dans le monde

S52 | S01 | S02 | S03 | S04 | S05 | S06 | S07 | S08 | S09 | S10 | S11

2019 → 2020

S12 | S13 | S14 | S15 | S16 | S17 | S18 | S19 | S20 | S03 | S04 | S05

18 mai 2020

UNE SOLIDARITÉ EXCEPTIONNELLE

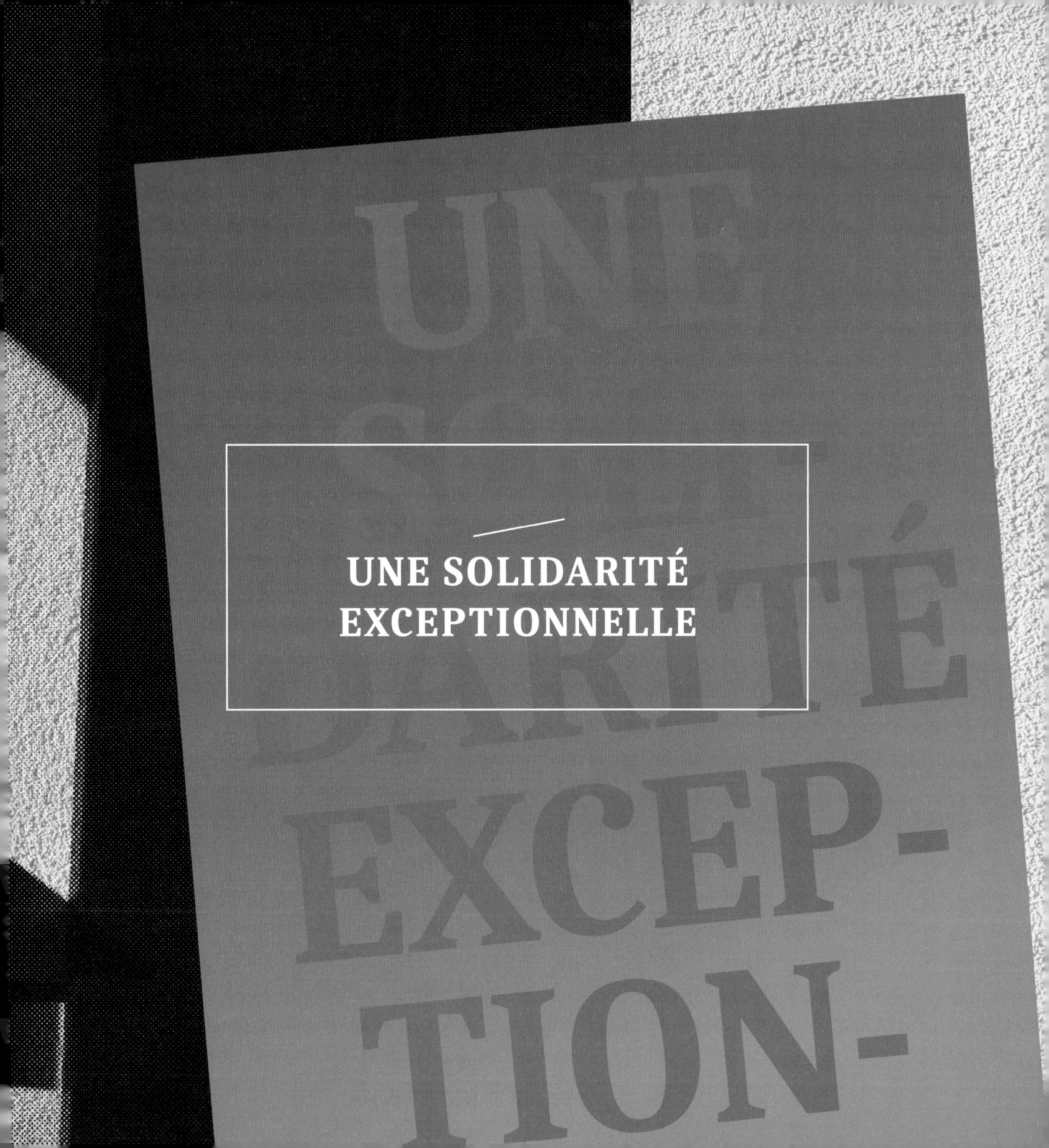

UNE SOLIDARITÉ EXCEPTIONNELLE

Le dictionnaire définit la solidarité comme le « sentiment d'un devoir moral envers les autres membres d'un groupe, fondé sur l'identité de situation ou d'intérêts ». Preuve est de constater que la première vague du Covid-19 a mis en lumière ce sentiment moral de certains particuliers et de certaines entreprises vis-à-vis de notre système de santé et en particulier de son principal représentant : l'hôpital. Les Hôpitaux Civils de Colmar (HCC) ont pu profiter de cet élan de solidarité et de générosité pour faire face à la première vague et pallier ainsi certains dysfonctionnements de notre système.

UNE NÉCESSITÉ VITALE

Dans les premiers jours de l'épidémie, les HCC font face à un double défi : prendre en charge des patients graves atteints d'une maladie mal connue et gérer une logistique, en particulier d'équipements de protection individuelle (EPI), mise à mal par la déferlante de patients. La solidarité concerne autant la gestion des flux de patients Covid et non-Covid que l'approvisionnement en masques, gel hydroalcoolique, gants ou blouses. Ainsi, dès le 6 mars, soit 2 jours après l'admission du premier patient Covid aux HCC, le centre hospitalier de Guebwiller, en direction commune avec les HCC, réserve des places de délestage aux HCC pour les patients non-Covid. Durant le week-end des 7 et 8 mars, la directrice des HCC, Christine Fiat, appelle des consœurs et confrères d'autres centres hospitaliers pour identifier des places d'hospitalisation afin de permettre l'admission de nouveaux patients en réanimation aux HCC. Le Dr Élisabeth Gaertner, chef du pôle d'anesthésie réanimation, fait de même. « Les services de réanimation étaient pleins fin février. On a transféré des patients pour pouvoir accueillir les patients Covid. Ça s'est fait surtout avec des services de réanimation de la région. J'appelais des gens que je connaissais pour leur demander s'ils avaient de la place pour tel ou tel patient. »

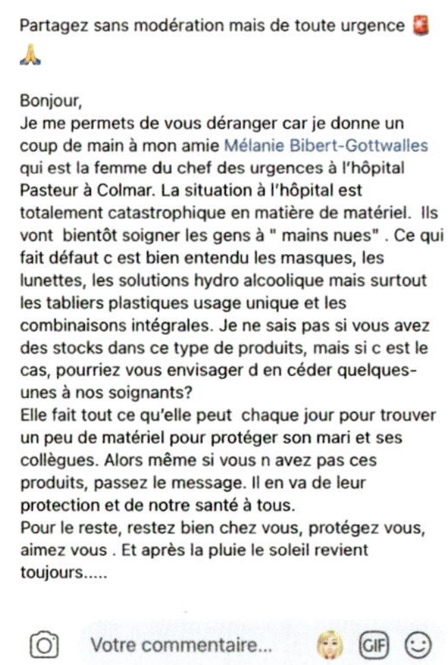
Partagez sans modération mais de toute urgence 🚨
🙏

Bonjour,
Je me permets de vous déranger car je donne un coup de main à mon amie Mélanie Bibert-Gottwalles qui est la femme du chef des urgences à l'hôpital Pasteur à Colmar. La situation à l'hôpital est totalement catastrophique en matière de matériel. Ils vont bientôt soigner les gens à " mains nues" . Ce qui fait défaut c est bien entendu les masques, les lunettes, les solutions hydro alcoolique mais surtout les tabliers plastiques usage unique et les combinaisons intégrales. Je ne sais pas si vous avez des stocks dans ce type de produits, mais si c est le cas, pourriez vous envisager d en céder quelques-unes à nos soignants?
Elle fait tout ce qu'elle peut chaque jour pour trouver un peu de matériel pour protéger son mari et ses collègues. Alors même si vous n avez pas ces produits, passez le message. Il en va de leur protection et de notre santé à tous.
Pour le reste, restez bien chez vous, protégez vous, aimez vous . Et après la pluie le soleil revient toujours.....

Votre commentaire...

Toujours durant ce premier week-end, Mélanie Gottwalles-Bibert, infirmière coordinatrice au don d'organes et épouse du Dr Gottwalles, chef de pôle aux urgences des HCC, téléphone à une amie, Carole Caullet, qui connaît bien l'écosystème et l'économie de la vallée de Munster. Face à l'urgence de la situation logistique aux urgences des HCC, elle appelle véritablement à l'aide. « Quand Mélanie m'a téléphoné, se souvient Carole Caullet, j'ai appelé des amis et envoyé des mails à des entrepreneurs locaux. Ce n'est pas grand-chose et c'était bien normal de le faire. Ensuite, celles et ceux qui pouvaient aider se mettaient en relation avec l'hôpital. » Époqueoblige, Carole utilise aussi les réseaux sociaux, notamment Facebook, pour demander de l'aide : « La situation à l'hôpital est totalement catastrophique en matière de matériel. Ils vont bientôt soigner les gens à "mains nues". Ce qui fait défaut, ce sont bien entendu les masques, les lunettes, les solutions hydroalcooliques mais surtout les tabliers plastique usage unique et

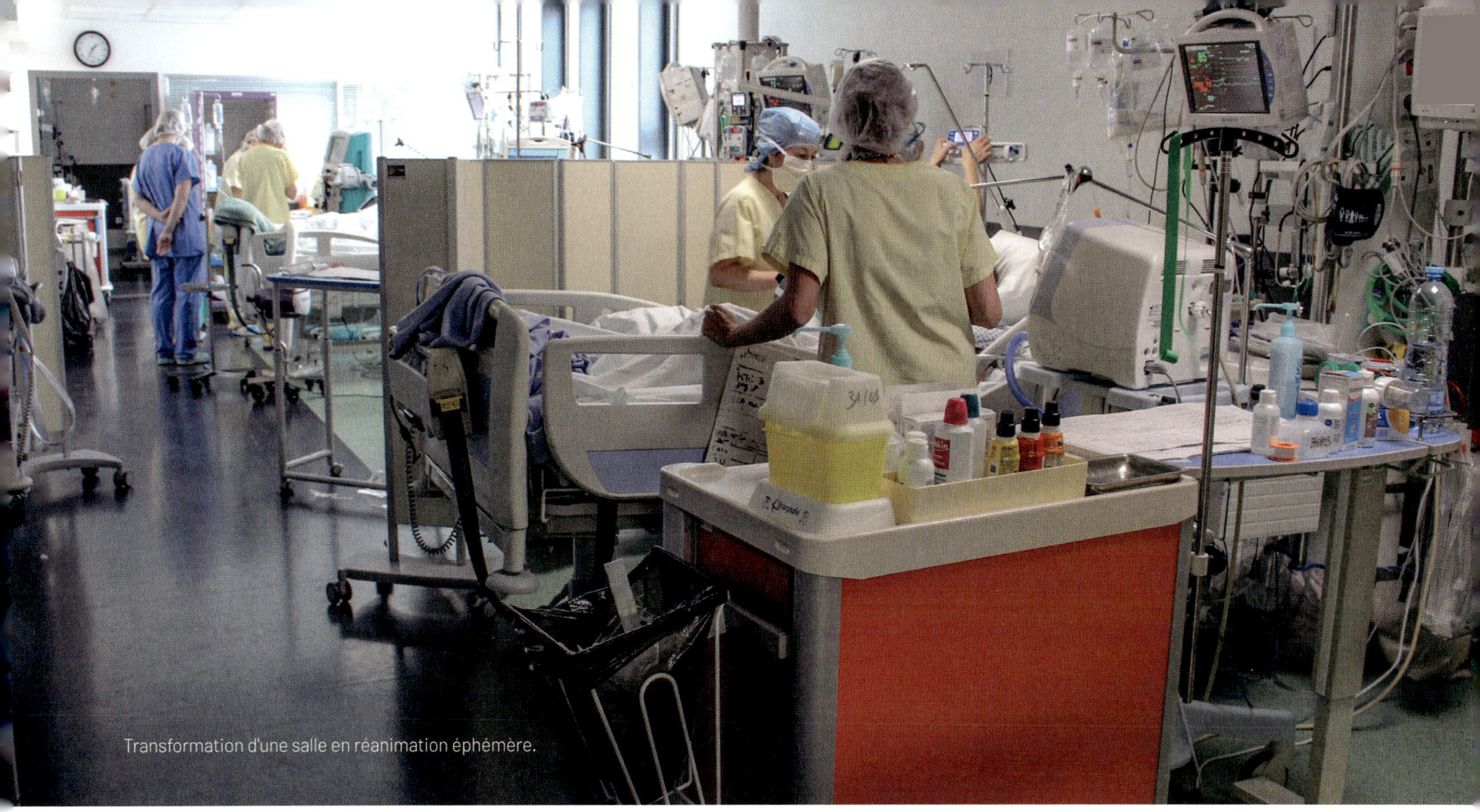
Transformation d'une salle en réanimation éphémère.

les combinaisons intégrales. Je ne sais pas si vous avez des stocks dans ce type de produits mais, si c'est le cas, pourriez-vous envisager d'en céder quelques-uns à nos soignants ? » Contre toute attente, pas de messages de haine ou de commentaires mesquins, non, mais pratiquement 150 partages en moins de 48 heures, témoignages de la solidarité de la population avec son hôpital. Dans la semaine qui suit, Mélanie Gottwalles-Bibert appelle les mairies de la région pour demander de réserver les matériels de protection prévus pour les élections le week-end suivant qui ne seraient pas utilisés, et le Dr Gottwalles fait dans la soirée du 15 mars la tournée des bureaux de vote où les listes étaient passées au premier tour, afin de récupérer le maximum de masques, de gel ou de gants.

Le secteur privé est aussi à l'œuvre dans le domaine de la santé. Ainsi, la clinique privée Schweitzer, de la Fondation de la Maison du Diaconat de Mulhouse, met très rapidement à disposition 12 lits de médecine gériatrique et 4 lits de réanimation pour soulager la pression sur les services des HCC. Cette collaboration entre secteurs privé et public a démontré son efficacité dans cette crise, avec des flux de patients et des filières appropriées.

Pour augmenter ses capacités en réanimation, les HCC réussissent à acheter un respirateur in extremis avant les embargos, notamment allemands et américains. Ensuite, ils récupèrent des respirateurs de l'Institut de formation en soins infirmiers (IFSI) et bénéficient de prêts, notamment de cliniques privées. Il ne reste plus aux agents des HCC qu'à préparer les respirateurs pour l'ouverture de nouveaux lits de réanimation.

Les HCC ont également pu compter avec des dons de masques, de solutions hydroalcooliques, de gants, de charlottes, de combinaisons, de lunettes de protection, etc. Des dons essentiels pour passer la première vague.

UNE SOLIDARITÉ CONJUGUÉE PAR LES AGENTS HOSPITALIERS

Les agents hospitaliers sont certainement les premiers à avoir fait preuve de solidarité avec leur institution. Qualifiés parfois de « héros en blouse blanche » ou de « héros du quotidien », ces termes doivent nous rappeler que, face à cette première vague de Covid, les soignants et les non-soignants ont fait bloc. « On ne se posait pas de question, on venait travailler », disent la plupart des agents interviewés. Cette phrase doit nous inciter à considérer la manière dont ces femmes et ces hommes ont appréhendé leur métier ; bien au-delà du contrat de travail qui les lie à l'État, leur employeur, ils ne se sont pas posé la question de leur propre sécurité ni même, parfois, de leur famille. Ou du moins, s'ils se sont interrogés, c'est pour trouver toutes les solutions possibles à la continuité de leur travail : « Quand je rentrais à la maison, témoigne une infirmière, je me déshabillais dans le garage, j'allais tout de suite prendre une douche et ensuite je rejoignais ma famille. » En plus d'avoir continué à travailler, beaucoup se sont portés volontaires pour travailler plus afin de remplacer des collègues malades.

Les services moins impactés par le Covid s'organisent également pour prêter main forte aux urgences ou aux unités de réanimation. Le service de pédiatrie prête, par exemple, des saturomètres aux urgences.

Message de solidarité entre les services hospitaliers.

Cependant, la solidarité n'est pas uniquement affaire de dons ou de prêts. Mélanie Gottwalles-Bibert se souvient avec émotion : « L'unité de réanimation médicale est rapidement devenue le service de référence dans lequel se trouvaient tous les cas de Covid. L'image qui m'a beaucoup touchée, c'est lorsque le personnel de l'unité de réanimation d'en face a écrit sur les fenêtres " On est de tout cœur avec vous ". » Aux fenêtres ou aux balcons, les messages de soutien se multiplient dans l'hôpital.

La solidarité s'exprime également par l'implication des agents à faire tout ce qui est possible pour que l'hôpital puisse continuer à prendre en charge des patients tout en protégeant ses agents. Ainsi, ils sont nombreux à avoir changé leur activité professionnelle pour la mettre en ligne avec la situation et ses enjeux. On peut, par exemple, souligner l'implication des agents qui ont fabriqué des sarraus, bien loin de leurs rôles respectifs, ou de celles et ceux qui ont fait des centaines de kilomètres pour aller chercher des commandes de matériel dans toute la France.

LES FAMILLES, PROCHES ET MOINS PROCHES

« Mon conjoint gérait tout à la maison. » Voilà une phrase qui revient souvent dans les entretiens avec les agents des HCC. Ils sont nombreux les conjoints, conjointes, mères ou pères à avoir soutenu les hospitaliers, par de simples mots, une écoute ou des attentions matérielles. C'est aussi ce que des dizaines de particuliers et d'entreprises ont fait, donner des « douceurs » comme les appellent les équipes hospitalières. « Parfois, le matin en arrivant dans la salle de pause, on voyait des gâteaux donnés par une boulangerie, se rappelle Julie Nicoletti, infirmière aux urgences, dans la salle de pause. Ça faisait vraiment du bien. »

Chaque don a eu une importance égale aux yeux des équipes. Ils signifiaient que l'hôpital n'était pas seul face à cette crise inédite.

Au-delà des dons en nature, certains ont mis à disposition leurs compétences et leurs savoir-faire faute d'activité économique. C'est le cas, par exemple, du costumier de théâtre Jean Duntz : « J'ai une élève qui est infirmière à Pasteur ; elle m'a demandé de monter des blouses. Tous mes projets ont été stoppés net par le confinement. Plus de projet, plus de travail, alors j'ai dit oui. »

Le costumier a continué, même après le confinement, à soutenir les HCC, à sa manière : « À la fin du confinement, je me suis dit que c'était idiot de faire ça seul. J'ai appelé des élèves que je savais avoir une machine, j'ai cherché un lieu adapté à la distanciation où installer l'atelier, le nôtre étant trop petit. On m'a proposé une salle, à la Maison des associations... »

Mon conjoint gérait tout à la maison

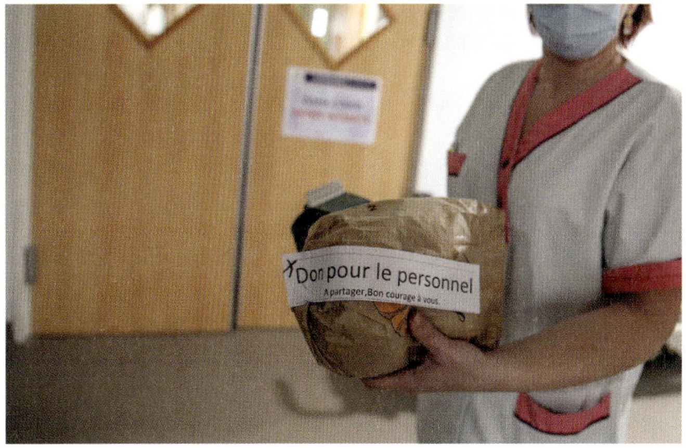

Exemples de dons quotidiens.

Atelier de couture pour fabrication de blouses.

Nom :

ÉMILIE WEBER

Fonction :

Docteur - Médecin urgentiste

Nom :

ÉRIC NICAUD

Fonction :

Docteur - Médecin urgentiste

RÔLES : ***Aux HCC, les médecins urgentistes du pôle des urgences travaillent indistinctement au Service d'accueil des urgences (SAU), dans les engins du Service Mobile d'Urgences et de Réanimation (SMUR), dans l'Unité d'hospitalisation de courte durée (UHCD).***

Ce sont les équipes de Mulhouse, avec lesquelles nous discutons beaucoup, qui nous ont prévenu qu'elles étaient sous l'eau et que le flux de patients allait arriver vite et fort. On a donc très rapidement eu à découvrir cette pathologie, à décrypter les radios du thorax, etc. On n'était pas dans l'apprentissage mais véritablement dans la découverte. On ne savait pas comment traiter cette nouvelle maladie, on a dû changer tout le temps la manière de prendre en charge les patients.

Il ne faut pas se focaliser sur le nombre de patients quand on évoque cette première vague, on a sans doute eu moins de patients en mars qu'en février, mais c'est surtout le niveau de gravité extrêmement élevé qui est à considérer. La prise en charge d'un patient grave a un impact émotionnel.

Le stress de ne pas réussir à le traiter et donc de le voir mourir est présent, c'est une véritable angoisse. Et, pendant cette première vague, il y a eu des périodes où l'on avait que des patients graves.

Lorsque les patients arrivaient, on mesurait des chiffres d'oxygénation catastrophiques. En conséquence, on avait peu de temps pour réaliser les gestes techniques, notamment l'intubation. À tout moment, le patient risquait de faire un arrêt cardiaque lié au manque d'oxygène. Et on n'arrivait pas à réoxygéner suffisamment les patients pour aborder sereinement l'intubation. On était dans le stress et dans le rush permanent.

Une nuit est gravée dans ma mémoire, mes deux collègues médecins étaient occupés et j'avais quatre patients à intuber en même temps. Je me suis retrouvée toute seule à devoir gérer ces patients sachant qu'il n'y avait plus de place en réanimation et que je n'avais plus de pousse-seringues. Alors, on fait, on ne réfléchit pas.

Cette période a changé ma vision des choses. J'ai pris conscience que la vie ne tient qu'à un fil.

« Il y a eu des périodes où l'on avait que des patients graves

Le Dr Nicaud est urgentiste depuis 30 ans aux HCC. L'arrivée du premier patient Covid et notre collègue réanimateur qui est tombé malade ont déclenché une prise de conscience en ce qui me concerne. Je ne crois pas que nous soyons passés à côté de ce premier patient, il faut se souvenir qu'on avait peu, voire pas, de recul sur cette maladie à ce moment-là. En une semaine la situation s'est dégradée, on a dû s'adapter très vite, mais on tâtonnait.

On a beaucoup appris pendant cette période. On a notamment appris que les choses ne sont pas évidentes au départ et qu'il faut s'adapter. Avec le recul, on aurait peut-être dû moins se précipiter et plus réfléchir. Il était urgent d'apprendre.

J'ai appris comme médecin, mais aussi comme M. Tout-le-Monde, par exemple en portant le masque en ville. C'était étrange.

« Il était urgent d'apprendre

Nom :

WILFRID DANNER

Fonction :

Docteur — Médecin généraliste et coordonnateur de la Maison médicale de garde de Colmar

RÔLE : ***Le médecin généraliste est le praticien que l'on consulte le plus souvent au cours de sa vie. Il traite les problèmes de santé du quotidien tout en connaissant, en général, les antécédents médicaux et familiaux. C'est un praticien de proximité. Le coordonnateur de la Maison médicale de garde de Colmar gère les plannings et assure les interfaces avec les partenaires, notamment l'Agence Régionale de Santé (ARS).***

Le représentant de l'ARS a annoncé : « La grenade est dégoupillée. »

Les choses sont allées très vite, je suis rentré de congés tout début mars et, dès le 4 mars, l'ARS a convoqué une réunion dans la soirée face à l'augmentation du nombre de cas. Le représentant de l'ARS a déclaré : « La grenade est dégoupillée. » Il a fallu aller très vite pour prévenir les confrères et consœurs médecins généralistes et mettre en place les différentes consignes. Ce fut le début d'une longue série de réunions avec les différents acteurs de terrain, l'hôpital, les infectiologues, le SAMU ou encore SOS Médecins. La mise en place s'est faite en moins de 10 ou 15 jours, parfois avec les moyens du bord.

Le rôle des médecins généralistes libéraux a été de faire un travail de surveillance, en coordination avec le SAMU, des patients pour pallier la saturation des HCC. Très rapidement, en quelques jours, la fréquentation des cabinets s'est effondrée mais le travail n'a pas, pour autant, baissé. Les médecins libéraux ont effectué de la surveillance des patients par téléphone et, lorsque la situation le nécessitait, les malades ont été accueillis dans les cabinets avant d'être, éventuellement et en dernier recours, orientés vers les urgences. Toujours à la demande du SAMU, les médecins libéraux ont également effectué des évaluations à domicile, un réel rôle de sentinelles.

Au-delà des drames humains provoqués par cette première vague, je crois que cette crise a fait prendre conscience de la complémentarité entre la médecine libérale et les hospitaliers.

Nom :

ÉDITH MAIRE

Fonction :

Cadre supérieure de santé du pôle du SAU

RÔLE : ***La cadre supérieure de santé du pôle des urgences des HCC a pour missions l'encadrement de l'équipe paramédicale (infirmiers, aides-soignants et agents des services hospitaliers), la gestion des projets, la gestion du personnel, les entretiens d'accueil, les entretiens d'évaluation, la gestion du matériel et la gestion financière.***

« Chaque jour on était dépassé par la situation

Comme tout le monde, j'avais entendu parler de l'Italie, de la Chine, etc. Bien entendu mais, même lorsque le premier patient est arrivé, ça restait loin. En revanche, et je m'en souviens comme si c'était hier, c'est le 9 mars que j'ai fait la différence entre le Covid et la grippette. Il y avait énormément de patients à intuber aux urgences. Je me souviens d'une infirmière, d'habitude posée, qui a commencé à paniquer, qui se sentait débordée. Je n'oublierai jamais ce jour-là.

Au quotidien, on a dû se réorganiser totalement. Avec mes deux collègues, Noémie Steffan et Thierry Fleith, on s'est rendu compte qu'il y avait des besoins sur le terrain, en particulier sur les questions matérielles. Normalement, nous travaillons du lundi ou vendredi, mais on a vite constaté qu'il fallait que l'un de nous soit présent tous les jours, week-end inclus. En conséquence, Noémie et Thierry étaient présents sur le terrain, auprès des équipes, et j'ai pris à mon compte la gestion des ressources humaines pour gérer les plannings, les renforts et l'absentéisme. Il s'agissait essentiellement de réorganiser les plannings pour remplacer les agents malades.

Le peu de temps que j'ai passé hors de mon bureau était dédié à l'évaluation de la pertinence des renforts ; j'allais voir les agents sur le terrain pour que chacun trouve sa place. On avait besoin de beaucoup de personnels supplémentaires. Au début, on a tâtonné puis on a mieux compris nos besoins, en particulier en termes de compétences.

Cela étant, chaque jour on était dépassé par la situation, on n'arrivait pas à anticiper.

Paradoxalement, il y a eu un très grand sentiment d'utilité pendant cette période. D'habitude, on gère 10 % d'urgences réelles, et encore je suis optimiste. Là, il n'y avait que des urgences réelles.

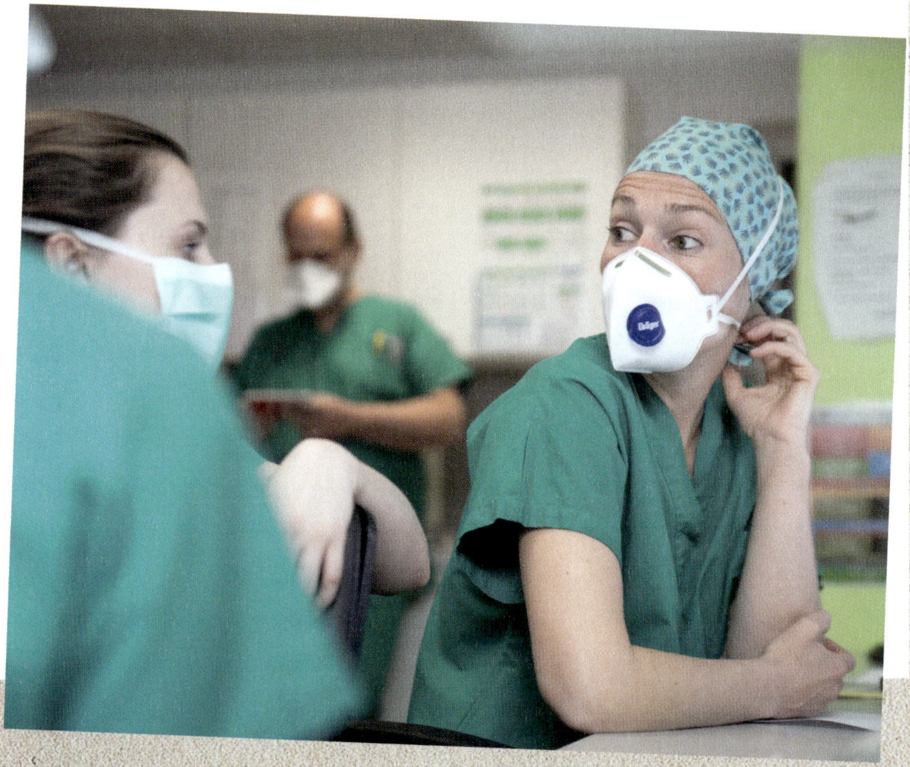

Nom :
CATHERINE FERDER
Fonction :
Infirmière psychiatrique

Nom :
THIERRY WERKELE
Fonction :
Infirmier psychiatrique

RÔLE : ***Les infirmiers à compétence psychiatrique sont responsables des prises en charge des patients avec des pathologies psychiatriques ou des problèmes sociaux. Cependant, ils réalisent, si nécessaire, des soins techniques. Aux urgences des HCC, ils travaillent plus généralement dans l'Unité d'hospitalisation de courte durée (UHCD).***

C'est une semaine après l'arrivée massive de patients que j'ai compris que la situation était grave. L'afflux des patients dont le pronostic vital était engagé et les intubations en série m'ont fait prendre conscience que nous n'avions pas affaire à un petit virus lambda. Depuis 1996 que je travaille aux urgences, je n'avais jamais vu ça. Sur le coup, je n'ai pas trop cherché à réfléchir, il fallait agir, soutenir et soigner. Pour aider mes collègues, j'ai fait beaucoup plus de soins techniques que d'habitude. Ça permettait de repartager des moments avec les autres collègues, j'ai le sentiment qu'on a retravaillé plus en équipe. D'habitude, en tant qu'infirmier psy, on est seul sur une plage horaire. Malgré l'indéniable difficulté, il régnait une ambiance positive.

Cette première vague, qui a vu l'hôpital se fermer aux visites, m'a imposé de m'occuper des familles et des patients un peu différemment. Je faisais le lien entre les familles et les patients par téléphone, et pas uniquement des patients relevant d'une prise en charge psychiatrique. J'essayais également de passer voir régulièrement les patients dans les chambres, mais il y avait la contrainte d'habillage. Je demandais aux patients d'éviter d'utiliser leur sonnette mais ils étaient angoissés et anxieux. Quand il y avait des patients en fin de vie, j'ai fait en sorte de les accompagner, d'être présente à leur côté. Il était hors de question pour moi qu'une personne meure toute seule dans sa chambre. C'était important, également, que les familles le sachent.

Je ne suis pas sortie indemne de cette période. Il y a eu beaucoup de décès, des jeunes et des moins jeunes. Quand la journée se terminait, j'avais beaucoup de mal à partir, et même à la maison j'avais du mal à passer à autre chose. Mais il y a aussi du positif. Ma vision de la vie est encore plus relativisée. Avec le recul, cette crise a remis les pendules à l'heure et a montré ce qui est important : la santé, la famille, par exemple.

« À la fin de la journée, j'avais beaucoup de mal à partir de l'hôpital

« J'ai commencé à gérer les dons qui arrivaient dans le service pour essayer d'éviter les frustrations entre les équipes du matin, de l'après-midi et de la nuit

Nom :

JULIE NICOLETTI

Fonction :

Infirmière

Nom :

VALÉRIE LABERGER

Fonction :

Infirmière

RÔLES : ***Le rôle de l'infirmier est défini dans le Code de la santé publique. Il précise que « relèvent du rôle propre de l'infirmier les soins liés aux fonctions d'entretien et de continuité de la vie et visant à compenser partiellement ou totalement un manque ou une diminution d'autonomie d'une personne ou d'un groupe de personnes. Dans ce cadre, l'infirmier a la compétence pour prendre les initiatives et accomplir les soins qu'il juge nécessaires.***

Je suis rentrée de vacances fin février et je n'ai pas eu le temps de comprendre ce qui se passait. Dès le début de la journée, j'arrivais la boule au ventre à l'hôpital. On était face à un tsunami d'intubations. C'était angoissant, on devait mettre des doses de médicaments inconnus. On devait intuber à la chaîne, dans des quantités qui dépassent l'entendement. La salle de déchocage était toujours occupée, on intubait les patients où on pouvait. On se demandait quand on allait sortir de cette situation. Ce qui me faisait le plus peur, c'est qu'un de mes collègues décède. Même si certains ont été malades et en ont gardé des séquelles, personne n'est décédé.

Pendant cette période, on ne prenait en charge que des urgences réelles, Covid ou non-Covid. On ne voyait plus de bobologie, et d'une certaine manière ça faisait du bien. C'est bel et bien pour prendre en charge des patients graves que l'on choisit de travailler aux urgences, en définitive. L'un des premiers soirs où les gens applaudissaient aux fenêtres à 20 heures, j'ai eu des frissons.

Mais assez rapidement j'ai changé d'avis. Il a fallu cette première vague de Covid pour que les gens prennent la mesure de la valeur du système de santé. Il a fallu cette crise pour que les gens se rendent compte de ce qu'on fait tous les jours. On soigne des patients tous les jours. En fait, je trouve ça honteux qu'il ait fallu cela pour que les gens se réveillent. Et puis on est retombé rapidement dans l'oubli. Après une période de flottement, mi-avril, pendant laquelle il y avait moins de Covid et moins de patients avec d'autres pathologies, le flux de patients est redevenu normal. Et là tout a recommencé, les agressions et les incivilités. Ça m'a mis en colère.

On était face à un tsunami d'intubations

Le lundi 9 mars, j'ai compris qu'il nous arrivait quelque chose de très grave. Ce jour-là, les ambulances sont arrivées par dizaines, et toutes avec des patients graves à bord. Au lieu de partir à la fin de mon service, je suis restée à l'hôpital autant que possible. J'ai pris conscience que j'allais vivre une expérience professionnelle et personnelle inédite.

Lorsque les premiers patients sont arrivés, ils ne comprenaient pas ce qui leur arrivait. Il fallait aussi prendre en charge cette détresse qu'on lisait dans leurs yeux.

Cette détresse qu'on lisait dans leurs yeux

Nom :

CHLOÉ HUDER

Fonction :

Interne en médecine – 1er semestre

RÔLE : ***Un interne en médecine est un étudiant de troisième cycle des études médicales (après la sixième année) qui exerce à l'hôpital, en cabinet ou en clinique, sous la responsabilité d'un médecin sénior. Il peut prodiguer des soins médicaux, pratiquer des interventions chirurgicales, travailler en laboratoire ou dans un service de radiologie. Il est placé sous la responsabilité du chef de service et il doit rendre compte de tous ses actes à un médecin sénior référent.***

« On n'a pas été préparés à ça pendant nos études

En tant qu'interne on était un peu dépassé, on n'était évidemment pas dans les prises de décision. Il a fallu s'adapter. C'était laborieux... Pour moi, ça a été un peu déstabilisant, ça ne faisait que quelques mois que j'étais aux urgences.

En général, c'est le médecin sénior qui gère les cas graves, mais là, les internes ont dû gérer des cas graves et des fins de vie, ça nous a un peu dépassé. En tant que premier semestre on n'a, évidemment, pas beaucoup de recul. On n'était pas livrés à nous même en règle générale mais, quand il y a eu des coups durs, on n'avait pas le choix : il fallait faire par nous-mêmes. Même si la décision finale, par exemple pour l'admission en réanimation, était de la responsabilité du médecin sénior.

Ce qui m'a marquée, et même éprouvée, c'est la prédominance du critère d'âge pour l'admission en réanimation des patients. On n'a pas été préparés à ça pendant nos études et c'est assez brutal. En revanche, ce fut un stage très enrichissant, très instructif pour des jeunes médecins. On n'a pas forcément vu beaucoup de pathologies, mais sur le Covid on a beaucoup appris en très peu de temps. Je ne m'attendais pas à la dureté de cette crise.

À titre personnel, c'était assez déroutant. Avec le confinement, on rentrait chez soi le soir, on mangeait et on revenait travailler le lendemain. L'internat est une période d'apprentissage, mais c'est aussi une période presque festive, on rencontre de nouvelles personnes, on fait des soirées étudiantes. Là, à part le travail, on n'a pas fait grand-chose, on était un peu seuls.

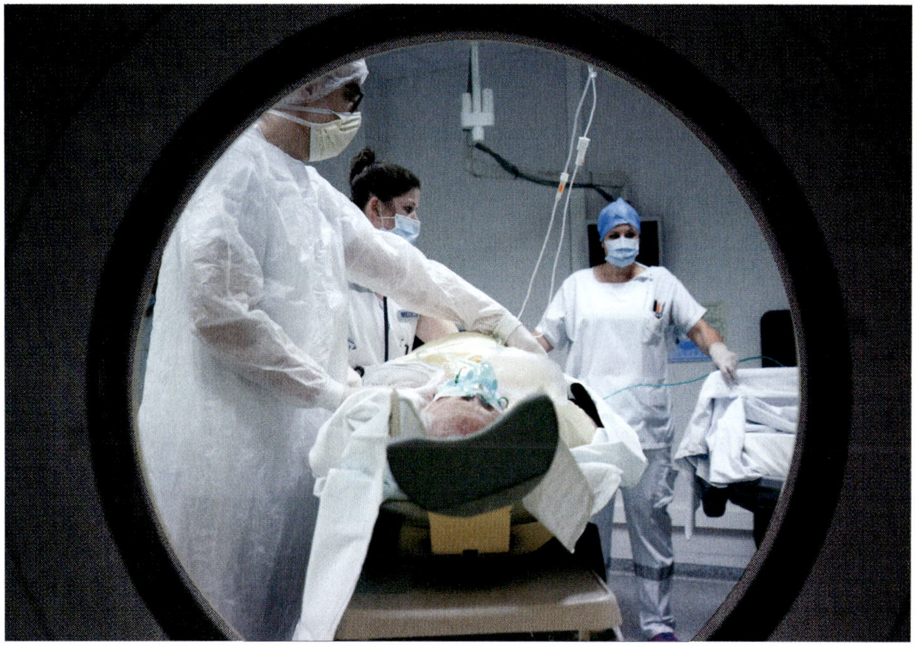

Nom :

MÉLANIE GOTTWALLES-BIBERT

Fonction :

Infirmière coordinatrice aux dons d'organes

RÔLE : ***Le rôle de l'infirmière coordinatrice aux dons d'organes est d'organiser et de manager toutes les activités en lien avec le don d'organes et de tissus. Il s'agit, indistinctement, de la formation des agents et du grand public, de l'identification des potentiels donneurs, de l'évaluation des organes, de la supervision des prélèvements et des transferts. Mélanie Gottwalles-Bibert est également l'épouse du Dr Yannick Gottwalles, chef du pôle des urgences des HCC.***

« J'ai vécu ça comme un véritable tsunami

Vendredi 6 mars à 19 heures, on apprend la fermeture des écoles dans le Haut-Rhin ; ce fut l'élément déclencheur. Mon mari a appelé les directions des écoles de nos enfants qui n'étaient pas encore au courant. De suite, nous avons proposé de à réorganiser notre manière de travailler pour libérer nos collègues à temps partagé entre les réas, le SAU et la CHPOT. Notre hiérarchie a validé, et nous avons mis en place des procédures pour gérer le don d'organes en télétravail. Le jour même, l'ABM (Agence de la BioMétrie) avait stoppé une démarche de prélèvement d'organes dans la réanimation, qui avait pris en charge le premier patient Covid des HCC sans le savoir à son admission.

Lundi 9 mars, premier jour de télétravail, je me connecte sur les serveurs des HCC, le premier nom qui apparaît est celui d'un chef de service hospitalisé dans son propre service pour un Covid grave. J'ai contacté l'unité pour m'assurer qu'il ne s'agissait pas d'une erreur, hélas non ! Et tout s'est accéléré, un tsunami, chaque jour nous remplissions des pages entières de noms de patients tous décédés du Covid. Mais derrière chaque nom il y a une personne, pas seulement un dossier. Mercredi 11, la morgue m'annonce 18 décès dans la nuit, je connais sa capacité d'accueil, de 21 places. Lorsque j'en parle à mon mari pour savoir comment les HCC allaient faire face à ces chiffres de décès, il m'a indiqué que plusieurs réflexions étaient en cours avec les patinoires et les transporteurs frigorifiques… C'était terrifiant, un point de non-retour. Par chance, la situation a toujours pu être maîtrisée sans atteindre ces extrémités.

À la maison, je gérais tout pour que mes enfants aillent bien, suivent leurs cours assidument, et que mon mari n'ait à s'occuper de rien en rentrant. Au vu des difficultés d'approvisionnement, j'ai contacté les entreprises, artisans, commerçants de notre vallée, afin de chercher du matériel permettant aux soignants de se protéger. Chaque jour devant ma porte, je trouvais des cartons, des sacs, avec des masques, des gants, des tenues, que des particuliers nous mettaient à disposition. Une demi-heure avant qu'il ne quitte l'hôpital, j'envoyais à mon mari le plan de sa « tournée ». J'avais passé la journée à chercher du matériel et à organiser son enlèvement le soir même. Cet élan de solidarité n'aurait sans doute pas eu la même ampleur sans les réseaux sociaux, et sans mes amis de la vallée de Munster qui ont massivement relayé mon appel à l'aide.

Restait l'angoisse de mes enfants, en plus de la mienne. Chaque jour, je devais leur promettre que papa n'allait pas mourir du Covid, sans savoir si je pouvais tenir ma promesse. Il fallait les consoler, ils n'arrivaient pas à comprendre pourquoi papa était plus à la télé, au service qu'à la maison… Ils voyaient des personnes rompre le confinement et se regrouper dans la rue pour rire ou faire du sport. Ils ont donc voulu faire passer un message sur les réseaux sociaux, pour inciter les gens à respecter le confinement. Lorsque leur père rentrait le soir, ils avaient du mal à le reconnaître. Je n'avais plus un mari mais un zombi : rentrée à 20 heures, dîner face aux infos dans un silence monacal, pour voir l'étendue de la crise ailleurs ; à 21 heures, débriefing avec ses collègues des autres hôpitaux d'Alsace, puis mails en pagaille jusqu'après 3 heures du matin. Et départ à 7 h 30 pour l'hôpital. Ce rythme a duré 10 semaines. Interminable, inconcevable, insoutenable. Je le voyais s'épuiser mais je savais que c'était son devoir, qu'il ne pouvait pas s'arrêter…

J'ai mis des œillères, et j'ai avancé. Il fallait agir, ne pas rester terrifiée. Je ne pensais pas être autant impactée mais, lorsque je revois les images des rues vides ou les reportages tournés aux HCC durant cette première vague, j'ai les larmes aux yeux.

Nom :

CHRISTELLE CRONENBERGER

Fonction :

Agente administrative d'accueil

RÔLE : ***L'agent administratif d'accueil est responsable de la prise en charge administrative des patients afin de constituer un dossier complet. Aux SAU des HCC, il est positionné juste à côté de l'IOA. Il a également la charge de la réception des appels téléphoniques, de l'orientation et de l'information des visiteurs.***

« Les patients n'arrivaient même pas à dire leur date de naissance

Pour moi, le point de départ, c'est la situation en Chine fin décembre 2019-début janvier 2020. Mais je ne pensais pas, à ce moment-là, que le virus arriverait chez nous. Et puis, tout début mars, tout s'est emballé. Les gens sont arrivés brutalement dans un état désastreux. J'avais affaire à des gens qui ne parvenaient même pas à me donner leur date de naissance tellement ils étaient essoufflés. Ça m'a réellement fait peur, je me disais que j'étais potentiellement porteuse du virus parce qu'au début nous n'avions pas de protection derrière nos vitres, et je voyais encore ma famille. J'espérais surtout ne pas devoir accueillir une personne de ma famille ou une connaissance proche.

Sur le papier, quel que soit l'état du patient, le travail administratif est le même. En ça, je n'ai pas changé de travail pendant cette première vague. Mais ce qui a changé c'est la solidarité qui s'est installée dans le service. On se serrait vraiment toutes et tous les coudes. Je me souviens d'avoir aidé à brancarder des patients même si cela ne fait pas du tout partie de ma fiche de poste. On était fier de travailler aux urgences et on avait le sentiment d'être réellement utile.

À titre personnel, ce fut une période très éprouvante. Malgré les messages de soutien de mes proches, j'ai assez mal vécu de ne pas pouvoir voir mes amis et surtout ma famille.

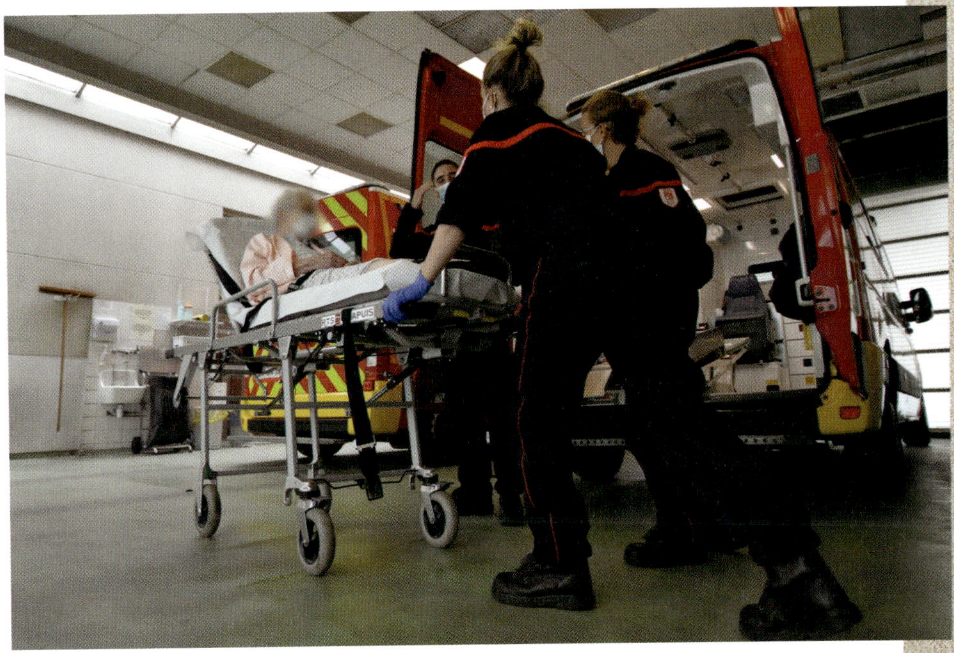